Scarlet
스칼렛
www.b-books.co.kr

Scarlet
스칼렛
www.b-books.co.kr

감별 鑑別

名. 보고 식별함. 가치와 진위를 판단함

감별

1판 1쇄 찍음 2018년 7월 5일
1판 1쇄 펴냄 2018년 7월 12일

지은이 | 김유미
펴낸이 | 정 필
펴낸곳 | (주)뿔미디어

기획 · 편집 | 박경희, 문지현
표지 디자인 | 우 물

출판등록 | 2002년 9월 11일 (제1081-1-132호)
주소 | 경기도 부천시 원미구 소향로 17, 303(두성프라자)
전화 | 032)651-6513 / 팩스 032)651-6094
E-mail | scarlets2012@hanmail.net
블로그 | http://blog.naver.com/dahyangs
비북스 | http://b-books.co.kr

값 8,000원

ISBN 979-11-315-9086-7 03810

김유미 중편 소설

SCARLET ROMANCE STORY

감별

목차

序章
필연必然

문이 열린다.

건헌은 단정히 무릎을 꿇은 자세 그대로 기다렸다.

정복자…… 아니, 해방자가 가까이 오기를.

도성으로 향해 오는 깃대가 보인다는 보고를 듣고 결심하기까지 오랜 시간이 걸리지는 않았지만 그렇다 하더라도 매우 빠른 함락이었다. 백성은 물론이요 도성을 지키는 군사들까지 별 저항을 하지 않았다는 그 반증이 건헌의 입매에 희미한 조소를 그려냈다.

그를 발견한 자들 사이에서 동요가 물결처럼 번졌지만 그것도 잠시, 이내 거침없이 다가오는 발걸음이 하나 나타났다. 그리고 다수의 규칙적인 걸음걸이가 그 뒤를 따랐다.

느리지도 빠르지도 않게 다가온 선두는 적당한 거리를 사이에 두고 그의 앞에 멈추었다. 바닥과 사선을 그리던 건헌의 시선 끝에 가죽신이 들어섰다. 피와 흙에 절어 있는 그것은 낯설게 느껴질 만큼 작아서 의외로웠다. 진중하고 젊은 사내의 목소리가 건헌의 머리 위로 내려앉았다.

"그대는?"

"예주건헌譽周建獻. 백아白雅 21대 의천제義闡帝의 삼남입니다."

침착한 대답에 주위가 다시 웅성거렸다. 이토록 정중한 소개를 들을 거라곤 생각도 못 하였으리라. 더욱이 폐허 한가운데의 텅 빈 황궁에서, 침탈한 그 상대에게서. 건헌은 묵묵히 기다렸다.

곧 소란이 가라앉고 건헌의 정체를 물었던 상대가 들으란 듯이 고쳐 확인했다.

"예주모윤譽周模允의 셋째 아들이라. 그 아비에 대한 반역으로 목이 떨어지려다 우리 군의 침공 덕에 구사일생으로 살아났다던 자가 그대인가."

건헌은 표정 변화 없이 그 노골적인 말을 묵인했다.

"아비처럼 도망치다 백성들 돌팔매에 찢겨 죽을 만큼 멍청하지 않은 건 분명하군. 그래, 모두가 버리고 도주한 빈 궁에 이리 홀로 남아 앉아 있는 연유는?"

대답하기에 앞서 건헌은 눈을 감았다. 부친의 최후를 이런 식으로 통고받을 줄은 생각조차 하지 못한 탓이었다.

지하 감옥에서 빠져나온 후 일가족이 산채의 별궁으로 피신했다는 것을 알았을 때부터 예상한 바였지만 그렇다고 아픔이 무뎌지는 것은 아니었다. 패륜의 낙인을 각오한 적도 있었으나 그가 자신에게 피와 살을 물려준 어버이라는 건 변치 않을 사실이다. 사납게 치받쳐 오르는 감정을 짧은 순간 가슴 깊이 묻어 다스린 건헌은 다시 천천히 눈을 떴다.

"해야 할 일이 있기 때문입니다."

건헌은 앞에 놓아둔 상자를 조금 더 앞으로 밀었다.

"황궁 내탕고의 열쇠입니다."

병사 하나가 앞으로 나와서 조심스럽게 들어 올려 주군에게 바쳤다. 그가 말했다.

"모윤이 도주할 때 지니지 않았을 까닭이 없을 것인즉, 허튼 수작이 통할 줄 아느냐."

"그것은 계획의 마지막 단계로 바꿔치기했던 복제품이며 이것이 진품입니다."

"……과연. 허나, 이것으로 목숨을 구걸하려 하였다면 쓸데없는 짓이다. 애초 그대가 바치지 않았어도 궁 안 모든 것이 홍국洪國의 재산이니."

"백아의 내탕고는 하나뿐인 열쇠 이외의 방법으로 개방할 시 유황이 흘러드는 장치가 되어 있습니다. 이를 넘겨 드리는 연유는 지금껏 충분히 고통받은 이 땅의 백성들에 대한 의무가 있기 때문입니다. 하늘이 저버린 민심에의 책임을 다하고자."

"……."

"이제 그들은 홍국의 백성입니다. 그 점을 인지하시어 그들을 위하여 부디 유용하게 써 주시기를 바랄 따름입니다."

"……견부犬父 아래 호자虎子가 있을 수도 있군."

혼잣말처럼 중얼거린 그는 건헌의 진심을 받아들였다.

"그에 대해서는 염려하지 않아도 좋다. 그들이 어떤 연옥에 있었는지 이미 잘 알고 있으니까."

건헌은 고개를 살짝 숙여 보였다.

"감사합니다. 대신이라고는 할 수 없으나 남은 불씨는 마저 제거하겠습니다."

평온한 말투였기 때문에 말이 끝나자마자 품 안의 단검을 빼드는 건헌을 누구도 막지 못했다. 확고한 의지를 가지고 주인의 목덜미로 향하던 날카로운 검날에 붉은 피가 내비친 것은 순간의 일이었다.

"폐하!"

건헌은 검날을 쥔 손을 망연히 바라보았다.

손끝으로 핏방울이 후드득 떨어져 그의 옷을 적시기 시작했지만 그는 깨닫지 못했다. 그의 시선은 한곳에 못 박혔다. 험한 흉터가 많고 굳은살이 잡힌…… 자그마한 손.

경악한 외침은 내내 그에게 말을 걸어온 목소리와 같았다. 방금 전까지 자신과 대화하던 사람은, 황제가 아니었고, 작은 가죽신의 주인도 아니었다. 그제야 고개를 든 건헌은 까만 눈동자와 마주쳤다.

얼굴을 간신히 감쌀 만큼 짧은 머리칼은 사내의 것과 같았지만 결코 잘못 볼 리 없었다. 갸름하고 가느다란 선과 단정한 이목구비. 지저분한 흙먼지로도 감추지 못할 고운 얼굴이 그를 냉정하게 내려다보았다.

모양 좋은 입술이 훗 날카롭게 웃는가 싶더니 그녀가 손에 힘을 주었고, 허를 찔린 건헌은 검을 쉽사리 내주었다. 챙강하는 소리와 함께 단검이 바닥에 내팽개쳐지자마자 젊은 장군이 망토의 안감을 찢어 주군의 다친 손을 감아 주기 시작했다.

"듣지 못하였나?"

그녀는 손을 내맡긴 쪽으로는 눈도 돌리지 않고서 건헌에게 말했다.

"이 궁 안의 모든 것은 이제 홍국의 재산이다. 즉 짐의 소유지. 예외는 없어."

그대도 마찬가지야. 단언하는 그녀에게서 건헌은 눈을 떼지 못했다. 그 말에서 다른 무언가를 발견했는지, 장군이 물었다.

"설마, 폐하. 이자를 곁에 두실 생각이십니까?"

"안 될 이유라도 있나?"

"폐하! 모윤의 자식입니다."

장군이 힘주어 대답했다. 그 한마디가 모든 백 가지 이유를 내포하고 있다는 듯이. 그녀는 가볍게 받아넘겼다.

"그래서다."

모두의 시선이 집중되었다. 건헌까지도.

"편히 죽게 할 수 없지. 그리 쉽게 던질 목숨이라면 짐을 위해 써먹게끔 해. 자식이 그 명줄을 어찌 부지해서 살아가는지, 그자가 알면 무간지옥에서 어떤 표정을 지을지 생각만 해도 재미있거든."

그녀는 입술 한끝으로 웃었지만 건헌을 훑는 눈빛은 웃고 있지 않았다. 그녀가 가볍게 턱짓하자 장군이 체념한 듯 짧게 지시를 내렸고, 이내 건장한 군사 두 명이 건헌을 일으켜 세우며 결박했다. 그는 저항하지 않았다. 차마 가로막힐 줄 몰랐기에 단검을 하나 더 감췄어야 했다는 후회조차 빠르게 사라졌다. 건헌은 이미 등을 돌려 멀어지는 홍국의 여제女帝를 바라보았다. 그의 시야에서 작은 점이 되어 사라질 때까지.

그날, 백아국 마지막 황자는 홍국 황제의 감별사鑑別師가 되었다.

"옥체를 보전하시란 고리타분한 진언을 꼭 올려야 하겠습니까?"

류안劉安은 꼼꼼하게 치료된 손을 흘끔 보고 어깨짓을 했다.

자리를 비웠다가 돌아와 그녀의 얼굴을 보자마자 잔소리부터 시작한 각관(覺官, 황제의 보좌관) 소군素群은 한심해하는 표정을 지우지 않았다. 서로를 알고 지낸 시간이 군신으로 보낸 시간보다 훨

씬 더 길었으나 설령 그렇지 않았더라도 변치 않을 그 솔직한 태
도는 소군의 장점 중 하나였다. 물론 그의 솔직함이 무엄함과 종
이 한 장 차이일 때가 많다는 것이 단점 중 하나였지만 어쨌든 본
인이 한 짓을 자각하고 있는 류안은 반론하지 않았다.

"야전 때도 멀쩡히 잘만 다니시더니 정작 궁에 들자마자 뭡니
까, 대체. 더구나 대업을 짊어지신 분이 자진해서 피를 보시다
뇨."

"잘못했다."

"……."

"앞으로는 주의하지."

그녀의 순순한 반성에 소군은 남은 말을 삼키는 게 명백한 기
색으로 입을 다물었다. 그리고 그가 다시 말을 꺼냈을 땐 화제가
바뀌어 있었다.

"살려 두겠다고 하셨다지요."

주어는 없어도 무방했다. 류안은 고개를 끄덕였다.

"뭐 반대할 의사는 없습니다만 애매하게 처리하면 죽이느니만
못합니다."

"알고 있어. 어중간하게 놔두면 귀찮게 될 테니 확실한 자리를
주어야겠지. 방패막이로 삼는다 하면 뒷말은 없을 거다."

"설마 검을 쥐게 하겠다는 건 아니시겠지요."

"나를 정녕 그리 멍청하게 보았다면 용서 안 할 테다."

그녀는 그에게 비스듬한 시선을 던졌다.

"이래저래 세상도 험하고 이제 시작인 만큼 '옥체를 보전' 하려면 호위 정도로는 약하겠지. 감별사가 필요하게 생겼는데 마침 신체 건강한 남은 목숨이 하나 있으니 잘된 일이야."

"……감별사, 라고 하셨습니까?"

류안은 빙그레 미소를 지었다.

우연히 떠올린 생각이었지만 따져 볼수록 이보다 더 좋은 방법은 없었다. 황제가 먹는 음식에 독이 있는지의 여부를 우선 감별하는 자. 무기를 가까이 할 이유가 없으니 위협이 되지 않고, 언제 발생할지 모를 독살을 대비한 존재이니 불구대천 원수의 핏줄을 용서한다는 의미도 아니며, 별 탈 없이 오래 살다가 제 명대로 죽는다면 황제의 관대함 탓이 아니라 그저 천행일 따름이다. 그렇게, 세상의 눈을 진실로부터 완벽하게 가릴 수 있다는 것과 더불어 주변국들이 이쪽을 만만하게 평가하지 못하리란 장점이 따라온다는 점이 매우 마음에 들었다.

진실. 류안은 그것을 당자인 건헌에게조차 알릴 생각이 없었다.

아무리 그가 아비와 다르다 한들 핏줄은 끊을 수 없으며, 그로 인해 경멸과 반감의 대상이 될 것이다. 하지만 감별사는 황제와의 식사 도중에 그 음식을 먹고 급사하는 외에 다른 방식으로 죽을 일은 없고, 죽어서도 안 된다. 그의 신상에 무슨 일이라도 벌어지면 즉시 알 수 있으리라. 또한 적어도 하루 세 번은 그의 무사함을 직접 눈으로 확인할 수 있다. 복수심, 혹은 눈먼 공명심에 의해 그녀가 모르는 사이 해코지라도 당하지 않는지.

그저 그가 무사히 자신의 곁에서 살아 주었으면 하는 것뿐인 작은 소원을, 그렇게 아무도 모르게 실현시킬 수 있는 것이다.

"과연, 이란 말이 절로 나옵니다만 그가 폐하의 그 은혜로운 의중을 다 알아줄까요?"

······아무도 모르진 않겠군.

하긴 자신의 각관이 모를 일이라면 절대 일어나지 않을 일들뿐이려나. 그녀는 속으로 고개를 저었다. 소군은 예주모윤의 삼남이 반역을 도모하다 실패했다는 소식에 거사를 앞당겼을 때도 적의 내부 분열을 이용하자는 그녀의 말에 속지 않았던 유일한 인물이기도 했다. 이번 역시 주군의 다른 마음을 단번에 간파한 그가 말을 이었다.

"차라리 깨끗하게 죽게 두지 왜 그런 모욕을 주느냐 생각할지도 모릅니다. 그럼 폐하를 더욱 원망하겠지요. 저로서는 그런 건 사양하고 싶은데요. 적으로 돌리면 제법 귀찮을 사내이고 하니."

"그대가 칭찬을 하다니 드문 일이군. 뭐, 그럴 수도 있겠지만 그렇다 해도 고작 감별사 하나가 그대의 손을 벗어날 수 있을까? 아니면 걱정해야 하나?"

놀리는 것처럼 덧붙인 그녀의 물음에 소군이 눈을 가늘게 떴다.

"도발에 넘어가 드리지요. 하지만 방금 드린 말씀은 염두에 두시는 게 좋을 겁니다."

"알아. 알고 있다. 어쨌건 그리 알고 그대가 처리해 줘. 단 예주씨氏는 금일로 모두 사망이 확인된 것으로 하도록."

"명 받들겠습니다. 폐하."

고개를 숙인 소군이 다소 짓궂은 목소리로 의미심장하게 덧붙였다.

"새로운 흥국의 첫 번째 인사人事로군요."

류안이 무어라 대꾸하기도 전에 그는 자리에서 물러났다.

보고 있던 서류로 다시 주의를 기울인 그녀는 그러나 금방 집중하지 못했다. 소군이 했던 말이 새삼 그녀를 짓눌러 오고 있었기 때문이었다. 건헌을 감별사로 만드는 것은 실상 그녀만의 욕심인 건 사실이다. 더욱이 미련 없이 죽으려고 한 사람을 말리기까지 하지 않았던가.

그녀는 마음 한편에서 그래도 소군의 우려가 현실이 되진 않을 거라는 생각인지, 기대인지를 붙드는 자신을 비웃었다. 잘 알지도 못하는 주제에. 예주건헌은, 선우류안을 증오할 수도 있다. 그 점에서는 각오를 해 두는 편이 좋으리라.

류안의 입가에 미소가 스쳤다. 이 몸에게 어떤 각오를 시키는 것도 그대뿐이려나.

언젠가는 자신을 기억하지 못한 것부터 시작해서 그에게 전부 받아 내고 말 것이다.

언젠가는, 반드시.

一章

"폐하."

류안은 상념에서 깨어나 시선을 들었다.

정갈하게 마련된 음식들이 자리를 채운 긴 식탁 맞은편에서 건헌이 그녀를 보고 있었다. 늘 반듯한 자세로 앉아 적의 없는 눈으로 차분하게 이쪽을 응시하는 그를 볼 때면, 그녀는 그가 왜 자신과 겸상을 하고 있는지를 잊곤 했다. 그저 단순히 식사를 함께할 뿐인 것처럼. 그 역시도 가끔은 무시무시한 처지를 잊어 주길 바라기도 하지만 그건 지나친 욕심일 터였다. 다른 누구도 아닌 자신이, 그에게 목숨을 초개처럼 버릴 자리를 만들어 주었으니까.

류안은 빙긋 웃었다.

"먼저 말을 걸다니 별일이군. 그래, 듣겠다."

"……확인은 이미 끝냈습니다만."

이것 보라지. 그녀의 웃음은 조금 더 짙어졌다.

"대체 왜 멍하니 앉아 있는지 이상했나? 잠시 그대 생각을 하고 있었다."

예의를 지켜 빗겨 있던 시선이 당장 똑바로 향해 왔다.

"그대와 내가 처음 만난 날이 생각났거든."

"……."

"매일이 그렇듯 누군가는 살고, 누군가는 죽은 날일 뿐인데. 잊히지가 않는군."

"저 또한 그렇습니다."

그는 의외로 즉각 말을 받았다. 이유를 전혀 모르는 것처럼 말했던 그녀는 덕분에 그가 이 이유 모를 기분까지도 동감한다는 건지는 알 수 없었지만, 상관 않기로 하고 기분 좋게 젓가락을 들었다. 잠시 시간을 둔 다음 그도 내려놓았던 수저를 다시 들었다. 이제부터야말로 두 사람의 '식사'였다.

느긋한 젓가락질 사이로 류안은 건헌을 바라보았다.

그는 무릎을 꿇고 앉아 아무도 그에게 기대하지 않았던 책임과 의무를 다하기 위해 모든 것을 내놓았던 때로부터 조금도 변하지 않았다. 고작 한 해가 지났을 뿐이지만 독립군의 수장에서 제국 황제로 탈바꿈함에 따라 많은 것이 변한 류안으로서는 위치가 황자든 감별사든 변함이 없는 그가 신기할 정도였다. 아마 거사가 성공해 그가 백아국 22대 황제가 되었더라도 마찬가지였을 것이다. 그리고 백성의 사랑을 받는 공명정대한 군주가 되었으리라. 어쩌면 류안 자신보다 더.

하지만 지금 그는 자신의 감별사였고 그 미래는 자신의 몫이 되었다. 이제 남은 건 일어나지 않은 일보다 일어난 일의 결과가 훨씬 더 나았다고 당당하게 말할 수 있도록 만드는 것뿐이었다.

류안이 운명의 깜찍한 짓에 대해 새삼 감탄하고 있을 때, 시종이 각관의 내방을 알렸다.

"들라 이르게."

곧 소군이 들어와 예를 갖추었다. 그리고 간밤에 일어난 일들을 간략하게 보고하기 시작했다.

건헌이 동석한 첫날, 소군은 그가 있는 자리에서 국정을 논해야 한다는 사실을 비로소 실감했는지 굉장히 탐탁잖아 했다. 지금도 소군은 건헌을 철저히 없는 자 취급하고는 있지만, 이제 더는 듣는 귀를 불편해하지도 않고 신경 쓰지도 않았다.

그것은 그가 건헌을 조금은 인정했다는 증거이자 커다란 양보였다. 건헌 역시도 그저 장식된 정물처럼 존재감을 없앤 채 조용히 앉아 있음으로써 그에게 보답하고 있었다. 이 또한 두 사람이 나누는 신뢰라고 할 수 있어서, 류안은 그들과 함께 있는 이 순간을 몰래 즐기곤 했다.

그녀는 보고를 들으며 질문거리를 찾고 몇 가지 지시를 내렸다. 간략하게 받아 적고 마지막으로 금일의 일과를 보고한 소군은 두루마리를 갈무리한 다음에도 어쩐 영문인지 바로 나가지 않았다. 두부요리를 맛보던 류안이 틈을 내주었다.

"그대가 망설일 만큼 큰 문제라도 있나?"

"시각에 따라서는 그럴지도 모릅니다만."

운을 뗀 소군이 말을 이었다.

"다름이 아니라 화현華顯가에서 폐하께 좋은 말벗을 소개해 드리고 싶다는 청을 넣어 왔습니다."

"말벗?"

무슨 일인가 싶더니. 류안은 기가 차 코웃음을 쳤다.

"일국의 군주로서 통탄하지 않을 수 없군. 소위 명가라는 것들이 나라 일에 전념치 못할망정 뚜쟁이 노릇이나 자처하고 있으니."

건헌의 젓가락이 허공에서 멈칫, 정지했다. 그러나 그 찰나를 알아차린 사람은 아무도 없었다. 소군이 엄숙하게 말했다.

"그리 매도하실 것까지는 없지 않습니까. 뭐, 설마 하니 쭉정이를 보낼 생각은 아닐 터이니 한번 만나는 보시는 게 어떠실는지요?"

"각관, 그대는 뉘 편인가?"

"이 문제가 폐하를 편먹기 좋아하는 골목대장으로 돌려놓을 만큼 심각한 사안인 줄은 미처 몰랐군요."

류안이 슥 노려보았지만 소군은 모른 척 시선을 다른 곳에 두었다가 계속 말했다.

"사실 그들의 입장을 보면 주제넘은 것은 아닙니다. 폐하께서

성년이신 데다 나라의 기틀도 무리 없이 잡히고 있으니, 신하 된 자로서 그만한 충언은 해야 체면이 서지 않겠습니까. 오히려 소신은 동시다발적으로 튀어나오지 않은 것이 신기합니다."

"별것이 다 신기하군. 누차 말하지만 시침랑으로도 좋다면 말리지 않겠다. 그렇게 전하도록."

"이번에는 정녕 그대로 받아들여도 괜찮으시겠습니까?"

"무슨 뜻이지?"

"말씀은 그리하셔도 늘 이래서 싫고 저래서 나쁘고, 온갖 트집을 잡으시니 말리지 않기는커녕 내치는 것과 진배없었으니 드리는 말씀입니다."

류안이 작게 신음했다.

"그대, 분명 역대 최강의 각관일 거야."

"과분한 칭찬에 몸 둘 바를 모르겠습니다."

당연한 거 아니겠느냐는 얼굴로 뻔뻔하게 겸양을 중얼대는 소군은 정말 강적이었다. 이대로는 이 줄다리기가 결판나지 않을 것이라, 결국 류안은 긍정적인 방향으로 진지하게 고려해 보겠다고 한발 물러났다.

"그리고 정오에 떠나는 수렵은 직접 지휘하겠다."

"……명 받들겠습니다."

소군은 '골이 아파 옵니다.'를 잘못 말한 표정으로 인사하고 나갔다.

늘 위험하다느니 쓸데없다느니 말리는 말을 듣지 않은 덕분에 이미 수렵에 나가기도 전에 기분이 전환된 류안은 식사를 마저 끝냈다. 비슷한 속도를 유지하던 건헌 역시 젓가락을 놓았다. 첫날, 굶겨 죽일 생각은 없으니 굳이 맞추지 말고 알아서 충분히 먹으라고 지나가듯 말한 적 있었지만 그의 태도는 바뀌지 않았다. 그녀는 소매를 펄럭이며 손짓했고 자리를 뜨는 그의 뒷모습을 바라보았다.

황제의 어명으로 하루아침에 감별사에 임명된 자.

상세한 신상은 불명이라지만 한 번이라도 만난다면 어느 명문 일족의 사생아라는 소문을 떠올릴 만큼 범상치 않은 인상을 주는 건헌은, 모르는 자에게도 아는 자에게도 경계 대상이었다. 더욱이 황명 탓에 쉬쉬하고 있지만 망국의 직계이며 홍국 황가의 선대 일문을 몰살한 살인자의 아들인 것이다.

그러나 반면에 백아국 내에서의 신망이 높았고 그 자신도 반역을 시도하였다는 점, 목숨을 부지하려 들지 않고 황손다운 처신을 한 점 또한 사실이라 건헌의 위치는 애매하기 그지없었다. 따라서 그의 처소를 정하는 일에 대해서도 의견이 분분할 수밖에 없었는데, 류안의 말 한마디에 황궁 깊숙한 곳에 외따로 자리한 별채로 정해지게 되었다.

나라를 안정시키기 전까지는 황궁을 새로 짓는 것 따윈 낭비일 따름, 없는 것도 아니고 있는 것을 써먹자는 황명대로 백아국의 황궁을 그대로 쓰고 있었기에 건헌도 익히 아는 장소였다. 역대 백아에는 외부에 알려져서는 안 될 병을 앓던 황손들이 종종 발생했는데, 이들을 평생 격리해 두는 곳이었다. 그래서 별채라고는 하나 또 다른 감옥이나 매한가지라 별다른 이견 없이 건헌의 몫으로 주어졌다.

아침 식사를 끝낸 그는 익숙한 길을 걸어갔다. 식사 중에 듣는 그 어떤 얘기든 바로 흘려 버리는 습관을 익힌 지 오래건만 오늘은 그러지 못한 게 당혹스러울 정도라 걸음걸이는 다소 급했다. 말한 당자조차 금세 잇었을 말이 귓가에 달라붙어 그를 성가시게 하고 있었다.

'뚜쟁이 노릇이나 자처하고 있다니.'

'시침랑으로도 좋다면 말리지 않겠다.'

그는 한 손을 들어 얼굴을 문질렀다. 황제의 앞에서 의식적으로 감춘 동요가 스스로 놀랄 만큼 격했던 탓인지, 아직도 잔재가 남아 마음이 답답했다. 한숨을 삼킨 그는 별채가 보이는 곳에 이르러서야 걸음을 늦추었다.

작지만 정갈한 실내 안에 한 발을 들여놓은 순간, 건헌을 붙들고 놓아주지 않던 잡념이 일시에 지워졌다.

문을 닫은 그는 계속 걸어갔다. 시야가 탁 트인 창가 옆에 앉은 다음에야 그는 조용히 입을 열었다.

"나와라."

명이 떨어지기 무섭게, 방 한구석에 그림자가 나타났다. 건헌이 작게 미소 지었다.

"오랜만이구나."

"소인 흑염, 건헌 님께 인사 올립니다."

흑염黑炎은 개인의 이름이 아니라, 백아국 황실에서 대대로 길러 내어 계승자에게 내려 주는 당대 최고의 무인을 가리키는 호칭이었다. 오로지 실력으로 이어지기에 더욱 경외의 대상이 된 그 존재는 황권의 상징과도 같았지만 나라가 멸함으로써 전설이란 이름 아래 사람들의 뇌리에서 서서히 잊혀져 가고 있었다.

그 최후의 흑염이 한쪽 무릎을 꿇고 정중하게 고개를 숙였다.

"그대는 무사하리라 믿었지. 이리 찾아와 주어 고맙구나."

"황송합니다. 지난 일 년간 주군을 찾아 헤매었으나 설마 이런 곳에 계시리라고는 생각지 못하였기에 오늘에야 존안을 뵈오니 용서를 바랄 따름입니다."

건헌은 고개를 저었다.

"나는 그대의 주군이 아니다. 흑염. 벗으로서 온 것이라면 환영하지만."

"천만의 말씀입니다!"

흑염이 낮지만 강한 목소리로 반박했다.

"애초, 이미 탁해질 대로 탁해진 황가를 떠나지 않은 것은 건헌 님이 계시기 때문이었으며 마음을 죽이고 황태자께 굴종했던 것 또한 소인의 언행이 자칫 건헌 님께 위해를 끼쳐 드릴까 두려웠기 때문이었습니다. 이제 소인, 자유가 된 몸으로 스스로에게 정직하게 참된 주군을 모시고자 합니다."

바람결에 나뭇잎이 스치는 소리가 잠시 방 안을 채웠다.

이윽고 건헌이 천천히 입을 열었다.

"그래, 그대는 이제 어디에도 묶여 있지 않아. 어디로든 자유롭게 원하는 대로 떠나도록 해."

"전하! 어찌 그런 말씀을······!"

"그리고 그렇게 부를 필요는 없다. 여기 있는 건 황자가 아니라 감별사니까."

흑염의 얼굴이 희미하게 일그러졌다.

"알고······ 있습니다. 그러하기에 더욱 이해할 수가 없습니다. 어찌 이 같은 치욕을 앞으로도 감수하겠다 말씀하시는 것입니까!"

건헌이 설핏 웃었다.

"치욕이라. 그리 생각하나?"

"어찌 달리 볼 수 있겠습니까! 물론, 살아 계신 것만으로도 기쁘기 그지없는 일이지만 그렇다고 그 무례를 용납할 수는 없습니다."

"나 역시 이렇게라도 살아 다행이라는 생각은 한 적이 없다."

"······."

"하지만 이 경우는 치욕도, 무례도 아니다. 오히려 그 반대에 가까울 거야."

건헌의 시선이 창밖으로 건너갔다.

부드러운 바람에 스친 나뭇잎이 살랑 춤을 추다 이내 잠잠해지는 광경은 그저 평화로웠다.

"자결이 실패했을 때부터 죽 생각했었다. 내가 죽더라도 홍국이 세간의 비난을 받을 이유도 없고 오히려 죽어 주어야 여러모로 편리한 입장인 것을, 분명 모두가 방심한 순간이었음에도 황제가 직접 손을 베이기까지 하며 막은 이유가 무엇인지. 그러다 감별사가 되라는 명이 떨어졌을 때 적어도 하나는 알게 되었어. 황제는 내가 살아 있기를 바란다는 것을."

한가롭고 고요한 경치를 내다보며 그가 계속 말을 이었다.

"왜 하필 감별사였을까. 목숨을 걸고 정복자인 나를 지켜라, 언뜻 보기에는 철저한 복수지. 허나 오히려 그 때문에 반대의 목소리를 효과적으로 누를 수 있다. 폐황의 자식을 방패막이로 쓴다면 누구나 이해할 일. 몸뚱이가 하나면 되니 무기 소지를 막을 수 있고 언제 죽을지 아무도 모르니 살려 두겠다는 의지의 표명도 아니니까. 머리를 잘 썼어."

마치 남 일처럼 덧붙이는 건헌에게 묵묵히 듣고 있던 흑염이 중얼거렸다.

"그 말씀이 옳다면, 과연 어찌하여……."

"그래. 성난 민심을 달래려고 그 앞에 던져 줄 용도 외에는 알 수 없는 일이지. 허나 내 정체는 함구되었고 지금까지도 외유하게 한 적이 없어. 처음 감별의 일을 하라는 명을 받기로 결심한 것은 곁에 있게 되면 그 이유를 알게 되리라는 생각에서였다. 따지고 보면 독이 아니라 사람을 감별하는 셈이었지. 그러나 지금은……."

건헌은 잠시 입을 다물었다.

지난 일 년의 세월은 많은 것을 바꿔 놓았다. 그중 가장 큰 변화를 겪은 건 바로 황제라는 것을, 건헌은 확실하게 느끼고 있었다. 장신구로 고정시켜야 할 만큼 길어 버린 머리칼뿐만이 아니라, 당시 젊은 장수로만 보였던 류안은 이제 두 번 다시 같은 눈으로 볼 수 없을 만큼 명실상부한 지존이며 나라의 중심이었다.

어린 시절 일족이 도륙당한 과거에 무너지지 않고 반백 년은커녕 그 절반도 미치지 않는 세월 만에 복수에 성공하기까지, 오롯이 앞을 보며 달려온 강하고 곧은 심성. 문무백관과 백만 장병이 충성을 바치는 타고난 고귀함. 거대한 나라를 유례가 없을 만큼 빠르게 안정시킨 유능함. 그 모든 것이 시간의 힘으로 점점 더 빛을 발해 눈이 부실 정도였다.

그의 자결을 막았던 당시, 황제는 그 자리에 있던 이들에게 함구령을 내리고 폐황 의천의 핏줄은 모두 죽었으며 산 자들도 그 죄에 따라 사형에 처하였다고 공포했었다. 그러나 측근들에게조차 그 비밀이 지켜질 리는 없는 법. 그들은 너 나 할 것 없이 감별조차 분에 넘친다며 원숭이를 식사 때 대동하는 것으로 충분하다고 반대했지만 그녀는 태연하게 일축함으로써 반대의 목소리가 잦아들게 만드는 몫을 시간의 흐름에 맡겼다.

'감별로야 원숭이보다 사람이 쓸 만한 게 당연한 일. 눈앞에서 먹는 것을 직접 볼 수 없다면 어찌 믿겠는가? 그리고 제일 중요한 건, 짐은 원숭이가 싫다.'

덕분에 건헌은 매일 세 번 류안을 만났다. 아침, 점심, 그리고 저녁. 국경 시찰이나 외유로 인한 부재 등을 제외하면 하루도 거르지 않았다. 어느 사이엔가 그녀를 대하는 그는 작은 꽃봉오리가 더할 나위 없이 환하게 피어나는 모습을 곁에서 가만히 지켜보는 마음이 되어 있었다. 물을 줄 자격은 되지 못하더라도, 해충을 막을 수 있는 위치는 나쁘지 않다는 생각을 한 건 언제부터였던가.

"……지금은, 그런 건 아무래도 상관없어졌어."

그는 흑염의 시선을 마주하며 담담하게 말을 이었다.

"그녀가 어떤 나라를 만들어 갈지 직접 보고 싶어졌으니까."

흑염의 눈이 커졌다. 건헌이 말했다.

"홍국 황제는 연치는 어릴지언정 현명한 인물이다. 지난 시간 동안 이 땅의 변화를 직접 보았을 그대라면 이해하리라 생각하는데…… 어떤가?"

흑염은 머뭇거림으로써 대답을 한 셈이었다. 하지만 완전히 납득하지는 못하겠는지 아쉬움을 흘렸다.

"하오나 건헌 님께서 다스리셨다 하여도 마찬가지였을 겁니다."

"나 역시 한때 그런 욕심을 품었었지."

건헌이 희미하게 웃었다.

"허나 믿었던 자가 배신한 것이 하늘이 허락하지 않는 방증이라 여겨 체념하려던 차에 이번에는 홍군의 침입으로 온 황궁이 혼비백산, 어영부영 감옥에 갇혀 살아남았고. 나름의 의무를 다하고 미련 없이 자결하려 했건만 그조차 생각지도 못한 방식으로 가로막힌 데다 결국엔 감별사라……. 대체 무엇이 하늘의 뜻인지 모르겠지만 이제는 내 뜻에 따라 결정하려 한다. 새삼스러운 얘기가 되었지만."

그를 바라보던 흑염은 고개를 숙였다.

"변하지 않으셨습니다. 건헌 님은."

"그런가."

"차라리…… 변하셨다면 좋았을지도 모르겠습니다. 처음 뵈었던 날 이후, 당신을 만인 앞에서 당당하게 섬길 수 있는 때만을 기다리고 있었던 저로서는."

건헌은 조용히 고개를 끄덕였다.

"그대의 마음은 잘 알고 있지. 답할 길이 없어 미안할 따름이다. 어차피 혼자 지내는 몸, 간혹 놀러 오면 차 한잔 정도는 대접할 수 있을 것이야."

"……멀리 가지 않습니다. 제아무리 황제라 할지라도 당신께 해가 되는 즉시 무사하지 못할 것입니다."

"흑염."

"허나 지금으로서는 득이 되고 있음을 인정해야겠지요."

조용히 몸을 일으킨 흑염이 말을 이었다.

"금일 떠나게 될 수렵에서, 황제는 경계를 높여야 할 것입니다. 단순히 제단에서 산 제물을 미쳐 날뛰게 함으로써 상징성만 깎아내리려던 자들이 황제가 직접 움직이게 되자 더 큰 욕심을 품게 된 모양이니."

건헌의 얼굴이 딱딱해졌다. 흑염이 짧은 설명을 덧붙였다.

"이곳으로 오는 중에 다락의 쥐새끼들이 나누는 소리를 들었습니다. 말씀드리지 않으려 했지만…… 아니, 지금도 후회하고 있는지도 모릅니다. 그러나 우선은 당신의 뜻을 존중하고 싶습니다. 이 심장이 여전히 당신이 주인이노라 외치는 동안은."

예를 갖춘 흑염은 이내 자취를 감추었다.

건헌은 한동안 미동도 하지 않았다. 잠시 후 자리에서 일어났을 때, 그 움직임에는 망설임이 없었다.

지금쯤 황제는 아침 조회를 위해 정전正殿에 있을 터였다. 식사한 지 그리 많이 지나지 않았으니, 어쩌면 가는 길목에서 마주칠 수 있을지도 모른다. 그 생각이 건헌으로 하여금 달음박질을 하게 만들었다. 놀란 눈길들을 무시하고 달린 끝에, 그는 본궁에 막 들어서려던 황제의 앞에 불쑥 나설 수 있었다.

"멈추어라!"

호위들이 당장 검을 빼 들고 가로막았다. 그러나 건헌의 눈에는 시퍼런 검날 너머 놀란 얼굴의 황제만이 보였다. 건헌은 그 자리에서 부복했다.

"드릴 말씀이 있습니다, 폐하. 감히 청하건대, 주위를 물려 주십시오."

일순 그는 경악한 시선들 앞에 바늘꽂이가 된 기분을 맛보았다. 보이지 않는 압력이 어깨를 짓누르는 가운데 꿋꿋이 기다리는 그를 향해 내려온 황제의 목소리는 묘하게도 웃음기가 섞여 있었다.

"다들 여기서 대기하도록."

건헌은 고개를 번쩍 쳐들었다.

"따라오라."

짧은 말을 던진 황제는 등을 돌려 걸어가기 시작했다. 이처럼 금방 받아들일 줄 몰라 당황한 건헌은 질책하는 시선을 던진 소군 덕분에 퍼뜩 현실로 돌아와 서둘러 그녀의 뒤를 따랐다

황제는 본궁의 안뜰 한가운데에서 멈춰 섰다. 사방이 트여 함부로 들을 귀가 없는 곳이었다. 건헌은 매의 눈으로 지켜보는 사람들이 제게 위협을 느끼지 않을 적당한 거리 끝에서 한쪽 무릎을 꿇었다.

"식사 외의 시간에 식탁 외의 자리에서 보는 건 처음이군."

놀리는 듯, 빈정대는 듯 미미한 웃음기가 묻어나는 말투는 그럼에도 진지했다.

"용케 그 일과표를 벗어날 생각을 했으니 용기가 가상타 할 것이나, 칭찬하기에 앞서 들어야겠다. 원대로 되었으니 말해 보라."

"금일 수렵에 동행시켜 주십시오."

이것이 그가 생각할 수 있는 가장 나은 방법이었다.

의식을 중단시킬 수도, 각관조차 말리지 못한 황제의 외유를 막을 도리도 없다. 그렇다면 적어도 그 자리에 있으면서 대비해야 했다.

그의 주저 없는 말에 황제는 바로 대답하지 않았다. 그녀는 잠시 그를 내려다보다가 물었다.

"연유는 무엇인가?"

놀랍게도, 그는 그 질문을 듣고서야 지금 자신이 얼마나 무모했는지를 깨달았다. 흑염에 대해 말할 수 없는 이상 설명할 길도 없었다. 마음이 급해 앞뒤 가리지 않고 뛰어든 자신에게 뒤늦게 당혹하기 시작한 그는 무언의 재촉에 결국 침통하게 대답했다.

"말씀드릴 수 없습니다."

"말할 수 없다, 라. 일을 이리 키워 놓고?"

황제가 우습다는 듯 반문했다.

"아마 조회가 끝나기도 전에 그대가 짐의 앞을 가로막았다는 소문이 온 궁에 퍼질 거다."

……그렇게만 소문이 나도 다행이겠지.

궁중의 소문이란 게 얼마나 살이 붙여지고 어그러질지 익히 아는 그는 새삼 한숨을 참았다.

"있는 듯 없는 듯 조용히 살아온 그대가 그 소란을 감수하기로 했거나, 그런 것도 생각하지 못했을 만큼 다급했거나. 어느 쪽이든 심상치는 않군. 무언가 허튼소리라도 들었나?"

건헌은 고개를 들었다. 눈이 마주친 황제는 그가 그녀의 동행을 자처한 것이 음모가 아니라 그 반대의 마음이리라 알아주고 있었다. 돌연 맞닥뜨리게 된 예상 못 한 신뢰에 그는 말문이 막혔다. 이지적인 눈으로 그를 응시하는 그녀가 재차 확인했다.

"다만 그대는 그 말을 진정 우려하는 것이고?"

"그렇……습니다."

그녀는 빙그레 웃었다. 익숙한 미소는 그럼에도 눈이 부셨다.

"좋다."

너무 쉽게 나온 대답은 그로 하여금 귀를 의심케 했다. 허나 잘 못 들은 게 아닌지 황제가 말을 이었다.

"각관에게 일러둘 테니 준비하도록 해."

"……감사합니다."

"말 타는 법을 잊은 건 아니겠지? 낙오자는 두고 갈 거다. 불 안하거든 출발 전까지 연습해도 좋아."

끝까지 그를 놀리듯 장난스럽게 말을 건넨 그녀는 예고 없이 걸음을 뗐다. 그리고 그의 옆을 지나쳐 갔다. 옷자락이 스칠 정도 로 가깝게 지난 찰나, 그는 어쩐 일인지 숨을 쉬지 못했다. 점점 멀어지는 그녀의 뒤로 남은 잔향이 그를 맴돌았다.

二章

　홍국의 국가적 의례 중 가장 중요하게 여겨지는 제례는 만물이 풍성해지는 가을에 치러진다. 한 해의 무사함과 은혜로운 결실에 감사하며 하늘에 산 제물을 바치는 것이다. 제례가 끝나면 방생하는 그 제물이 무엇인가는 상관이 없지만, 반드시 무악산茂岳山에서 포획한 금수여야만 했다. 태곳적부터 이어 온 기기묘묘한 협곡들, 그 누구도 들여놓지 않는 봉우리들로 이루어진 성스러운 산의 기운을 담고 있는 생명만이 자격이 있기 때문이었다.

　그 성산聖山은 일찍이 홍과 백아의 천연 국경선이었기에 황실의 소재가 달라졌다 하여 그 거리가 더 멀어졌다거나 하지는 않는다. 그럼에도 류안이 수행원들과 함께 산 아래 도착한 것은 느지막한 오후가 되어서였다. 천막을 치고 잠깐 휴식을 취한 다음,

그녀를 필두로 한 무리들이 험준한 산속으로 능숙하게 말을 몰고 들어갔다.

너른 들판이 아닌 만큼 뒤따르는 무인들은 각별히 주의를 기울이고 있었지만 그 주의력이 간혹 의도하지 않은 쪽으로 흘러가는 것을 류안도 느낄 수 있었다. 그러나 그녀의 바로 곁에서 말을 달리고 있는 감별사는 조금도 신경 쓰이지 않는다는 태도로 오로지 그녀만을 좇았다. 바람결에 나뭇잎이 소리를 높일 때, 산세를 읽을 때, 수행원들이 그녀가 보고 말하는 것을 함께 볼 때조차 그는 그녀를 보았다. 이쪽을 끈기 있게 지켜보는 시선은 이유를 알면서도 모른 척하고 싶어지게끔 짜릿했다. 곧고 올바른 성품의 그는 그저 옳지 못하다고 생각한 것을 내버려 둘 수 없는 것뿐인데.

제풀에 웃은 류안은 고삐를 당기는 힘을 조절했다. 그의 입장에서는 식사 중에 일어날 일만 아니면 아무래도 상관없을 거고, 아니 오히려 그녀가 죽는 편이 나을 텐데도, 오해를 감수하고 나선 건 정말 그다운 행동이었다. 부황에게 맞서 반역을 도모했던 것만큼이나…….

문득 시야 한끝에 잡히는 흰 그림자가 그녀의 상념을 방해했다. 고개를 돌린 류안은 눈을 빛냈다.

"보았느냐? 흰 사슴이다! 저놈을 데려가야겠다."

이랴! 신호가 떨어지자 말은 주인의 재촉대로 속도를 내기 시작했다. 그녀의 뒤로 건헌과 무인들이 따랐다. 덤불과 수풀을 헤치고 나아간 그들 앞에 이내 눈처럼 흰 사슴이 나무 사이로 언뜻 모습을 드러냈다. 류안은 즉시 고삐를 놓고 화살을 겨누었다.

이힝힝힝힝!

그 순간, 갑자기 류안이 타고 있던 말이 펄쩍 뛰어올랐다.

"워, 워!"

두 손 다 놓고 있던 류안은 하마터면 균형을 잃고 떨어질 뻔했으나, 재빨리 활을 놓고 말갈기를 붙들었다. 낙마는 면했지만 진정하기는커녕 계속 미친 듯이 뛰는 말의 목을 안고 무조건 버틸 수밖에 없었다. 한참을 펄쩍거리던 말은 류안이 끈질기게 버티자 땅을 박차고 달려 나갔다.

"폐하!"

경악의 외침이 빠르게 멀어지고 잇따라 쫓아오는 말발굽 소리가 요란하게 울렸다. 류안은 최대한 몸을 낮추고 말을 붙든 팔에 힘을 주었다. 잘못 떨어지면 그대로 황천길이라, 말이 제풀에 지쳐 넘어지거나 속도를 줄이기 전까진 함부로 움직일 수 없었다. 혀를 차던 류안은 이것이 단순한 사고가 아니란 걸 깨달았다.

"폐하!"

그리고, 그 점을 미리 경고한 사람의 목소리가 바로 지척에서 들렸다.

류안은 겨우 고개를 틀어 흐트러진 머리칼 사이로 바짝 따라온 그를 발견했다. 그의 절박하고 심각한 표정이 낯설어서 조금 전까지도 냉정하던 심장이 펄쩍 뛰는 것만 같았다.

"힘을 빼십시오! 그쪽으로 가겠습니다!"

그녀는 그와 눈을 맞추어 승낙 의사를 알렸다. 그때 류안의 말이 나무뿌리에 발이 걸려 휘청거렸다. 류안이 덩달아 들썩댄 찰나, 건헌이 이쪽으로 몸을 날렸다. 그가 그녀를 끌어안듯 품으로 당겼고 그녀는 재빨리 손을 놓았다.

한 덩어리가 된 두 사람은 수풀 위로 떨어졌다. 한차례 크게 튀어 올라 비탈길을 구르기 시작했지만 그녀를 감싼 팔은 조금도 풀리지 않았다. 그들은 한참을 굴러떨어진 후에야 간신히 멈추었다.

"……웃."

천천히 눈을 떴을 때, 류안은 아무것도 볼 수 없었다. 뒷머리를 단단히 감싸 얼굴을 어깨에 묻은 손의 단단함과 밀착된 몸의 체온만이 느껴질 뿐이었다.

요란하게 울려 대는 심장 소리는 놀라서인지 안심해서인지, 아니면 전혀 다른 이유가 있는지 그녀는 쉽게 가늠하지 못했다. 다른 한 팔로 그녀의 허리를 붙들어 몸을 고정시킨 채 그녀의 완충 역할을 자처한 그가 길게 숨을 쉬었다. 희미한 숨결이 어마어마한 바람처럼 그녀를 향해 불어닥쳤다.

그는 바로 일어나거나 그녀를 흔들지 않고 신중한 태도로 팔을 풀었다.

"폐하. 괜찮으십니까?"

"응…… 그럭저럭."

그녀는 천천히 몸을 일으켰다. 엉망이 된 머리칼이 흘러내려 자신의 아래에 누운 그의 얼굴 위로 그늘을 만들었다. 그 탓인지

읽기 어려운 표정 가운데 이쪽을 올려다보는 진지한 눈빛이 형형
했다. 한순간 얽힌 시선은 금세 떨어지고, 류안은 그에게서 내려
와 옆으로 비켜 앉았다.

"덕분에, 고맙다. 그대는 괜찮은가?"

"네."

즉답이었으나 그녀는 그가 일어나 앉는 동작을 유심히 본 다음
안심했다. 그녀는 주변을 둘러보았다. 수풀과 나무가 우거진 사방
은 매우 조용했다.

"제법 멀리 떨어진 모양입니다."

"그렇겠지."

"우선 섣불리 움직이지 말고 기다리는 게 좋겠습니다."

류안을 돌아본 건헌이 한 손을 뻗었다. 몸에 묻은 흙을 털어 내
던 그녀는 멈칫했다. 가까이 다가오던 기름한 손가락이 뺨에 닿기
직전, 그는 내밀었던 것만큼이나 갑작스럽게 손을 거두었다.

"……다치셨습니다."

그녀는 주먹 쥔 그의 손을 보았다. 방금 전까진 아예 온몸을 붙
여 놓고는 이제 손끝을 대는 것도 조심스러워하는 게 퍽 우습다
는 생각이 들었지만 웃음은 나지 않았다. 실망인지 그보다 더 큰
무엇인지, 깊게 생각하는 대신 그녀는 직접 뺨을 더듬었다. 생채
기가 났는지 쓰라리긴 해도 이만하길 다행이었다.

"뭐, 이쯤이야 핥으면 그만이지. 목뼈가 부러질 수도 있었는데
이깟 거에 신경 쓰는 건 사치다."

류안은 등 뒤에 반쯤 썩은 나무둥치가 있는 것을 보고 몸을 기댔다. 욱신대는 몸이 여기저기서 신음을 지르는 것을 모른 척하며 물었다.

"이런 것을 예상했었나?"

"방식은 달랐습니다만."

"어떤 수작을 부렸는지 몰라도 확실히 그대가 아니었다면 비명 횡사할 뻔했다. 일부러 직전에 말을 바꾸었는데 그조차 허사였군."

"……소인이 올린 말씀 때문이었습니까?"

"내 앞에서는 필요 이상 낮추지 말라고 했을 텐데."

"……."

지금 그게 중요하느냐는 항의를 하고 싶은 듯 어이없어하는 눈빛이 제법 무엄했다.

"저를 믿으신 겁니까?"

당장 바꿔 물은 말은 여전히 정중했지만, 시선 때문인지 어째 추궁받는 기분마저 들어 류안은 때아니게 즐거워졌다. 그와 이처럼 길게 말을 섞은 것도 처음이었다.

"믿었지."

그래서 그녀는 솔직하게 답했다.

"그대가 날 해하려고 들 경우엔 정공법을 쓸 것 같았거든. 이처럼 단둘이 있을 때를 노려 시해하거나 날 구한 척 신임을 얻는 잡스러운 방식은 어울리지 않아."

"······."

"그대라면 시간과 공을 들여 사람들을 포섭해서 깃발을 세우고, 내 부덕을 명분으로 옥좌를 탈환하려 들겠지."

류안은 씩 웃었다.

"뭐, 결심이 서면 한번 애써 보아라. 쉽지는 않을 것이다."

"······폐하께서는 승부사 기질이 있으시군요."

묵묵히 듣던 건헌이 한숨처럼 중얼거렸다.

"하오면 이젠 도발당한 제가 '두 번 실패한 적은 없습니다' 라고 말씀드릴 차례일까요."

"사실인가?"

류안이 궁금해서 묻자 그는 말문이 막힌 듯했다. 그때 머리 위쪽에서 가느다란 외침이 들려왔다.

"폐하! 어디 계십니까? 폐하!"

"다행히 오래 걸리지는 않았군요."

일어선 건헌이 목소리를 높여 위치를 알렸다. 류안은 조금 아쉬운 기분으로 낙엽을 헤치는 소리가 가까워지는 것을 듣고 있었다. 이내 무인 한 명이 그들 앞에 모습을 드러냈다.

"무사하셨군요, 폐하. 다행입니다."

그가 가까이 다가왔고 건헌은 옆으로 한 걸음 물러났다. 괜찮다고는 했지만 막상 일어나려니 다소 힘이 들어 류안은 한쪽 무릎을 짚고 일어났다. 그녀가 몸을 바로 하기도 전에, 건헌이 난데없이 앞을 가로막듯 끼어들었다. 그리고 비틀거렸다. 반사적으로 그를 떠받친 류안은 그의 어깨에 꽂힌 검을 보고 경악했다.

무인은 혀를 차며 검을 세게 뽑았다. 붉은 피가 사정없이 흩뿌려지고 몸이 크게 꿈틀거렸지만 건헌은 신음조차 내지 않았다. 오히려 그는 팔을 벌려 더욱 꼿꼿이 막아섰다. 낮지만 강하게 질책하는 목소리 또한 그랬다.

"이 무슨 발칙한 짓인가!"

"한낱 계집 주제에 고집을 부린 대가지. 좋게 권하는 대로 물러났으면 자는 사이에 편하게 죽었을 텐데."

"……재상이로군."

류안이 확신을 내뱉었다. 무인이 가소롭다는 듯 웃는 가운데, 그제야 제대로 짜 맞춰진 조각들이 온전한 그림을 그려 냈다. 독립에의 일등 공신이며 온화한 충신, 연륜 있는 유능한 관리로 문무백관의 장長을 맡긴 노인을 끝까지 전적으로 믿지 못하고 경계했던 것이 옳았음이 증명된 셈이기도 했다. 그는 그저 정통성을 가진 인형이 필요했을 뿐이었다. 적당히 자리를 잡은 다음엔 사고를 가장해 치워 버릴 수 있는. 류안이 분노를 터뜨렸다.

"주제 파악도 못 하는 늙은이 같으니. 여태 봐준 것도 모르고 감히 발톱을 세워? 이러고도 무사할 줄 아느냐!"

"죽는 마당이니 폭언은 넘어가 주지. 염려 마라. 네가 죽어도 어르신이 알아서 나라를 잘 다스리실 거다."

"그 전에…… 나부터 죽여야 할걸."

건헌이 조용히 단언했다. 무인이 코웃음을 쳤다.

"재촉하지 않아도 너 또한 죽은 목숨이다. 운이 나빴던 걸 원망해라."

"안 돼!"

류안이 당장 앞으로 나서려는데, 건헌의 벌린 두 팔이 그녀조차 막고 있었다.

"비켜라, 명령이다!"

"따를 수 없습니다. 용서하십시오."

"건헌!"

그의 어깨가 흠칫 떨렸다. 그러나 그뿐, 그는 더 움직이지 않았다. 이미 부상을 입은 몸이라 뜻대로 마구 흔들거나 밀치지도 못한 류안은 애꿎은 그의 옷깃만 바짝 그러쥐었다.

"눈물 나는 광경이군. 황천에서도 사이좋게 지내어라."

비웃은 무인이 검을 치켜들더니 돌연 움직임이 멈추었다.

"……컥."

류안은 눈을 크게 떴다.

검이 바닥으로 떨어지고, 이어 무인이 털썩 쓰러졌다. 뒷덜미에는 단검 하나가 깊숙이 꽂혀 있었다.

"늦어서 죄송합니다."

퍼뜩 고개를 든 류안은 아무것도 없는 곳에서 홀연히 나타난 검은 옷 일색의 사내를 발견했다. 나이를 가늠할 수 없는 얼굴은 매우 낯설고, 목소리만큼이나 묵직한 눈빛은 자신을 향해 있지 않았다.

그녀가 어떤 예감을 느낀 것과 거의 동시에, 건헌이 휘청거렸다. 류안이 급히 손을 뻗었지만 검은 사내가 더 빠르고 단호했다. 그는 류안을 무시하고 건헌을 나무에 기대앉도록 부축했다. 건헌이 미소 지었다.

"역시…… 그대였군."

"이런 일이 벌어질까 봐 주시하고 있었습니다만 결국 막지 못하였으니 그 죄는 달게 받겠습니다."

"말도 안 되는 소리. 고맙다, 흑염."

"아……!"

저도 모르게 작게 외친 류안은 급히 입을 다물었다. 범상치 않다 했더니 그 흑염이라니.

건헌이 아차 하는 표정으로 이쪽을 보았지만 흑염은 여전히 그녀를 무시했고 표정도 바뀌지 않았다. 아니, 그는 심각한 얼굴로 상처를 살폈다. 그리고 품 안에서 다른 단검을 꺼내더니 시체의 옷자락을 찢어 붕대 대신 건헌의 상처를 단단하게 감싸 지혈했다.

"이대로는 위험합니다. 위까지 소인이 모시겠습니다."

"아니. 괜찮다. 그보다 어서 가 봐. 사람들이 곧 몰려올 거다."

"하오나……."

"염려 마라. 이깟 상처로는 죽지 않는다."

건헌이 단호하게 말했다. 흑염은 여전히 마음이 놓이지 않는 기색이었지만 저 위쪽에서 인기척이 들리자 결심한 듯 날카롭게 휘파람을 불었다. 웅성거림이 들리나 싶더니 이내 비탈길을 내려오는 여러 개의 발소리가 울려 퍼지기 시작했다. 흑염이 다시 고개 숙여 인사했다.

"소인은 이만 물러가겠습니다."

"내게 하고 싶은 말이 있을 텐데."

묵묵하게 지켜만 보고 있던 류안이 입을 열었다. 입막음을 하거나, 적어도 건헌의 안위에 대한 다짐을 받아 내는 게 정상이지 않은가. 하지만 막 일어나 몸을 돌린 흑염은 잠깐 걸음을 멈추었을 뿐이었다. 그는 순식간에 수풀 속으로 사라졌고, 언제 있기라도 했었느냐는 듯 기척이 지워졌다. 간발의 차로 수행원들이 달려들어왔다.

"폐하, 괜찮으십니까!"

그들은 동료 하나가 죽어 넘어진 것을 보고 놀라 우뚝 섰다. 주변을 둘러보다 즉각 피투성이가 된 건헌에게로 의심의 시선이 꽂혔으나 멀쩡한 류안이 그를 부축하듯 곁에 있는 것을 보고 당황하는 기색이 역력했다.

"폐하, 대체 어찌 된 일입니까?"

"왜 이자가……."

"나를 구하려다 중상을 입었다. 속히 이송토록 하라."

류안이 말을 끊고 지시했다.

"시체도 함께 가져간다. 사고사였다. 그 외는 일체 불문에 부치겠다."

뒷목에 단검을 박고 있는 시신과 땅에 떨어져 있는 피범벅 된

검을 번갈아 본 사람들은 류안의 명에 더욱 당황하는 눈치였지만 반박하지 않고 움직였다. 고개를 돌린 류안은 건헌이 의식을 잃고 축 늘어진 모습을 보았다.

순간 그녀는 숨 쉬는 것조차 할 수 없었다.

두루마리 위로 내달리던 붓이 돌연 정지했다.

계서를 작성하다 말고 소군은 고개를 돌렸다. 시선의 끝에는 몸을 굽힌 채로 얼어붙은 환관이 서 있었다. 그 긴장의 이유가 자신이 가져온 소식인지 앞에 있는 사람인지는 아마 그 자신도 알지 못하리라.

방금, 제례를 위한 수렵을 떠난 황제의 수행원 중 한 명이 예상보다 훨씬 이른 시각에 돌아와 맞이할 채비를 하라는 황명이 전달되었다. 그리고 그 채비 중 첫째는 내의원에 기별하라는 것이었다고 한다. 치료를 위한 어의와 장의葬儀를 위한 일손이 필요하다는 이유로.

"죽은 사람은?"

"그, 그것이, 아직……."

"지금 그걸 보고라고 하는 것인가?"

소군의 목소리와 눈빛이 한층 더 냉엄해졌다. 반사적으로 어깨를 움츠리며 하필 이런 내용을 이런 상대에게 전하게 된 자신의 운을 한탄한 환관이 변명조로 황급히 덧붙였다.

"하, 하오나 폐하께서 무사하신 것은 확실합니다."

"그야 당연한 일!"

일련의 지시들이 '황명'이라면 그 당자는 그만한 지시를 내릴 수 있는 상태라는 뜻이다.

물론 그렇다고 다치지 않았다는 뜻은 될 수 없지만. 차갑게 일갈한 소군이었으나 가슴속으로 스며드는 불안감은 차마 막지 못했다. 문득 아래를 내려다보자 커다랗게 퍼진 검은 얼룩이 글자들을 삼킨 후였다. 그는 한숨을 누르며 붓과 못 쓰게 된 비단 두루마리를 다소 거친 손길로 치우고 일어섰다.

황급히 뒤따르는 환관과 집무실 밖을 지키던 시종들이 얼른 예를 갖추는 것은 곁눈으로도 들어오지 않았다. 사실 신성한 제례를 위한 수렵을 중단했다는 점과 어의가 불려 나온다는 점, 그리고 최근의 정국政局을 염두에 둔다면 상황은 빤했다. 황제 시해 미수.

부상자와 사자死者는 자객, 그리고 용케도 밥값을 한 무인이겠지. 누가 어느 쪽이든 아무래도 상관없었지만 그로서는 기왕이면 자객이 다친 쪽이길 바랐다. 기본적으로는 문관이었고 피를 보는 것을 즐기지는 않으나 세상사 어디나 예외가 있는 법이다.

'빌어먹을!'

그는 내심 혀를 차며 걸음을 재촉했다.

내의원에 급전急傳을 넣고 황궁 수비군 일부를 마중을 위해 내보내고, 급작스런 흉보에 어수선해진 분위기를 가라앉히며 입들을 엄히 단속한다. 오래 멈춰 서는 일은 없어도 그를 발견하고 모여드는 이들에게 지시를 내리고 응대를 하다 보니 시간이 꽤 걸린 모양인지, 그는 시종들 및 달려온 어의와 함께 황궁 밖으로 채 나가기도 전에 중문中門까지 말을 타고 들어온 무리들과 맞닥뜨렸다.

"폐하!"

선두는 류안이었다. 소군은 그녀가 타고 있는 말이 수렵을 나갈 때 몰고 갔던 것과는 다르다는 걸 알아차렸다. 들은 대로 그녀는 무사했다. 뺨에 작은 생채기가 난 것을 제외하면, 일단은. 딱딱하게 굳은 얼굴은 고통이 아닌 기분 탓이 분명해 보였고 말에서 훌쩍 내려서는 동작은 다소 무거웠지만 몸을 제대로 쓰고 있었다. 그럼에도 그녀의 옷이 피로 물들어 있는 것을 보자, 소군은 입 안이 말라 오는 것을 느꼈다.

그녀는 주위를 휙 둘러보았다. 얼른 가까이 다가간 그는 그러나 그녀의 시선이 자신을 그냥 스쳐 지나가는 것을 알고 그 뒤를 쫓았다. 백발의 어의가 지존의 눈길에 고개를 숙이고 있었다.

"명을 받자와 모든 준비를 끝냈습니다. 드시지요, 폐하."

"짐은 괜찮다. 그보다."

류안이 곁에 선 무인에게 신호하자 뒤편에서부터 무리들이 양쪽으로 갈라졌고, 그 사이로 들것 하나가 나타났다. 모두의 시선이 집중되었다. 소군도 마찬가지였다. 약간 허를 찔린 기분조차 그 자리에 있는 다른 이들과 같았을지도 모른다.

건헌.

들것 위로 축 늘어져 의식을 잃은 사내는 다름 아닌 황제의 감별사였다.

순간 소군은 다친 쪽이 자객이길 바랐던 소망이 실현되었나 하는 생각이 불쑥 들고 말았다. 어쩔 수 없었다. 비록 그를 두고 '황제의 감별사'라고 자연스럽게 칭하게 될 만큼 그가 완벽하고 철저하게 감별사로 살아왔다 할지라도, 황제의 최측근인 소군으로서는 죽는 날까지 잊지 않을 '패망한 적국의 황자' 혹은 '흥국 원수의 아들'인 것도 진실이었다.

그러나 그 본능적인 의심은 나타났던 것만큼이나 금세 사라졌다. 마침 거의 방치되어 있다시피 한 시체 한 구를 보았기 때문도, 즉시 데려가 치료하라는 류안의 지시 때문도 아니었다. 안내를 받아 궁 안쪽으로 향하는 들것을 쳐다보는 그녀의 눈빛이 그에게 많은 것을 설명해 주고 있었다.

아마 그 역시 예전부터 짐작하고 있었던 사실까지도.

"폐하."

류안은 고개를 돌려 그를 쳐다보았다. 그녀가 희미하게 웃었다.

"……반갑다. 소군."

중얼거림에 가까운 그 말에 순간 그는 할 말을 잃었다.

상황이 얼마나 위험했는지, 그녀가 '집'에 돌아오고 소군 자신을 다시 보게 된 것에 얼마나 안도하고 있는지에 대해서 백 마디 말보다 더 확실한 표현이었다. 뭔가 울컥 올라오는 것을 애써 누르고 있는 그에게 그녀가 말했다.

"놀랐겠군. 이 피는 짐의 것이 아니다."

"네, 다행입니다. 가시지요. 폐하께서도 진후를 받으셔야 합니다."

"조금 구른 것뿐인데."

말은 그렇게 하면서도 자신의 입장을 잘 아는 그녀는 선선히 고개를 끄덕였다. 그는 그녀가 사람들에게 사건의 정황, 즉 짐승을 잘못 보고 놀라 발광한 말발굽에 치여 죽은 무인과 황제를 구하려다 낭떠러지에서 떨어져 크게 다친 감별사에 대해 짧게 설명하고 시신 수습을 포함한 몇 가지 지시를 내리는 것을 기다렸다가 반보 늦춰 뒤를 따랐다.

지금쯤이면 목욕물도 적당히 데워져 있을 것이다. 소군은 기회가 올 때까지는 입을 다물기로 했다. 류안이 씻고 진찰을 받은 다음에 궁금증을 풀어도 늦지 않다. 그리고 그의 상태가 어떤지 확인한 다음에.

조금 체념조로 중얼거린 소군은 순서만큼은 양보하지 않겠다는 결의를 다졌다. 덕분에 탕옥(湯屋, 목욕탕) 앞에서까지 실랑이가 이어졌지만 그는 눈도 깜짝하지 않았고, 결국 툴툴대는 그녀를 들여보내는 것에 성공했다.

류안이 땀과 먼지를 씻어 내는 동안 소군은 수행원들을 다시 한 명씩 불러들여 목격된 정황을 먼저 들어 두었고 시신을 확인했다. 건헌과, 심지어 류안보다도 더 온전해 보이는 그자는 뒷목에 난 딱 하나의 자상剌傷이 유일한 상처이자 치명상이었다. 말에 차였다는 설명이 생각보다 더욱 억지였던지라 좀 한심스러워진 것은 사실이지만, 수렵지에서 벌어진 일이니 달리 무어라 말하겠는가 싶기도 했다. 금군禁軍 소속인 데다 황제를 보필하다 죽은 자이니 특별히 황궁 내에서 염할 것을 지시했을 때 어린 환관이 와서 폐하가 찾으신다며 채 고르지 못한 숨을 헐떡거렸다.

그새를 못 참고 먼저 가 있을 줄 알았던 류안은 침착한 얼굴로 탁자에 앉아 차를 마시면서 그를 기다리고 있었다.

"먼저 가신 줄 알았습니다."

솔직하게 말한 그에게 그녀가 찻잔을 내려놓으며 여상스럽게 대꾸했다.

"그럴까도 했지."

"왜 안 하셨습니까?"

"글쎄. 그대가 대신 생각해 내 주면 좋겠는데."

농담인지 진담인지를 던진 류안이 자리에서 일어났다. 그때까지는 그래도 여유가 있어 보였던 그녀는 병실이 가까워질수록 점점 더 걸음이 빨라졌고 그는 아무런 내색 없이 보속에 맞춰 갔다.

건헌은 상반신에 붕대가 감긴 채 누워 있었다. 두 사람은 그가 잠든 것이 아니라 여전히 의식을 잃고 있는 것이라는 사실을 어의의 입을 통해 알게 되었다.

"급소를 아슬아슬하게 비껴가긴 했으나 피를 너무 많이 흘렸습니다. 무어라 장담할 수 없는 상태입니다."

류안은 표정을 지운 채 침상 곁에 서서 건헌을 내려다보았다.

소군은 말없이 그녀가 보고 있는 것을 함께 보았다. 핏기 없는

안색. 식은땀에 젖은 이마와 바싹 마른 입술. 미약한 호흡. 실상
당장 숨이 끊어져도 놀랍지 않을 지경이다. 같은 생각을 했을 류
안의 눈빛이 한층 더 어두워졌다.

"잠시 나가 있도록."

어의와 의녀들이 명에 따르는 사이 소군은 가까이에 있는 등받
이 없는 의자 하나를 끌어와 옆에 놓아 주었다. 류안은 건헌에게
서 눈을 떼지 않고 자리에 앉았다. 예상보다 더 긴 침묵 끝에 그
녀가 긴 한숨을 내쉬었다. 소군은 흐트러지지도 않은 자세를 바로
했다. 이제, 자신이 진실을 들을 차례였다. 건헌과 시신을 본 순
간부터의 추측이 확인받을 차례이기도 했다.

과연 류안의 입에서 흘러나온 얘기는 그의 예상대로였다. 재상
이 행동으로 나섰다는 것도 놀랄 일은 아니었다. 그러나 '흑염'이
라는 단어는 달랐다.

"……그 흑염입니까?"

"그렇더군."

맙소사.

소군은 정말로 오랜만에 소름이 돋았다.

변절한 금군 따위가 중요한 게 아니었다. 일국의 황자가 금수
처럼 감별의 일을 맡은 것이나 지금 저렇게 반죽음되어 있는 것
은 단순하게 말해서, 류안 때문이다. 그녀는 진정한 의미로 사지
에서 살아 돌아온 셈이었다. 아니……,

지금이라고 안전할까?

"이 순간에도 근처에 있을지 몰라."

그의 마음을 읽은 양 류안이 담담하게 말했다. 주변을 돌아보고 싶어지는 쓸데없는 충동을 누르면서, 소군은 냉정하게 생각했다. 건헌이 다쳤음에도 류안을 살려 두고 그를 류안의 손에 넘겨주기까지 한 이유는 바로 건헌에게 있었다. 즉 소군 자신이 제대로 판단하고 있다면, 이름 하나로 그림자조차 두려워하게 만드는 자는 류안에게 위협이 되지 않을 것이었다. 비록 소군 자신은 찜찜하고 흑염도 마찬가지겠지만 오히려 아군이 될 공산이 컸다.

물론 살아나야 말이지만.

소군은 새삼스러운 눈으로 건헌을 쳐다보았다. 애초 단점이 있다면 핏줄 정도일까 싶을 만큼 실력과 품성이 남다른 사내였긴 해도 흑염이 주군으로 받들 정도였을 줄이야.

"지난 일 년간 화약고를 끌어안고 있었군요."

그것도 자진해서.

소군은 속으로만 덧붙였다. 그날 자결하게 두었거나, 적어도 그에게 삶의 의지가 없을 때 죽였더라면 이런 일은 없었을 거라는 의미가 담긴 그 말을 입 밖으로는 내지 않은 이유는 어디 있는지 알 수 없는 흑염이 두려워서가 아니라 주군의 마음을 헤아려서였다. 하긴 방금 한 말도 그를 모르는 이들이라면 너무 냉정하다고 평하겠지만, 상대는 류안이었다. 그녀는 담담하게 수긍했다.

"지금껏 터지지 않았던 게 용할 정도지."

"그는 바로 돌아갔습니까?"

"줄곧 지켜보고 있었겠지만, 그래. 그냥 사라졌어. 내게 할 말이 없느냐고 물었는데 답은 듣지 못했다."

용기도 가상하시지.

그 사내라고 좋아서 내버려 두는 게 아니었을 텐데. 물론 류안도 그것을 알고 있는 듯했다. 나직한 중얼거림이 바닥으로 떨어졌다.

"왜…… 막지 않았을까."

그녀는 한동안 말없이 앉아 있었다. 소군이 선 위치에서는 그녀의 표정이 보이지 않았지만, 그는 궁금해하는 대신 못다 한 말들을 지워 버렸다. 애초 그녀가 움직이지 않았어야 했다는 지적을 하고 앞으로 섣부른 행동을 하지 않겠다는 확답을 듣기에는 지나치게 심각한 상황이 매우 잔인한 방식으로 그를 대신하여 그녀에게 일러 주고 있었던 것이다.

한참 후 류안이 몸을 일으켰다. 그리고 건헌을 한 번 더 쳐다본 다음 몸을 돌렸다.

두 사람이 복도로 나오자 대기하고 있던 어의와 의녀, 시종들이 일순 조용해졌다. 류안이 어의를 향해 입을 열었다.

"짐을 대신하여 누워 있는 자다. 살리지 못할 시 그대는 물론 내의원 소속 전원의 목에 책임을 묻겠다."

"……명심하겠습니다. 폐하."

머리를 조아리는 어의를 바라보는 그대로, 류안이 소군을 불렀다.

"각관."

"예, 폐하."

"이 시간 이후로 어의의 다른 업무는 모두 따로 처리토록 하라. 환자 옆에 상주할 수 있게 옆방을 치워 주고. 의료진과 그대, 각관을 제외한 그 누구의 출입도 용납지 않겠다."

"받들겠습니다."

대상은 소군 한 명이었으나 실상 그 자리의 모두에게 들으란 뜻과 같다. 잘 듣고 자리에 없는 이들에게는 알아서 말을 퍼뜨리라는 뜻이기도 했다. 소군이 대표로 대답하자 류안은 걸음을 옮겼다.

그 뒤를 따르던 소군은 바닥만 보고 있는 사람들을 흘끔 돌아보았다. 류안과 자신의 기척이 멀어지는 대로 그들은 서로의 얼굴을 쳐다보면서 놀라워할 것이다. 책임을 묻겠다는 '목'을 통례대로 '관직'이라고 생각하기에는 황제의 분위기가 너무 살벌했으니까.

만에 하나 그런 일이 실제로 발생할 경우 과연 그녀를 말릴 수 있을지, 소군은 드물게도 자신감이 사라지는 것을 느꼈다.

三章

등불이 드문드문 밝힐 뿐인 어두운 복도는 끝없이 이어지는 동굴 같았다.

왼발과 오른발이 엇갈릴 때마다 기대와 불안도 함께 교차했다. 잘 닦인 바닥이 진창처럼 느껴질 정도로 무거운 감정은 과연 익숙해질 날이 올까 싶다. 소리 없이 숨을 내쉰 류안은 이윽고 군사 두 명이 지키고 선 방문 앞에서 멈추었다. 활짝 열렸던 문은 그녀의 뒤로 조용히 닫혔다. 그녀가 방 안을 가득 채운 탕약 냄새를 헤치고 천천히 다가간 끝에는 건헌이 침상에 누워 있었다. 지난 며칠 동안 그랬듯이.

그녀는 침상 옆 의자에 앉았다. 촛불이 일렁이며 그의 창백한 얼굴 위로 그려 내는 음영 탓에 혹시나 드러날지 모를 움직임을 놓칠까 봐, 류안은 한순간도 시선을 돌리지 못했다.

건헌은 산에서 의식을 잃은 뒤로 지금까지 눈을 뜨지 않고 있었다.

아침마다 받는 보고에 따르면 가끔 뜻 모를 말을 중얼거리기도 하고 뒤척이기도 한다는데, 매일 밤 들르는 그녀는 그의 그런 모습을 한 번도 본 적이 없었다. 인중에 대어 본 손가락에는 희미한 숨결이 닿았고 잡아 본 손엔 분명 온기가 느껴졌지만 그게 전부라, 그녀는 그가 깨어나길 무작정 기다리고만 있는 시간 속에서 신경 끝이 가닥가닥 찢어지는 기분을 맛보았다. 그러면서도 그녀는 여전히 황제이기에 수렵 중 사고사한 무인을 애도하고 제례를 무사히 끝낸 데에 대해 재상을 치하해야만 했다.

이런 삶을 살면서, 어떻게 그에게 감별직을 맡길 수 있었을까.

류안은 이제야 자신의 실수를 깨달았다. 당시에는 최선의 방법이라고 생각했지만 자신은 한때 피해자였기는 해도 엄연한 정복자였다. 자신이 폭군으로부터 해방시킨 건 백성들이었지 그 폭군 밑에서 부귀영화를 누린 귀족들이 아니었고, 재상이 몸소 보여 주었듯 현 대소 신료들 중에서도 야심가들이 숨어 있으며, 심지어 황위에 오른 지 햇수로 따져도 고작 두 해이니, 어느 날 자신이 먹을 음식에 독이 들어갈 가능성은 매우 높았다.

만약 그 일이 실제로 일어난다면 자신은 그 사실을 눈앞에서 피를 토하고 쓰러질 건헌으로 인해 알게 될 것이고, 정작 범인을 찾아내도 이번처럼 죗값을 제대로 받아 내지 못할 수도 있었다.

빌어먹을 황제이기 때문에.

류안의 손안에서 옷자락이 형편없이 구겨졌다. 다른 누구도 아닌 이 손으로 직접 그를 사지로 내몰고도 태평하게 말이 없다느니, 많이 먹지 않는다느니 따위의 하찮은 일로 투덜댔던 자신이 너무 한심해서 참담할 지경이었다.

"……만회할 기회를 줘."

류안이 속삭였다.

"이세라도 눈을 뜨면, 원하는 대로 해 줄 테니까."

멋대로 말해 놓고도 류안은 무심코 숨죽여 그를 응시했다. 여전히 굳게 닫힌 두 눈은 눈꺼풀조차 움직이지 않았다. 그녀는 스스로 비웃고는 몸을 일으켜 탁자 아래에서 물병과 수건, 비누를 꺼냈다.

이내 하루 동안 자라난 짧은 수염이 하얀 비누 거품에 덮였다. 품에서 단도를 꺼내 건헌의 턱수염을 깎는 류안의 손길은 꽤 능숙했다. 몸을 닦는 일이야 궁인들의 몫이지만 흉기가 필요한 일까지는 허용할 수 없었던 그녀는 그의 수염을 손수 정리하는 것으로 문제를 해결했다. 그저 덥수룩한 얼굴의 그가 낯설어서, 잠에 빠진 모습대로 두고 싶어서 마음먹은 것인데 의외로 조그만 즐거움이 되어 주었다. 그의 목덜미에 날붙이를 밀착하면서 지금 깨어나면 위험하다는 생각으로 긴장하는 것조차 그랬다.

잠시 후 수건으로 부드럽게 훔쳐 내자 깨끗해진 턱이 드러났다. 처음엔 상처를 낼까 봐 손이 떨릴 지경이었는데 이제는 속도와 결과가 제법 비례한다. 그녀는 뿌듯한 기분으로 도구를 제자리에 정리했다. 잘 닦은 단도까지 갈무리하고 다시 자리에 앉은 그녀는 고개를 든 채로 굳고 말았다.

건헌이 이쪽을 바라보고 있었다.

감정을 읽기 힘든 검은 눈동자가 눈꺼풀 너머로 사라졌다가 다시 나타난 찰나, 류안은 그제야 숨을 들이켰다. 깊은 곳에서부터 뜨겁게 치밀어 오른 무언가도 함께였다. 서 있었다면 그대로 그녀를 주저앉혔을 어마어마한 안도감이 그녀를 뒤흔들었다. 솔직하게 드러내기엔 낯설 만큼 격한 동요라, 그녀는 그저 그를 빤히 쳐다볼 뿐이었다. 그것밖에 할 수 있는 것이 없었다.

그의 눈매가 설핏 접혔다.

류안의 두 손이 죄 없는 옷자락을 다시 구겨 놓았다. 그가 웃는 모습은 여태 한 번도 본 적이 없다는 깨달음이 재차 그녀의 숨길을 막았다.

"폐하를…… 굉장히 오랜만에 뵙는 기분이 듭니다."

"그럴 만도 하지."

힘이 빠진 목소리는 그럼에도 그답게 침착해서 류안은 반갑기 그지없었다. 그녀는 태연한 척 대꾸했다.

"매일 세 번씩 보다가 닷새를 걸렀으니."

"닷새……. 그렇게나 지났습니까."

닷새를 다섯 달처럼 만든 장본인은 놀랍다는 듯 중얼거렸다. 그리고 그녀가 미처 말리기도 전에 몸을 일으키려다 실패하고 신음을 흘렸다. 그녀는 흐트러진 이불을 다시 잘 덮어 주었다.

"무례를 용서하십시오."

"……그대, 농을 치는 재주는 없군. 하나도 재미없다."

대신해서 사경을 헤매 놓고 하는 소리라니. 눈뜨자마자 밀어내는 것 같아 심술이 난 류안은 일부러 핀잔을 덧붙였지만 그는 "그렇습니까."라며 설핏 웃었다. 덕분에 그녀는 전의를 상실했다. 그녀는 헛기침을 하고 침상 옆의 설렁줄을 당겼다.

"우선 진후부터 받아야지, 잠시 기다려라."

그는 뭔가 하고 싶은 말이 있는 기색으로 입을 열었다가 그냥 닫았다. 그녀가 물어보기도 전에 옆방에서 대기하고 있던 의원들이 한달음에 달려왔다. 한눈에도 안도와 기쁨으로 충만해져 있어서, 협박 아닌 협박을 했던 류안은 쓴웃음을 짓고는 자리를 비켜주었다. 환자의 몸을 신중하게 살핀 어의가 물약을 조제해 환자에게 먹였다.

"이제 고비는 넘겼습니다, 폐하. 내일 잠에서 깬 연후에 다시 오겠습니다."

"그리하라."

의원들은 들어왔던 때만큼이나 가벼운 발걸음으로 금세 물러났다. 순식간에 둘만 남게 된 류안은 아주 잠깐 망설였지만, 역시 그를 쉬게 해 줘야 했다. 그러나 그가 먼저 기회를 가져갔다.

"폐하. 괜찮으시다면…… 그간 어떤 일이 있었는지 듣고 싶습니다."

"사실 달라진 건 없지만."

말은 그렇게 해도 내심 이대로 나가기 아쉬웠던 류안은 다시 의자에 앉았다.

"내 말은 사슴을 잘못 보고 놀라 발광한 것이고, 그 발에 차여 한 사람이 죽었고, 그대는 나를 구하려다 낭떠러지에서 떨어져 크게 다쳐 내가 지혈했다. 그렇게 정리되었어."

"그럼 그는 아직 놔두신 겁니까."

건헌은 재상을 직접적으로 언급하지 않았다. 그의 신중함에 류안이 미소했다.

"일단은. 한가운데에 왔을 때 그물을 당겨야 제대로 잡히는 법이니까."

"……."

"죽은 자가 어디까지 떠들었을지 알지 못하는 한 그 노호老虎도 몸을 사리겠지만 오래가진 않을 것이다. 이번에 성공 직전까지 갔었다고 생각할 테니 포기하긴 아쉽겠지."

실제로도 성공 직전이었다. 건헌이 자신을 대신해 다치지 않았다면.

어디 한번 두고 보자며 재상을 향해 결의를 다지던 류안은 문득 건헌과 눈이 마주쳤다. 물끄러미 응시하고 있는 시선은 어딘가 모르게 다정하고 따스해 보여서, 그녀는 당황했다. 그럴 리가 없는데 혼자 이상한 착각이나 하다니. 제풀에 민망해진 그녀는 아닌 척 화제를 돌렸다.

"그 일은 그리되었고, 나는 흑염에 대해 묻고 싶었다. 그날 그의 행동은 주군을 대하는 그것이었는데."

"솔직히 말씀드리면 그의 고집일 뿐입니다. 저는 그를 벗으로 여깁니다."

"백아의 황제는 황태자 때부터 흑염의 호위를 받는다는 불문율은 들어 알고 있지. 헌데 그대는 그저 황자들 중 하나였다."

"아시는 대로입니다. 뒤집으면, 흑염이 따르는 자가 천명을 받는다는 의미가 되기도 하지요. 역대 황태자들이 모두 올바른 인물이었던 것은 아니었고…… 역대 흑염들이 모두 순종적이거나 그림자 호위 역에 만족한 것은 아니었습니다."

건헌은 그쯤에서 입을 다물었지만 류안은 뒷이야기도 알 수 있었다. 그래서 흑염은 더욱 그 자신을 억눌러야 했을 것이다. 진실로 받드는 주군에게 해가 되지 않기 위해서.

"그럼 이제야 홀가분하게 그대를 받드는 셈이군."

"재회한 것은 극히 최근의 일입니다. 그런 희망을 들었기는 하지요. 그에게는 미안한 일이지만 거절했습니다."

"어째서?"

"저는 이미 폐하의 감별사이니까요."

류안은 눈을 깜박였다.

시선을 피하지 않고 마주하는 그에게서는 조금의 거짓도 느껴지지 않았다. 황당해진 그녀가 확인했다.

"지금 그 말 그대로 해 줬겠지?"

"그렇습니다만."

"……미움받을 만하군."

철저히 없는 사람 취급한 게 알고 보니 흑염으로서는 많이 봐준 셈이었던 것이다. 류안은 눈을 굴렸다. 시선으로 찔러 죽이지 않은 게 용할 지경이다. 물론 그렇다고 해도, 그가 보는 눈이 없는 자리에서도 직접 본인의 입으로 류안 자신의 사람이라고 밝혔다는 사실이 이처럼 달게 들리니, 그쯤은 감수해야 할 일이었다.

"뭐, 그대를 탓하진 않겠다."

건헌이 작게 웃었다.

"그 정도는 아닙니다. 실상 폐하께서 저를 지켜 주고 계시다는 걸 이해해 주었으니까요."

류안은 입을 열었다가 다물었다.

그는 이상하리만치 솔직했고, 그 솔직한 말들이 고스란히 날아와 박힌 가슴속 자리에는 지독한 통증이 일어났다. 건헌이 놀란 얼굴로 웃음기를 지우는 것을 본 그녀는 고개를 숙여 분명 엉망이 되었을 표정을 감추었다.

이제, 한계였다.

오래도록 단단하게 쌓아 올려 왔던 감정의 둑에 금이 간 것이 여실히 느껴졌다. 언젠가 때가 오리라 생각했지만 그때가 지금이어야 할 이유보다 아닌 이유가 훨씬 많을 텐데, 더는 견딜 수 없었다.

눈을 꾹 감았다가 뜬 류안은 이윽고 그와 시선을 맞추었다. 아무런 재촉 없이 조용히 침묵을 지키는 검은 눈동자는 그저 그녀가 말을 하기를 기다리고 있었다.

"그대는, 정말로 바보다."

멋대로 원망의 말이 먼저 튀어나오고 말았다. 그러나 사실이었기에 류안은 정정하지 않고 말을 이었다.

"나를 지킨 건 그대였잖아. 지금도…… 그때도."

그의 눈이 커졌다. 그녀는 쓰게 웃었다.

"결코 먼저 말하지 않겠다고 생각했는데. 하긴 그 한순간을 기억해 달라는 게 무리였을까."

말없이 이쪽을 빤히 보고 있는 그를 보자 이번엔 정말로 웃음이 났다. 그래, 그렇다면 어쩔 수 없지. 이제부터가 더 중요하니까. 류안은 숨을 들이마시고 천천히 말을 꺼냈다.

"옛날 옛적 어떤 여자아이가 있었다. 형제자매가 많았지만 터울이 커서 사랑을 듬뿍 받고 자랐지. 어느 날 이웃집에서 놀러 오란 초대를 받아 드물게 가족이 다 함께 나들이를 갔어. 아이는 집 밖으로 멀리 나간 것은 처음이라 한껏 들떠 있었다. 얌전하게 있으란 주의를 받았지만 몰래 빠져나와 돌아다녔지. 어딜 어떻게 걷다 보니 이웃집 주인과 함께 있는 아버지와 큰오라버니를 발견했고, 들키면 혼이 날까 숨었을 때 그들이 갑자기 피를 토했다. 그 뒤로는…… 아비규환을 보게 되었지."

직접 눈으로 보게 된 광경은 오라버니들이 겁주려고 들려주던 무서운 이야기보다 더 지옥 같았다.

"아이는 정신없이 도망치다가 길을 잃고, 검을 든 사람들에게 들키고, 근처 아무 곳으로나 숨어 들어갔어. 온갖 무기들이 가득한 창고였지. 틈을 비집고 숨어 있는데 사람들이 거기까지 들이닥쳤고 당장 발각되려던 차에, 우연히 근처를 지나다 그들을 멈추게 한 소년이 있었다. 소년은 그들을 불쾌해하며 내보냈지. 그 와중에 아이와 눈이 마주치고도 끝까지 모르는 척하고서. 조용해졌을 때, 소년은 밖으로 몰래 나갈 수 있는 길을 혼잣말이란 형태로 아이에게 일러 주었다. 그리고 덧붙였지. 끔찍한 짓을 저질렀지만 그래도 내 아버지다. 이 이상 도와줄 수는 없다. 하지만 살아남기를 바란다. 그것이……."

"……어떤 결과가 되건 간에."

류안은 귀를 의심했다.

그러나 말을 대신 맺은 건헌은, 지금 본인이 한 말을 제대로 알고 있는 얼굴이었다. 그녀는 저도 모르게 자리에서 벌떡 일어섰다.

침묵이 흘렀다.

건헌은 류안을 물끄러미 응시했다. 우뚝 선 채로 미동도 없이 이쪽을 바라보는 류안은 세상 모든 것을 다 의심하고 있는 사람 같았다. 처음 얘기를 시작할 때부터 뭔가 이상하다 싶더니, 아니나 다를까 그녀는 정말로 그가 기억하지 못한다고 생각했던 것이다. 건헌은 도무지 믿을 수가 없었다. 그 일을 잊을 방법 따위는 죽어 다시 태어나도 찾지 못할 텐데.

한참 만에 류안이 버석대는 목소리를 흘렸다.

"알고…… 있었어?"

"물론입니다."

어찌 잊을 수 있을까. 부황에게 완전히 실망한 계기가 된, 그녀를 처음 만난, 매일이 그렇듯 누군가는 살고 누군가는 죽은 그날을.

부황은 우호적인 척했지만 뒤로는 정복을 위한 준비를 착착 해나가고 있었다. 상호 조약을 위한 친교라던 초대가 실상 야비한 함정이었던 그 천인공노할 작태가 바로 그의 나라에서, 그의 아버지에 의해 벌어졌다는 사실이 아직 어렸던 그에게도 끔찍한 충격과 배신감을 안겨 주었다.

외따로 떨어진 연무장에서 홀로 헛된 분노를 표출하고 나오는 길에 조우하게 된 군사들을 쫓아 보낸 것도 그 때문이었다. 하지만 이런 곳까지 오겠느냐 타박하며 부러 구석구석 들추는 시늉을 하다가 정말로 발견하게 되어 버렸다. 홍의 어린 황녀 하나가 이쪽으로 왔다는 얘기를 듣지 않았다 해도, 그 여아가 누구인지 한눈에 알았을 것이다. 입술을 꼬옥 깨물고 떨지 않으려 애쓰던 작은 몸집. 살려 달라는 비굴함 대신 순순히 끌려 나가지 않겠다는 결의로 빛나던 생생한 눈동자. 먼발치에서 동경의 눈으로 보았던 홍국 황제의 당당한 품위를 빼닮은 아이였다.

선대와 역사에 부끄러울 일이지만 이미 벌어진 것은 자명한 사실이었다. 그는 이 아이가 훗날의 화근이 될 수 있음을 알았다.

어리다 한들 이 일련의 닥친 일들을 모르지 않을 것이다. 운이 좋아 살아난다면 반드시 복수를 하리라. 부황을 죽이고, 백아를 멸할지도 몰랐다. 하지만 지금 이 순간 가족이 살해당하고 나라가 멸망할 지경에 이른 쪽은 이 아이였다.

'살아남아. 그게 어떤 결과가 되건 간에.'

부황의 자식이자 백아의 황자인 자신 역시 그 복수의 칼날 아래 스러지게 된다 해도.

그래도 살아남기를 바라는 마음은 진정이었다.

그렇게, 복잡하기 그지없는 심경을 깜냥껏 말로 표현한 소년은 바로 처소로 돌아갔다. 중간에 만난 군사들에게 아이를 보았노라고 정반대 방향을 가리키면서.

그 뒤로 황녀 하나를 놓쳐 은밀한 수색이 진행된다는 소식을 우연히 접하고는 무사하길 바랐고, 수십 년 후 군사를 일으킨 홍국 유민들의 구심점인 젊은 여인이 황실 직계손이란 사실 앞에서는 입장을 망각하고 순수하게 안도했다.

그리고 자신의 자결을 막은 사람을 알아보았을 때는······.

"······저는, 오히려 폐하께서 모르실 거라 생각했습니다."

그녀가 흘리는 피가 아팠다. 스스로를 두고 당당히 '짐'이라 칭하는 모습에 눈이 부셨다. 어쩌면, 이런 날이 올 줄 알았더라도, 그 아이를 보내 주었으리란 확신과 동시에 그는 무의식중에 그녀가 자신을 원수의 자식이 아닌 그때의 소년으로 기억해 주길 내내 바랐다는 걸 깨달았다.

하지만 그 욕심이 실제로 이루어진 지금은 단지 상식을 말할 수 있을 뿐이었다. 전혀 기대한 적도 없고, 잊은 듯 보이는 그녀에게 상실감에 가까운 아쉬움을 느낀 적도 없는 것처럼.

"당시에 무척 어리셨고, 제 이름을 밝히지도 않은 데다 시간이 많이 흘렀으니까요."

"백 년이 흘러도 잊을 리가 없잖아!"

묵묵히 듣고 있던 류안이 버럭 목소리를 높였다. 건헌은 놀랐고, 또 기뻤다. 자신의 일로 화를 내는 그녀는 웃을 때만큼이나 아름다웠다.

"알고 있으면서도 그동안 왜 말하지 않았지?"

"무엇을, 어찌 말씀드려야 했겠습니까."

그의 반문에 그녀는 말문이 막힌 듯 멈칫했다.

"오래전의 일입니다. 하물며 폐하께서 잊으셨다면 아는 사람은 천하에 저 하나뿐이지요. 감히 폐하를 도와드렸다고 나서기도 우스운 입장이고, 믿어 줄 사람이 없는 이상 말을 꺼내는 것이 되레 그 기억을 망칠 것 같았습니다."

"……지나가는 말로라도 내게 확인해 볼 생각조차 들지 않던가?"

"그럴 정도의 주제는 아닙니다."

그녀의 표정이 희미하게 일그러졌다. 마치 울 것 같은 얼굴이라, 순간 건헌의 심장이 덜컥 내려앉았다. 그러나 그녀는 담담하게 말했다.

"허면, 내가 먼저 말을 꺼내지 않았더라면 평생 침묵했겠군."

"그랬을 겁니다."

고작 말벗 운운하는 소리도 흘려 넘기지 못했으면서, 그녀가 반려를 맞이하고 아이를 낳고 살아가는 것을 지켜보면서도 끝까지 나서지 않고 자신을 원수의 핏줄이자 감별사로만 생각하는 걸 평생 견디겠다니. 이보다 더 이율배반적인 말도 없으련만, 그는 정해진 대답만을 했다. 그럴 수밖에 없었다.

"그런가."

그녀의 중얼거림에선 아무런 감정도 느껴지지 않았다. 그래서 그녀가 무슨 생각을 하는지 알 수 없었던 건헌은 조금 초조해졌다. 그 역시 그녀에게 언제부터 기억하고 있었는지, 이번 사건으로 알게 된 건지, 그게 아니라면 왜 이제야 말하는 건지 묻고 싶은 것이 많았지만 자신이 직접 말한 대로 그는 그럴 주제가 되지 못했다. 그가 소리 없이 한숨을 삼키는 새, 그녀가 "뭐, 어찌 되었든." 하고 그를 집중시켰다.

"맨몸으로 던져진 어린아이가 이 자리에 오기까지는 그야말로 천운이었지만, 그대 덕분에 그 운을 받을 수 있었음도 분명한 사실이지. 고맙다. 건헌. 인사가 많이 늦었구나."

이름을 불린 건 이걸로 두 번째였다. 그러니 처음처럼, 아니 처음보다 더 깊이 와닿더라도 별수 없는 노릇이라고, 그는 인정하며 고개를 저었다.

"천만의 말씀이십니다. 그것은 오로지 폐하의 운이고, 제게 감사하실 일이 아닙니다."

"한 번뿐이었다면 그 말, 믿었을지도 모르지."

"아닙니다, 그건……."

"물론 고맙다는 말로 간단히 넘어갈 문제가 아닌 건 안다."

그녀는 못 들은 척 계속 말했다.

"이번에야말로 제대로 은혜를 갚을 테니 원하는 게 있다면 무엇이건 말해도 좋아. 허나 그 전에…… 그대가 들어 두어야 할 것이 있다."

건헌은 입을 다물고 류안을 가만히 바라보았다.

그녀는 금방 말을 꺼내지 않았다. 잠시 후 결심한 듯 그와 눈을 맞추었을 때, 그녀의 말은 다소 생뚱하게 들렸다.

"이번 일로 그대가 진정 고지식하고 한번 정해 둔 선이 있으면 바보스러울 만큼 그것을 넘지 않는다는 걸 확실히 알았다. 시간이 천년만년 있는 게 아니라는 것도. 같은 일이 일 년 후, 아니, 당장 내일이라도 벌어질 수 있지만 결과까지 같으리란 보장은 없지. 그리고 원인이 전부 내게 있다는 것도 알게 되었으니, 이젠 더 이상 이것저것 따지지 않을 거다. 마음 가는 대로 하겠어."

"무슨……."

무슨 뜻이냐고 물으려던 건헌은 자신의 위로 몸을 숙이는 류안을 보고 미처 말을 끝맺지 못하고 눈을 크게 떴다. 한 손으로 그의 턱을 가볍게 붙든 그녀는 얼굴을 비스듬히 기울이고는 그대로 입술을 겹쳤다.

따스하고 부드러운 감촉이 입술을 더듬고 살짝 깨물어 오자 그는 순간 온몸이 술렁거리는 느낌에 눈을 감아 버렸다. 반사적으로 머리를 뒤로 빼려 했지만 베개가 받치고 있어 소용없는 짓이었다. 피할 새도 없이 그녀의 혀가 들어와 그를 감싸고 끌어당기며 소유를 주장했다. 한없이 열정적이고, 순수하면서도 농후한 입맞춤이었다.

그를 한껏 몰아붙여 몸 안을 조여 오는 감각 이외에는 아무것도 떠올리지 못할 만큼 그의 넋을 빼앗은 그녀는 이내 고개를 들었다. 거친 숨을 토하며 멍하니 바라보는 그에게 몸을 바로 한 그녀가 말했다.

"무엇이건 원하는 바를 들어준다던 말은 진심이지만, 그게 자유라면 다른 걸 고르는 게 좋을 거다. 그대를 놓아줄 생각은 없으니까. 그대도 알다시피 나는 너무 어릴 때 모든 것을 잃어 봤고, 그래서 원하는 건 결코 포기하지 않게 되었지. 내 나라가 그러했고 내 백성이 그러했다. 이젠 그대 차례야."

류안이 살짝 부어오른 입술로 예의 그 당당한 미소를 짓는 바람에 건헌은 하마터면 벌떡 일어날 뻔했다. 그러나 닷새간 앓아누운 몸은 고작 약간 흔들리는 게 다였다. 그런 그의 몸짓을 어떻게 오해했는지 그녀의 미소가 조금 더 커졌다.

"본의 아니게 환자에게 밀어붙인 꼴이 되었지만 쉽게 도망치지 못하는 걸 보니 나쁘진 않군. 여하튼 건강해지면 다시 얘기하지. 그땐 그대도 각오해 두는 게 좋을 거야. 충실한 감별사가 황제의 목숨을 구하기까지 했는데 뭐든 달라지지 않으면 그게 오히려 이상할 테니까."

"……."

"물론 그대가 각오할 일은 그뿐만은 아니겠지."

진담인지 농담인지를 덧붙인 그녀는 푹 쉬라는 말을 마지막으로 남긴 채 방에서 나갔다. 규칙적인 발걸음 소리가 조용히 멀어지고, 이내 그는 정적 속에 홀로 남게 되었다.

"……정말로, 밀어붙이고 훌쩍 가 버리는군."

이미 나와 있는 대답도 듣지 않고.

건헌은 긴 숨을 내쉬었다. 류안의 말 한 마디 한 마디가 맴돌아 그의 피를 덥히고 그의 심장을 달뜨게 만들었다. 귀를 의심할 만했지만 그녀가 남긴 낙인은 입술이 아니라 그의 혼에 새겨진 것처럼 또렷해져만 갔다. 결과적으로, 그는 새로운 고통을 느끼며 신음을 흘렸다.

이렇게 꼼짝달싹 못하는 틈을 탄 그녀가 원망스럽기까지 했다. 이런 상태만 아니었다면 결코 그냥 보내지는 않았을 것이다. 단단히 품에 가두고, 그 입술을 훔치고, 몇 번이고 말해 주었으리라. 원하는 대로 하라고. 나 역시, 그것을 원한다고.

나를, 절대로, 놓지 말아 달라고…….

"젠장!"

다시 생각해도 답답한 마음에 투덜거림이 절로 튀어나왔다. 그녀가 옛날 일을 기억하고 저를 알아봐 줄 줄은 몰랐고, 하물며 단순한 은인이 아니라 사내로 보고 있었으리라고는 상상조차 하지 못했다. 하루하루 목숨을 걸고 지켜야 하는 상대가 다름 아닌 류안이었기 때문에, 계속 이대로 살아가길 결정한 건 그저 그녀의 곁에 있고 싶어서였다는 걸 깨달았을 때조차 감히 꿈꿀 수 없던 일이었는데. 언제나 그를 놀라게 하는 그녀는 지금, 꿈을 뛰어넘어 성큼 품으로 들어왔다.

건헌의 입가에 작지만 분명한 미소가 떠올랐다.

그가 '바보스러울 만큼' 선을 지킨다며 불만인 듯 말한 그녀는, 선 안에서라도 어떤 일이든 할 수 있음은 모르고 있었다. 요는 선이 아니라 원하느냐 원하지 않느냐의 문제였다는 것과 그 문제를 이제 깨끗하게 정리해 주었다는 것 역시도.

조금씩 약효가 돌기 시작하는지 눈앞이 서서히 가물가물해졌다. 그는 저항하지 않고 눈을 감았다. 하루빨리 자리를 털고 일어나려면, 이 두 팔로 그녀를 안을 수 있을 날을 앞당기기 위해 할 수 있는 일은 분하지만 그것밖에 없었다.

'건헌.'

감은 눈 속에서 그녀가 웃었다. 그는 기꺼이 그녀가 내민 손을 잡고, 같은 길을 걸었다.

四章

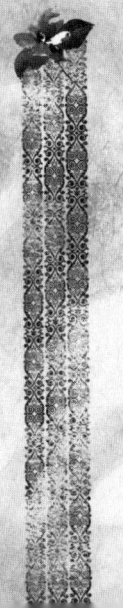

열린 문 사이로 들어섰을 때, 류안은 무릎을 꿇고 그녀를 맞이하는 건헌의 익숙한 모습에 살짝 긴장했다. 설렘과도 같은 기분 좋은 떨림이 퍼졌다. 그가 깨어난 밤 이후로 처음 만나는 것이었다. 온갖 생각으로 머리가 터질 지경일 게 분명한 그에게 충분한 시간을 줄 겸, 그녀는 그 뒤로 그를 찾지 않았다.

다시 만나도 태연한 얼굴로 침착하게 있어야 한다고 스스로를 주지시킨 것이 결코 무색하지 않게 두근거리는 마음을 모른 척한 류안은 의자에 앉았다. 건헌 역시 그의 자리에 앉는 사이 시종들이 음식을 내오기 시작했다.

이내 탁자가 눈조차 즐겁게 만들어 주는 음식들로 채워지자, 건헌이 젓가락을 들었다. 류안은 기름한 손가락이 유려하게 움직이는 모습을 늘 그랬던 것처럼 감상하듯 지켜보다가 음식이 그의 입에 들어가기 직전, 퍼뜩 외쳤다.

"잠깐!"

건헌이 놀라 손을 멈췄다. 급한 마음에 목소리가 높아졌지만 류안은 멋쩍어하기에 앞서 그에게 아예 젓가락을 내려놓으라고 말했다.

"그대가 먼저 먹을 필요 없다. 곧 원숭이가 올 거야."

"원숭이라면 다녀갔습니다만."

왜 이리 늦는가 싶어 시종을 돌아보려던 류안의 시선이 다시 건헌에게로 돌아갔다.

"미리 다녀갔다고? 허면 그대가 감독을 했나?"

건헌이 눈을 깜박였다. 의아해하는 표정은 금세 지워지고, 그는 놀랍게도 설핏 웃었다.

"감히 제가 어찌 그러겠습니까. 폐하를 기다리는 중에 원숭이를 데려온 자가 있어 착오가 생긴 모양이라고 돌려보냈을 뿐입니다."

"어째서?"

류안은 물은 즉시 깨달았다. 어처구니가 없어 말문이 막힌 것을, 그는 전혀 눈치채지 못한 게 분명했다. 그러지 않고서야 이런 뻔뻔한 대답이 나올 리가 없었다.

"감별은 저의 일이니까요."

"……모두, 물러가 있으라."

이내 시종들이 전부 복도로 나갔다. 류안은 문이 닫히기를 기다리며 머릿속을 가득 채운 말들을 신중하게 가늠하고 있었지만, 먼저 입을 연 쪽은 건헌이었다.

"폐하께서 왜 그리 놀라시는지 모르겠습니다. 각관에게 저의 의사를 보고받으셨을 텐데요."

"……그랬지."

류안은 등받이에 몸을 기댔다. 어쩐지 힘이 빠지는 기분이었다. 이세부터는 다른 의도는 전혀 없이 순수하게 그와 같이 식사를 할 거라는 데에 무의식적으로 기대를 했던 모양이다.

"허나 별채로 돌아가지 말고 침궁에 그대로 거하란 명은 따라 주었으니, 그 또한 마음이 바뀌었으리라 생각했다."

"저는 그리 쉽게 바뀔 말은 처음부터 하지 않습니다."

"안다. 그대는 그런 사내지."

그녀는 한숨을 내쉬었다.

"각관이 제대로 보았군. 그대, 현재의 입장에 대한 자각이 조금도 없어."

이쪽을 똑바로 향해 오는 건헌의 눈빛에 돌연 힘이 실린 것처럼 보였다.

"그대는 '짐'의 은인이다. 만천하가 그 사실을 알고 있지. 그대가 바라건 바라지 않건, 이미 상황은 변했다는 뜻이야."

"……과연 폐하의 오른팔인 모양입니다."

건헌이 뜻 모를 말을 중얼거렸다. 류안은 미간을 찌푸렸다.

"각관과 똑같은 말씀을 하시는군요."

"말 돌리지 마라. 내가 그댈 놓아주지 않겠다고 했던 건, 매일 날 대신해 목숨을 걸어야 할 자리에 내버려 두겠단 뜻이 결코 아니었어."

"……."

"심지어 이젠 명분조차 충분한데, 내가 그대로 두고 볼 것 같은가?"

"……제가 평범한 감별사였다면 충분할 수 있었겠지요."

건헌이 조용히 반박했다.

"함구하고 있다고는 하나, 제가 누군지 아는 사람은 매우 잘 알고 있을 겁니다. 그런 자가 아무런 일도 하지 않고 폐하의 지척에 머무르면서 매일 폐하를 뵙고, 같은 자리에서 같은 음식을 먹는다는 건, 저부터도 납득할 수 없습니다. 그리고 저는 폐하를 지킬 수 있는 지금의 위치가 매우 마음에 듭니다."

허를 찔린 류안이 무심결에 등을 쭉 폈다. 그가 빙그레 웃었다.

"검을 쥘 수 없는 제가 감히 폐하를 지켜 드리겠다고 나설 수 있는 일은 많지 않습니다. 더욱이 이 일이 아니라면 어찌 하루에 세 차례나 폐하의 존안을 뵙고 옥음을 들었겠습니까."

류안은 입을 열었다가 닫았다. 그리고 하고 싶은 말들 중에 가장 중요한 것부터 꺼냈다.

"우선, 확실히 짚고 넘어갈 것이 있는데…… 검을 쥘 수 없다는 건 순전히 그대의 입장을 뜻하는 것이겠지?"

건헌은 대답하기에 앞서 잠시 그녀를 빤히 쳐다보기만 하다, 재촉을 듣고서야 답했다.

"네. ……몸에는 아무런 이상이 없습니다."

"다행이군."

그녀는 안심했다.

"그리고 하나 더. 그대의 말인즉슨 궁을 떠나길 원하는 건 아니라고 이해하면 되겠나?"

"폐하의 곁에 있기를 원하는 거라고 이해하시면 됩니다."

이쪽을 향해 눈을 떼지 않고 있어서인지 그의 말이 주는 충격이 매우 컸다. 아주 작은 움직임도 놓치지 않겠다는 듯 진지하게 응시하는 시선에 숨이 막혔다. 말투만은 여전히 온화했다.

"그러니 이번 일은 너그럽게 봐주셨으면 좋겠습니다. 폐하께서도 아시다시피, 설령 실제로 제가 폐하의 은인이라 할지라도 이보다 더 자연스러운 방도는 없을 겁니다."

"허나……."

"제가 눈을 뜨면 원하는 대로 해 주겠다고 하셨잖습니까."

류안은 입을 벌린 채 굳었다.

귀를 의심했지만, 제대로 들은 게 맞았다. 심지어 그는 아무렇지 않은 태도로 그녀의 반응을 기다리고 있었다. 방금 들은 말이 머릿속에서 재차 반복되고 당시의 상황이 겹쳐진 순간 류안의 얼굴이 확 달아올랐다.

"그, 그건 이것과 다르다!"

"그렇습니까."

건헌은 마치 그럴 줄 알았다는 듯 태연히 대꾸했다. 류안은 왠지 분한 마음에 입술을 깨물면서 그를 노려보았다.

"……듣고 있었어?"

"들렸던 것뿐입니다."

과연 그럴까. 하긴 그가 일부러 자는 척할 만큼 성격이 나쁠 것 같지는 않지만, 지금 일부러 그녀의 약점을 노리는 걸 봐선 생각보다 좋은 성격은 아닐지도 모른다. 눈을 가늘게 뜨고 그를 주시한 류안은 딱 잘라 말했다.

"여하튼 그럴 순 없어. 그대가 포기해."

그녀는 건헌의 대답을 기다리지 않고 탁자 끝에 있는 종을 울렸다.

"폐하, 부르셨습니까."

"원숭이를 대령하라. 당장."

"명 받들겠습니다."

이윽고 궁인이 작은 원숭이 한 마리를 데려왔다. 그녀는 원숭이를 자신의 자리 가까이에 묶어 놓게 한 뒤 접시를 주고 손수 음식을 조금씩 차례대로 놓아 주었다. 그리고 원숭이가 그 접시를 싹싹 비우고 눈을 깜박이며 더 주길 기다리는 눈치를 보였을 때에야 건헌에게도 음식을 허락했다.

"들어라."

"……예."

미묘하게 굳은 건헌의 표정이 마치 웃음을 참고 있는 것 같아서 한 번 흘겨본 류안은 식사를 시작하며 원숭이에게도 음식을 더 주었다.

결국 문제는 어물쩍 넘어갔을 뿐 전혀 해결되지 못했다. 어떻게 해야 그의 고집을 꺾을 수 있을지를 생각하기 시작한 류안이 식사 막바지에 이르렀을 무렵, 소군이 들어왔다.

그는 류안의 곁으로 다가오기 전에 멈칫했다. 흘끔 돌아본 그녀는 그가 원숭이와 두 사람을 번갈아 보고 있다는 걸 알아챘다. 류안과 눈이 마주치자, 그는 노골적으로 웃고 싶어 하는 얼굴을 숙이고 서류를 뒤적였다.

이윽고 하루의 일정표와 밤새 일어난 일들의 보고가 이어졌다. 류안이 소군의 의견을 묻고 지시를 내리는 동안 건헌은 조용히 식사에 전념했다. 끽끽, 원숭이의 목소리가 간혹 끼어드는 것은 여느 때와 달랐지만. 류안은 조금 한심해지는 기분으로 원숭이를 내려다보았다. 그래서 처음에는 그사이 이어진 소군의 말을 조금 놓쳤다고 여겼다.

"관상감觀象監에서 내놓은 길일이 이달에는 열나흘, 열아흐레, 그리고 스무닷새입니다. 셋 중 내키시는 날을 골라 주시면 됩니다."

"……길일이라니?"

"화현재운華顯裁暈 공자와의 동침일입니다."

"쿨럭!"

사례가 들린 류안은 마시던 물을 뱉어 냈다.

연신 기침을 하는 그녀에게 소군이 얼른 물 잔을 입가에 대 주었다. 그녀는 정신없이 물을 들이켰다. 잠시 후 간신히 진정하고 잔을 밀어 냈을 때, 시야 끝에 깜짝 놀란 얼굴로 젓가락을 떨어뜨린 채 반쯤 일어나 있는 건헌이 보였지만 웃음은 전혀 나지 않았다. 소군이 사죄했다.

"죄송합니다, 폐하. 이렇게까지 놀라실 줄은 미처 몰랐습니다."

"몰랐다고?"

류안은 소군을 올려다보는 눈에 힘을 주었다.

"어찌 몰랐다는 거지? 이리도 뜬금없는 말을 꺼내 놓은 주제에."

"그야 뜬금없지 않기 때문입니다. 수렵 떠나셨던 날 아침이었습니다만. 화현가에서 말벗을 소개해 드리고 싶다고 청을 넣어 온 것에 대해서 무슨 대답을 하셨는지 기억나지 않으십니까?"

류안은 눈을 크게 떴다. 그것으로도 대답이 되었겠지만, 소군은 굳이 입 밖으로 꺼내 놓았다.

"'시침랑으로도 좋다면 말리지 않겠다'고 말씀하셨습니다."

"……그래서, 그거라도 감지덕지, 냉큼 받아들였단 말인가?"

침묵 끝에 류안이 경멸조로 씹어뱉듯 말했다.

"화무십일홍花無十日紅이라, 꽃華은 꽃이되 썩은 꽃이군. 아들을 노리개로 취급하겠다는 뜻을 모르진 않았을 텐데 이런 형편없는 아비를 보았나."

"딱히 화현을 편들 의리는 없습니다만 공정하게 한 말씀 올리자면 폐하의 그 전언에 가주家主는 기가 막혀 할 말을 잃었습니다."

"그 말 그대로 전했었나?"

"네. 사실, 그러면 그쪽에서 거절할 줄 알았기 때문입니다."

"한데 어디서 계산이 틀렸지?"

"당자인 화현 공자가 파안대소를 하더니 수락했습니다. 부친이 기함하며 말렸으나 소용이 없었고, 그깟 유별난 시좌도 나쁘지는 않다 말하더랍니다."

류안은 할 말을 잃었다.

그녀는 물끄러미 소군을 마주 보다가 진지하게 물었다.

"그자는, 천치인가?"

"장원(壯元, 수석)만이 지식의 척도가 된다면 그럴 겁니다. 이번에 탐화(探花, 3등)로 급제했으니까요."

탐화라.

류안은 기억을 더듬어 그녀의 치세에 최초로 나온 급제자들을 떠올렸다. 지금은 관직을 받기에 앞선 연수 기간이라 급제 축하연 이후로 얼굴을 본 적은 없어도 상위 열 명은 기억하고 있었다. 하긴 개인적으로 만난 게 아니라 그중에서 세 번째에 서 있던 사람이라고 해 봤자 별다른 인상이 남아 있는 건 아니지만.

정국이 안정되자마자 제일 먼저 한 일들 중 하나가 바로 응시자의 신분을 제한하지 않은 과거 시험이었다. 호응은 폭발적이었고, 오래도록 어지러웠던 시기임에도 급제자들의 수준 또한 예상보다 높아 매우 흡족했었다. 그랬는데…….

"짐의 인재들 중 적어도 하나는 앞뒤 분간 못 하는 숙맥의 백면서생이었군."

"그가 소가주가 아닌 유일한 이유는 차자로 태어난 것이며, 날아가는 새를 활로 쏘아 떨어뜨린 강궁强弓으로 제법 이름이 나 있어 기루에서도 서로 데려가려고 안달한답니다."

"그럼 대체 왜?"

"폐하를 모시는 광영을 얻고 싶다고 했습니다."

"……정말로 그뿐?"

"네. 먼발치에서조차 그토록 빛이 나는 분이니 사내로서 당연한 욕심이고, 시작과 끝이 같다는 보장은 없지 않느냐고 하더군요."

류안은 입을 열었다가 아무 말 없이 닫고 한숨을 내쉬었다. 거절하려고 해도 명분이 없었다. 설마하니 당자가 그리 나올 줄이야. 그녀는 잠시 생각한 끝에 다시 물었다.

"진행 상황은?"

"비공식적으로 길일을 받은 것이 다입니다. 그쪽도 폐하께서 확실한 입장을 표명하지 않으시는 한 함부로 입을 놀리지 않을 겁니다. 무엇보다도 시침랑 운운하신 말씀을 진심으로 받아들이고 있는 사람은 공자 한 명뿐인지라."

특히 그 부친은 황제의 농이 지나치다고 생각하고 있으며, 황제에게 향하기에는 본능과 상식이 거부하는 화를 거기에 장단을 맞추는 철없는 자식에게로 쏟다가 머리를 싸매고 말았다는 설명이 이어졌다.

"이외에 다른 사안이 있나?"

"없습니다."

"그럼 되었다. 물러가도록."

소군은 고개 숙여 인사하고 방을 나갔다.

류안은 다시 젓가락을 들었나가 도로 내려놓았다. 식사도 거의 끝난 데다 입맛이 하나도 없었다. 지금 한 말들을 전부 **빼놓지 않고** 들었을 텐데도 본인과는 아무런 상관이 없다는 것처럼, 언제 움직였느냐는 듯 바르게 앉아 그녀의 손끝에만 시선을 주고 있는 건헌 때문이기도 했고 자신의 실언에 대한 후회 탓이기도 했다.

명백한 실수였다. 하지만, 이렇게 될 줄 누가 알았겠는가. 그녀는 당장이라도 변명을 하고 싶어 달싹대는 입술을 꾹 힘주어 다물었다. 그리고 자리에서 일어나 밖으로 나갔다. 건헌의 시선이 좇아오는 것을 느낄 수 있었다.

식사를 끝낸 류안은 여느 때와 다름없이 업무에 임했다. 상참(常參, 약식 조회). 경연經筵 참석. 윤대(輪對, 부서 순번에 따라 파견된 관리를 만나는 일)를 거쳐 집무실로 향한 그녀는 계서들을 하나씩 들여다보며 재가裁可 혹은 반려하는 틈새로 남은 일정을 가늠하다 입을 열었다.

"각관."

"네, 폐하."

"화현가에 다녀와라. 내탕고에서 적당한 선물을 골라서, 거절은 변함없으나 실언으로 상심케 한 바 사의를 표한다는 뜻을 전해."

류안은 자신의 입장을 잘 알았다. 정권 교체의 혼란도 가라앉았고 정국도 비교적 안정되었으니 그다음 순서는 자연히 나라의 반석을 더욱 탄탄하게 만들 후계의 문제인 것이다. 그러니 앞으로 시침랑이건 뭐건 상관없이 어떻게든 들이밀어 보려는 작자들이 많아지면 많아졌지 줄어들 일은 결코 없을 터, 그녀는 이참에 못을 박아 두기로 했다.

"요란하게 다녀와도 좋다. 소문이 제법 장하게 났을 테니 체면을 세워 줄 때도 되었지."

"알겠습니다. 확실히 선례를 만들어 두는 것이 좋겠지요."

"그리고 화현 공자를 만나겠다. 금일은 수업이 없다 하니 그대가 직접 여기로 안내하도록."

소군은 이번에는 바로 대답하지 않았다. 그 잠시의 정적을 읽은 그녀는 그를 흘끗 쳐다보고 픽 웃었다.

"뜻밖인가?"

"사실, 그렇습니다."

소군이 솔직하게 대답했다.

"신에게 알아서 처리하라 하실 줄 알고 할 말을 생각해 두었던지라."

"짐은 참으로 유능한 각관을 두었군."

류안의 미소가 짙어졌다. 그러나 감탄 속에 빈정거림이 섞이는 건 내버려 두기로 했다.

"말실수를 한 사람이 수습하는 것이 도리겠지. 차라리 잘되었다고 생각한다."

"초반에 화현처럼 점잖고 평범한 반응을 보이는 가문과 얽힌 것은 일종의 운입니다."

"공자를 제외하고는 말이지."

동의하는 소군에게 장난스레 덧붙인 류안은 시선을 비스듬히 기울였다.

"불평은 안 하겠지만, 그래도 진작 알아서 하지 그랬느냐는 말 정도는 해야 속이 시원하겠다."

"그를 투기한 것은 아닙니다."

담백한 대답에 그녀는 웃음을 터뜨렸다.

"다행이군. 둘 다 놓을 생각은 없으니까."

류안은 의자에 등을 기댔다.

기꺼이 잠자리 시중을 들겠노라고 나섰다는 사내의 얘기를 듣고도 차분하기만 했던 건헌은, 그러나 그녀의 기침 몇 번에 자리에서 일어설 정도로 놀라기도 했고, 매일 위험을 감수하더라도 곁에 있겠노라 했었다. 언뜻 언행이 불일치하는 것 같아도 사실은 그렇지 않았다. 그에게 구태여 묻지 않아도 그녀는 알 수 있었다. 이번 역시 자신에게 원인이 있다는 것을.

그녀는 한참 만에 입을 열었다.

"소군."

"말씀하십시오."

"나는…… 다른 사내는 싫다."

내내 생각했던 간단한 사실은 입 밖으로 꺼내고 보니 생각한 적이 없을 때부터 정해져 있었던 것처럼 느껴졌다. 결코 반反할 수 없는 진리처럼.

"황제의 입장에서 그런 헛소리는 안 된다고 할 텐가?"

"안 할 겁니다."

소군은 의외의 대답을 예상보다 더 빨리 꺼냈다.

"어차피 핏줄과 재능은 상관관계가 없지요. 폐하께서 반드시 걸출한 인재를 낳으실 거란 보장이 없으니 양자養子제를 잘 활용하면 오히려 국가에는 득이 되리라 봅니다."

"굉장히 위험하지만 매력적인 견해로군. 처음부터 그런 생각을 갖고 있었나?"

"천만의 말씀입니다. 아무리 제가 근본 없는 길바닥 출신이라고는 하나 나라의 녹을 먹게 된 이상 감히 젊은 주군을 두고 양자 따윌 염두에 두진 않습니다. 하오나 그 이전에 저는 폐하의 사람이라, 눈에 훤히 보이는 심중을 무시할 수 없을 뿐입니다."

"……."

"일 년 전이었다면 충언을 드렸겠지만 이미 그럴 때는 지났으니까요."

"……일 년 전이라고 해도 늦었을 거다. 그보다 훨씬 더 위로 올라가야만 해."

소군이 의아한 듯 미간을 좁혔다.

"얼마나 위로 말씀이십니까?"

"십오 년 정도."

그가 눈을 깜박이더니 돌연 얼굴을 굳혔다. 눈치 빠른 그답게 금세 알아차린 모양이었다. 하긴 그 시기에 두 사람이 한꺼번에 관계된 일은 하나뿐이었다. 백아에 의한 홍의 멸망.

"이번에 그가 나를 구한 건 두 번째였어."

류안은 언제든 손에 잡힐 듯 뚜렷한 과거의 기억을 소군에게 들려주었다. 가족을 잃고 나라를 잃은 어린 계집애가 죽지 않고 어른으로 성장하기까지는 강한 운과 많은 도움이 따랐지만, 무엇보다도 본인의 의지가 중요했고, 그 아이가 그것을 잃지 않는 데에 커다란 몫을 한 기억이었다.

'살아남아.'

훗날 내 죽음이 너의 복수로부터 비롯될지라도.

듣지 못한 말까지 완전히 이해한 건 그로부터 수년이 흐른 뒤였다. 자신의 목숨이 가장 무가치하게 느껴진 순간에.

그에게 또 한 번 삶을 빚진 날이었다.

"가인佳人들 귀에 들어갔다가는 노래로 만들어지는 건 순식간이겠군요."

얘기를 다 듣고 난 소군이 투덜거렸다.

"그런 중요한 일을 지금에야 듣게 되다니, 이해하실지 모르겠지만 지금 꽤 바보가 된 기분입니다. 이래서야 제가 각관인 건 단순히 폐하의 곁에 오래 있어서일 뿐이잖습니까."

"미안하다."

"……받겠습니다. 하오면 제가 목을 걸고 반대할 것 같아서 아껴 두신 패인 겁니까?"

소군은 조금 누그러진 어조로 말했다.

"사실 저는 별로 반대할 생각도 없었는데요. 예로부터 후궁 하나 두지 않는 황제는 없으니까요. 뭐, 후궁 이상이 될 경우엔 꽉 막힌 조정 신료들을 납득시킬 과정이 좀 귀찮아지니 편한 길로 갈 순 없나 생각하긴 했습니다만."

"가시밭길로 밀어 넣은 것도 사과해야겠군."

진지하게 대꾸한 류안은 고개를 저었다.

"딱히 비밀로 할 생각은 없었어. 단지 순서상 당자에게 먼저 알려야 했으니까."

"그거야 폐하의 소문을 들었을 때 진작 알았겠지요."

소군은 당연하다는 듯 말하다가 류안의 표정을 보더니 깜짝 놀라는 시늉을 했다.

"설마, 폐하께 말씀을 듣고서야 기억났답니까?"

"……아니. 그대 말대로였어."

"다행이군요. 아무리 공표되지 못하는 입장이라도 황제의 반려가 그만한 눈치도 없으면 곤란했을 텐데."

류안은 순간 말문이 막혔다. 황제의 반려, 라는 말이 너무나 자연스러운 나머지 심장도 한차례 늦게 깨닫고 풀쩍 뜀박질을 했다. 소군이 자신의 마음을 알아주는 건 예사지만 이번은 조금 달랐다. 제삼자가 건헌과 자신의 관계에 대해 그렇게 규정짓는 것을 들으니 어쩐지 인정받는 기분이 들어 기쁘고 설레었다. 그 때문에 그녀는 소군이 갑자기 화제를 바꿔 "그럼 나가 보도록 하겠습니다. 지금 당장 대령할 수 있을지는 모르겠습니다만." 하고 말했을 때 하마디면 무슨 애기냐고 되물을 뻔했다.

"맡기겠다. 굳이 그대더러 안내하란 까닭은 알고 있겠지?"

"물론입니다. 은밀히 처리하겠습니다."

"차후 이 같은 일은 일절 듣지 않겠다, 각관. 비슷한 말이라도 짐과 그의 귀에 들어오지 않게 하도록."

"예, 폐하."

소군이 돌아서는 것을 보고 붓을 집어 들던 류안은 문득 생각난 것을 꺼냈다.

"참고삼아 묻겠는데 짐이 그대에게 지시했다면 가서 뭐라고 할 생각이었지?"

"공자의 모계 쪽으로 색맹이 있었습니다."

자신의 각관은 빈틈이 없었다. 류안이 소리 내어 웃었다. 그는 돌아서려다가 다시 멈추었다.

"폐하?"

"음."

"외람되지만 신도 참고삼아 한 가지 여쭤보고 싶습니다만."

"좋아."

"공자와 독대하실 때는 어떻게 말씀하시렵니까?"

"짐의 취향이 아니라고 할 거다."

"……그편이 더 낫겠군요."

간단히 평한 소군은 밖으로 나갔다. 류안은 여전히 웃음을 머
금은 채 다시 서류로 눈을 돌렸다.

五章

"미안하다."

재운瀻暈은 자신도 모르게 고개를 들었다.

똑바로 쳐다보게 된 차분하고 단아한 까만 눈동자가 깜박이자, 그는 뒤늦게 실수를 깨닫고 머리를 숙였다.

"용서하십시오. 폐하."

"잘못 들은 모양이군. 용서를 청하고 있는 쪽은 짐이다."

황제의 목소리에는 가벼운 웃음이 실려 있었다. 그 점을 알아차린 그는 그녀의 솔직한 사과를 들은 것만큼이나 당혹스러워졌다.

황제가 뭔가 행동을 할 거라는 예상은 했었지만 이런 건 아니었다.

엄하지만 이성적인 성품과 화공들의 찬사가 무색하지 않은 외모를 지닌 젊은 여황에게, 아들 가진 가문에서 어떻게든 연결시켜 보기 위해 안달이 났다는 건 자연스러운 동시에 우스운 일이었다. 재운은 그중 자신의 부친도 있다는 사실이 다소 실망스러웠지만 내심 여걸女傑이라 감탄하고 있었던 황제의 '말벗' 이란 것에 혹해 모른 척 눈을 감았더랬다. 반려는 차치더라도 일 년이 지났는데 후궁조차 들이지 않는 점으로 미루어 분명 황제 본인의 마음이 따르지 않은 것, 아무리 주위에서 찌르고 흔들어 봤자 소용없을 거라는 의견은 삼킨 채였다.

따라서 그는 마침 심심했는데 구경이나 해 보자는 방관자적 심경에 가까웠다. 어차피 자신이 나설 일은 아무것도 없었으니까.

생각했던 대로 황제는 거절했지만, 그 표현은 참신했다. '시침랑으로라면 말리지 않겠다.' 는 짧은 말에서 부친이 이해한 뜻은 화현華顯의 자식이라도 시침랑 이상은 아니라는 것이었지만 그가 읽은 뜻은 조금 달랐다.

'자식을 노리개 취급 받게 할 용기가 있다면 어디 계속해 봐.'

도전적이라기보다는 확고한 마음에 대한 자신감이 조금 특이한 방식으로 드러난 것이었는데, 그는 도발로 해석하고 싶어졌고 감히 그렇게 했다. 수락의 말을 들은 각관의 표정이 흔들리는 드문 모습을 목격한 것만으로도 마음 가는 대로 한 보람이 있었다. 하지만 다음은 각관을 통해 은밀한 압력을 넣어 온다거나 향긋한 먹이를 던져 주어 달랜다거나 하지 않을까 싶어 기다리고 있었는데 무려 황제 폐하의 어전으로 직접 불려 올 줄은 몰랐다.

더구나 그 지존의 입에서 상쾌하리만치 깔끔하고 진솔한 사과의 말이 나올 줄은, 도저히.

무어라 입을 떼야 할지 고심하게 된 그의 심경을 읽었는지 황제가 말을 이었다.

"처음부터 이처럼 분명한 태도를 보였다면 좋았을 것을, 가벼이 언급한 짐의 탓이 크다. 허나 여기저기서 무작정 대고 보는 중신 같은 것을 진지하게 대하려니 어쩐지 백치가 되는 기분이라. 그대도 연식이 되었으니 남 일만은 아닐 터. 이해해 주겠는가?"

"……천부당만부당입니다. 폐하."

먼발치에서만 보아 왔을 뿐 이같이 가까운 거리에서 독대한 적은 처음이라, 재운은 자신이 놀라도 되는 것인지조차 알 수 없어졌다. 막연한 고정관념을 파하는 소탈한 말투와 내용에 어떻게 반응하면 좋을지 몰라 제일 평범한 대꾸를 한 그는 그것이 약간 초점을 빗겨 간 것을 알고 덧붙였다.

"이번 일은 단지 소신의 아비가 홀로 품어 본 희망을 폐하께서 거절하신 것뿐으로 소신의 이해 여부는 논할 바가 되지 못합니다."

"역시 그랬나."

중얼거린 황제가 목소리를 조금 높였다.

"이미 그대의 부친에게는 각관이 의사를 전달하였을 것인즉, 그럼에도 그대를 독대하기로 한 것은 확실한 매듭을 짓기 위함이지만, 짐의 뜻을 헤아리고도 상관없다는 식으로 수락한 그대의 태도가 과연 호기豪氣에서 나온 것인지 단순한 객기客氣였는지도 궁금했기 때문이지."

질책과는 먼 어조였으나 그는 내심 움찔하지 않을 수 없었다. 그럼에도 이와 같은 상황에서 '그럼 이제는 아셨느냐고 말해 버릴까' 하는 생각이 드는 건 분명한 객기이리라. 그는 그다음으로 솔직한 대답을 하기로 했다. 화를 내기는커녕 터놓고 대해 주는 황제의 하해와 같은 마음에 대한 찬사의 의미로.

"감히 폐하께 객기를 부린 점을 용서해 주신다면 그쪽으로 인정하겠습니다."

부친이 들었다면 무엄하게 황제 폐하께 조건을 내거는 거냐며 기함을 했겠지만, 황제는 가볍게 웃을 뿐이었다. 그는 한 걸음 더 나아갔다.

"하오나 폐하를 지척에서 뵙고 옥음을 들을 수 있었으니 후회는 하지 않습니다."

"좋을 대로 하라. 나 또한 그대 덕분에 기회를 얻은 셈이니까."

무슨 기회인지 궁금해할 만큼의 진지함과 궁금해할 수 없을 만큼의 단호함이 적절하게 섞인 목소리를 들은 재운은 그저 머리를 숙일 뿐이었다. 잠시의 정적을 둔 황제가 말했다.

"차후 같은 일은 결코 없을지니, 그대는 짐의 심중을 알고 있노라 단언해도 좋다."

"황송하오나 공공연한 자리에서라도 말씀이십니까?"

"어디서든, 그 누구에게든. 혹여 가까운 벗들이 그대와 비슷한 처지가 될 경우, 적절한 조언으로 그 가문을 망신에서 구제하고 생색낼 수 있겠지. 그러게 내가 뭐랬냐고 타박할 자격을 가지거나. 실언에 대한 보상이라기에는 뭣하지만 때가 오면 마음 놓고 즐기도록."

그는 그만 웃어 버렸다. 아차 싶긴 했어도 감추고 싶지 않았다.

"뜻깊은 말씀, 황공할 따름입니다. 삼가 받들어 즐기겠습니다."

능청스러운 인사에 황제 역시 웃음을 흘렸다. 아리따운 주군이 그에게 남긴 깊은 인상을 확고히 하기에는 충분할 만큼 밝은 웃음이었다.

"예까지 오느라 수고했다. 각관이 다시 그대를 안내할 것이니 살펴 가라."

"……폐하."

재운의 입이 멋대로 열렸다.

"외람되오나 한 가지 청이 있습니다."

"듣겠다."

"만약 실지로 소신이 폐하의 뜻을 알고 있노라 다짐하는 날이 올지라도 금일의 일은 있지 않았던 것이라는 점을 압니다. 하여 폐하를 뵌 것이 꿈이 아니라는 증거를 얻고 싶습니다."

재운은 자신의 배짱에 감탄했다. 공식적으로 기록된 것도 아니고 단지 몇 마디 오간 것뿐인데 일부러 시간을 내어 다독여 주기까지 한 황제의 분에 넘치는 친절에 그저 감사하다며 얼른 물러나야 옳았다. 감히 증거라니, 그 한계를 시험하겠다는 뜻으로 받아들여져도 변명의 여지가 없다.

"증거라."

황제의 중얼거림이 마치 '어떤 사고사로 해 둘까' 처럼 들리는 건 기분 탓이려나. 그러나 다행히 이 세상에서 화현의 재운이 할 일은 남은 모양이었다. 황제가 시원스럽게 말했다.

"원하는 것이라도 있는 모양이군. 어디 말해 보아라."

"황송하오나 곁에 두고 손수 쓰시는 작은 물건 하나를 받고 싶습니다."

"좋다."

놀랍게도 황제는 즉답을 내리더니 서궤 한편에 놓인 옥패로 서궤 위를 한 차례 내리쳤다. 날카롭고 영롱한 소리의 울림이 채 가시기도 전에, 밖에서 대기하고 있던 각관이 들어왔다. 얘기가 다 끝나고 부른 거라 여겼는지 그가 다른 용건을 꺼냈다.

"마침 식사 준비가 끝났다 합니다, 폐하."

"알겠다. 우선, 각관. 이리로 오라."

재운은 각관이 황제에게로 다가가는 것을 지켜보았다.

유능한 젊은 각관에 대해서는 소문이 이미 파다했다. 그가 각관으로 내정되지 않았다면 과거 급제자들이 모조리 한 줄씩 밀렸을 거라는 얘기는 제법 흥미롭지만 뒷골목 범죄자 출신이라느니, 황제의 은밀한 밤 상대라느니, 대부분은 음험한 헛소리다웠다. 그런데 둘이 같이 있는 모습을 보자니 단순한 군신 관계 이상이란 애기에 은근한 힘이 실렸다. 그가 들어온 것으로도 잠깐이나마 분위기가 바뀐 황제의 영향이었다.

화현재운이 얼마나 무엄한 생각을 하고 있는지 짐작도 못할 황제는 각관에게 무언가를 건넸고 이내 각관은 비단보에 놓은 그것을 재운의 앞에 내려놓았다. 낭미필(狼尾筆, 이리의 꼬리털로 만든 붓)이었다. 죽관竹管인 데다 어용필御用筆이란 그 어떤 표식도 없는 평범한 붓은, 먹이 묻어 있는 붓 끝만이 황제가 지금 사용하고 있던 것을 내준 거라는 사실을 암시하고 있었다.

검소한 성품도 마음에 드는데.

"광영으로 간직하겠나이다."

무례한 감상을 숨기고 깊게 절을 올린 재운은 바로 그 자리를 물러나왔다. 조금 더 오래 있다간 정말로 아쉬워질지도 모를 일이었다.

함께 나온 각관이 그를 본궁 밖까지 안내했다.

"저기 보이는 중문을 지나 오른쪽으로 걸어가십시오. 이제 사람들 눈에 띌 것이니 여기서부터는 혼자 가시는 게 좋겠습니다."

"알겠습니다."

"살펴 가십시오, 공자."

재운은 각관에게 인사를 건네고 발길을 돌렸다.

각관이 말한 길을 따라가자 당장에 궁인들이 오가는 모습이 시야에 들어왔다. 오는 길은 물론이고 방금 전까지도 이 넓은 궁에 오직 세 사람만 있는 것처럼 아무도 보이지 않았는데. 속으로 감탄하던 재운은 문득 자신과 반대 방향, 즉 본궁으로 가고 있는 한 사내를 발견했다.

사내가 눈에 띈 것은 주변에서도 그를 흘끔대는 시선이 있기 때문이었다. 또한 느리지도 빠르지도 않게 걸어가는 그에게는, 궁인의 특징 없는 복색이 전혀 맞지 않는 옷을 입은 것처럼 당당한 품위가 있었다. 관복이나 값진 비단옷이 훨씬 잘 어울릴 만한, 황제의 저녁 식사 시간에 맞춰 본궁으로 가는 젊은 궁인은 말로만 듣던 황제의 감별사임에 틀림없었다.

재운은 무심코 멈춰 섰다. 이름 불명, 출신 불명. 뒤숭숭하던 정국이 가라앉고 보니 어느새 감별사가 있더라는 말들이 흘러나왔는데 그렇다면 황제가 도망자였던 시절부터 모신 사람이 아니냐는 의견과, 그럼 왜 위험천만한 감별사냐며 오히려 당시의 죄인이 아니겠느냐는 의견으로 분분했다.

더욱이 근래에는 황제의 은인임에도 여전히 감별직을 고집하여 그의 됨됨이를 다시 또 높게 평가하는 쪽과 분명 꿍꿍이가 있을 거라는 쪽으로 갈리게 만든 사내는 직접 보니 전혀 다른 인상을 갖고 있었다. 사람들의 입방아에 휩쓸리는 게 아니라, 도리어 알면서도 묵인하고 한 걸음 물러난 관조자에 가까웠다. 적어도 재운의 눈에는 단순한 감별사로 보이지 않았다.

저도 모르게 관찰하고 있던 재운은 불현듯 돌아본 그와 눈이 마주치는 바람에 내심 당황했다. 늦게나마 멋쩍은 묵례를 건네니 그도 무심한 얼굴로 마주 인사를 전해 왔다. 그 또한 다 안다는 얼굴로 보여서, 재운은 침착한 척 몸을 돌렸다. 그러나 미처 세 걸음도 걷기 전에 아는 사람에게 붙들리고 말았다.

"이거, 탐화 아니십니까."

"안녕하십니까."

재운은 어쩔 수 없이 걸음을 멈추고 응대했다. 금일은 휴일이 아니냐며 어쩐 일로 왔느냐는 말에 서고에 잠시 다니러 왔다는 말로 대충 둘러댄 그는 문득, 뒤늦은 깨달음을 얻었다. 자신이 나오기 전에 확연히 부드러워졌던 황세의 분위기. 그것은 어쩌면 가관이 아니라…… 그가 한 말 때문이 아니었을까.

'식사 준비가 끝났다 합니다.'

재운은 다시 돌아보았다. 감별사는 이미 모습을 감춘 뒤였다.

작게 맺힌 땀방울이 어깨 위를 또르르 굴러 물속으로 소리 없이 빠져들었다. 갖가지 약재와 꽃가루를 조합한 우윳빛 물을 두 손 가득 담아 올려 얼굴에 끼얹은 류안은 나른한 숨을 내쉬었다. 적당한 온도의 물속에 앉아 은은한 향을 맡고 있으니 몸에 쌓인 피로가 말끔히 녹아내리는 것 같았다. 황량하리만치 넓은 장소에 혼자 덩그러니 앉아 있는 기분도 나아졌다.

어릴 때부터 맨몸으로 세상을 떠돌았던 류안은 출신만 황족인 셈이라 이것만큼은 참 적응이 되지 않았다. 난잡하게 꾸며져 있던 금은 장식들이야 떼어 내면 그만이었는데, 탕옥의 크기를 적당히 줄이자니 그 또한 번다한 일이라 그녀는 은근히 기회를 엿보는 중이었다. 하긴 그것도 탕옥을 나가자마자 쏟아지는 다른 문제들로 인해 번번이 잊고 말지만.

긴장이 풀리자 목욕 중에 하겠다는 핑계로 미뤄 두었던 생각 하나가 기다렸다는 듯 들이닥쳤다. 류안의 숨이 조금 묵직해졌다.

화현재운과 얘기를 끝낸 건 좋은데 정작 중요한 건헌에 대해서는 아직 해결된 바가 없었다. 그와는 소군이 동침일 운운하던 아침에 어색하게 헤어진 뒤로 달라지지 않았다. 점심은 회의가 길어져 대신들과 함께하느라 그를 못 만났고, 그 때문에 은근히 저녁 식사를 기다리고 있었는데 묘하게도 건헌의 분위기가 사뭇 냉랭해서 차마 아무 일도 없었다는 듯 말을 건네지 못했다. 사실 그녀 역시 애초에 무슨 말을 어떻게 건네야 할지 제대로 고르지 못하고 있었던지라 결국 류안은 침묵 속에 식사를 끝내고 다음 일정을 시작하게 되었다.

'역시 찾아가 볼까.'

이미 선전 포고는 한 상태라, 새삼 거칠 것은 없었다. 이쪽이 부끄럽다거나 쑥스럽다거나 하는 시답잖은 이유로 망설이면 시간은 금방 허무하게 흘러가 버리고 말 것이다. 무엇보다도 자신은 황제이고, 그는 자신이 보란 듯이 다른 사내를 천거 받아도 감히 달리 의견을 내지 못할 일개 궁인이니까.

……그렇겠지?

그가 아무 말도 하지 않는 데엔, 그런 이유밖에 없는 게, 맞겠지? 류안은 얼굴을 찌푸렸다. 처음엔 곁에 있고 싶다던 말을 고백에 대한 긍정적인 대답이라고 믿었지만 자신감은 조금씩 없어지다 곧 바닥을 드러냈다. 왜 곁에 있기를 원하는지 이유를 정확하게 듣지 못했기 때문이다. 그렇다고 다른 이유로 무엇이 더 있겠느냐 하면, 그에 관해서 그녀는 아예 생각하지 않았다. 정말로 더 그럴듯한 이유를 발견해 버리고 말까 봐.

이런, 안 돼. 류안은 두 뺨을 가볍게 때려 소심한 생각을 얼른 몰아내고 이 밤 안으로 건헌을 찾아가 보기로 결정했다. 내가 황제라서 그렇다면 황제답게 굴 수밖에.

아예 처음부터 끝까지 밀어붙이기로 결심하자 마음이 오히려 편해졌다. 그녀는 머리칼을 욕조 밖으로 늘어뜨리고 가장자리를 목침 삼아 몸을 반쯤 뉘였다.

즉위한 지 햇수로 벌써 두 해인데 어째 알게 되는 거라곤 황제이기 때문에 손해 보는 것들뿐이다. 코끝을 찡그리던 그녀는 누군가가 들어오는 기척을 듣고 눈을 감았다. 목욕 시중을 들 나이 어린 궁인들 중 한 명이리라.

일상의 웬만한 일은 혼자 하는 버릇이 들어 시중을 안 받는 쪽이 편하지만, 머리를 감는 것만은 다른 사람의 손을 빌렸다. 황제가 되어서 누리는 자그마한 사치였다.

다행히 한 가지는 있었네.

류안이 냉소적으로 중얼거리는 가운데, 소리 없이 다가와 욕조 앞에 무릎을 꿇은 궁인은 그녀의 머리채를 매만지기 시작했다. 빗으로 빗어 내리는 손길은 지나치게 조심스러운 나머지 간지러울 지경이었다. 류안이 웃자 궁인이 흠칫 손을 멈추었다.

"몇 가닥 뽑혀 봐야 표도 안 나니 염려 말고, 계속하렴."

다시 시작된 손길은 여전히 신중했다.

궁인은 귀밑머리까지 촘촘히 정리한 다음 머리칼을 씻어 냈다. 부드럽게 두피를 지압하는 손끝은 제법 힘차고 야무져서 신음이 절로 나올 지경이었다. 그래, 좋은 건 이렇게 좋지. 눈을 감은 류안은 감각에 더욱 집중해 한껏 즐겼다.

이윽고 깨끗이 헹궈진 머리칼이 다시 내려지고 궁인은 손을 뗐다. 만족스러운 한숨을 내쉰 류안이 빙긋 웃었다.

"고맙다, 솜씨가 좋구나. 앞으로도 네가 맡아 다오."

"알겠습니다."

류안은 눈을 번쩍 떴다.

따끈한 훈기를 헤친 목소리는 매우, 지나치게 낮고 굵었다. 더구나 귀에 익숙하기까지 했다. 그녀는 황급히 일어나는 동시에 몸을 돌리다가 균형을 잃고 말았다. 기우뚱한 시야 한끝에 건헌의 놀란 얼굴이 잡히는가 싶더니, 물속으로 처박히기 직전에 건헌이 그녀의 한쪽 팔을 붙들고 끌어 올렸다.

"괜찮으십니까, 폐하?"

괜찮지 않게 만든 사람이 누군데, 어이가 없기도 하고 여전히 믿어지지 않기도 해 대꾸도 못하고 그를 멀거니 올려다보던 류안은 그가 숨을 훅 들이마시는 기색에 퍼뜩 현실로 돌아왔다. 맨몸은 아니었지만 그보다 나을 것도 없이 푹 젖어 피부에 찰싹 달라

붉은 속곳 차림인 것을 잊고 있었다.

"놔!"

그녀는 그를 뿌리치고 웅크린 몸을 목 끝까지 물속에 묻었다. 맙소사, 대체 이게 무슨 일이람! 그를 만날 생각은 했었지만 적어도 지금 이런 꼴로는 아니었다. 물이 투명하지 않아 다행이지만, 그것만으로는 성에 안 차 욕조로 몸을 가리듯 가장자리에 바짝 붙은 그녀는 그를 노려보았다. 당황하는 듯하던 그는 그녀와 눈이 마주치자 즉시 한쪽 무릎을 꿇었다.

"용서하십시오."

"대체, 언제부터……. 아니, 왜 처음부터 밝히지 않았나!"

"폐하께서 친히 저를 돌보셨던 것처럼 제가 감히 그럴 수 있는 기회를 놓치고 싶지 않았습니다."

"내가……."

언제, 라는 말이 혀끝까지 올라온 것을 찰나 떠오른 기억이 막았다.

"그건, 다른 문제다. 의식도 없는 그대 앞에서 아무나 날붙이를 들게 할 수 없어서였어."

생각나는 대로 말한 그녀가 불현듯 눈에 힘을 주었다.

"설마, 그때도 깨어 있었단 말인가?"

"아닙니다. 그저 무의식 속에서 세심한 손길을 느꼈을 뿐입니다."

"……."

"나중에 돌이켰을 때, 방금 말씀하신 그 이유로 폐하라는 것을 알았습니다."

건헌이 미소를 띠었다. 즐거움이라곤 없는 웃음이었다.

"그럴 때조차 깨지 못했다는 사실이 도저히 믿어지지 않더군요."

"……크흠, 흠."

류안은 헛기침을 하며 시선을 피했다. 정말 별것 아닌 일이었는데 그가 하는 말을 들으니 그가 의식이 없는 틈을 타 굉장히 내밀하고 중요한 행위를 혼자 내키는 대로 저지른 것만 같았다. 그녀는 억지로 말을 돌렸다.

"그보다 여기까진 어떻게 들어왔지?"

사방 이십 보를 경계로 그림자들이 지키고 있을 터였다. 부르지도 않은 그가 대뜸 나타날 수 있었던 건 정말 이상한 일이었다. 그러나 건헌은 어려울 것도 없었다는 듯 차분히 답했다.

"폐하를 모시러 왔다고 하니 길을 터 주었습니다."

"무어?"

저도 모르게 반문한 류안은 그만 커다랗게 웃음을 터뜨렸다.

"둘러대는 재주가 그토록 용할 줄은 미처 몰랐군. 과연, 그렇다면 별수 없었겠지."

반듯하고 정도正道만 걸을 것 같던 그가 보여 준 뜻밖의 수작이 재미있어서 그녀는 좀처럼 웃음을 그치지 못했다. 그제야 건헌이 얇은 침의 한 장 차림인 것도 이해가 됐다. 몸수색을 거치고 남은 옷가지는 전부 내놓아야 했을 것이다. 류안은 납득하다 말고 고개를 갸웃거렸다. 헌데 왜 그렇게까지 여기에 오려고 했을까?

"그대가 그리 애쓴 걸 보아 아주 중요한 용건이 생긴 모양인데, 조금 꼴불견이긴 하나 사안이 급한 듯 보이니 우선 이대로 듣겠다."

건헌은 류안을 물끄러미 바라보았다.

무심코 마주 보며 그의 말을 기다리고 있던 그녀는 그가 조금 곤란한 듯, 난감한 듯 희미하게 웃는 것을 보자 그의 용건을 깨달았다. 가슴이 덜컥 내려앉았다.

"잠깐만! 궁을 나갈 결심을 한 거라면, 기다려 다오. 내 얘기를."

찰나, 뒷말이 단칼에 잘려 나간 듯 지워졌다.

다만 류안의 말을 자른 것은 칼이 아니라 건헌의 손이었다. 하던 말과 함께 숨 쉬는 것조차 잊고 만 류안은 한쪽 뺨에 부드럽게 닿은 손바닥의 감촉을 느꼈다. 오로지 그 감각만이 전부였다.

"아닙니다."

천둥처럼 크게 울리는 그의 속삭임과.

"앞으로도 그럴 일은 없습니다. 적어도 폐하께서 이곳의 주인이신 한."

"……."

"그리고 저의 용건은 조금 전 말씀드린 것이 전부입니다."

류안의 눈이 크게 떠졌다. 그녀는 귀를 의심했고, 순식간에 머릿속을 점령한 목소리를 의심했다. 그러나 잘못 들은 게 아니었다. 지금도 그때도.

그의 엄지손가락이 그녀의 뺨을 쓸고, 그의 얼굴이 조금 더 가까워졌다.

'폐하를 모시러 왔다고 하니 길을 터 주었습니다.'

"안 됩니까?"

그녀는 대답하지 못했다. 대답은커녕, 그 어떤 반응도 하지 못하고 그를 그저 멍하니 보고만 있을 뿐이었다.

"폐하."

"……."

"류안 님."

그에게 처음으로 불린 이름이 그녀를 동여맸던 무형의 결박을 풀었다.

그녀는 숨을 들이켰다. 눈을 깜박이자, 지척에 있는 그와 그의 손의 감촉이 더욱 뚜렷해지며 순간의 꿈은 현실이 되었다. 그가 자신을 원했다. 황제인 자신이 그 어떤 식으로든 강요를 하게 되기 전에. 그 사실만으로도 그녀는 심장이 터져 나갈 것 같았지만, 동시에 머릿속은 차가워졌다. 그녀는 어느새 말라붙은 입술을 혀 끝으로 축였다. 조용히 그 움직임을 좇아오는 시선을 느끼자 등골이 오싹하도록 짜릿했다.

"안…… 되지 않아, 하지만……."

류안은 고개를 저었다. 생각이란 걸 제대로 할 수 없었다.

"무슨 심경의 변화로?"

"변화, 라고요?"

건헌이 어이가 없다는 듯 웃었다. 그리고 제대로 보라는 것처럼 아예 두 손으로 그녀의 얼굴을 감싸 턱을 들어 올렸다.

"아직도 모르시다니, 폐하. 저는 변하지 않았기에 온 겁니다."

"……."

"그저 이 한 몸으로 폐하를 지키며 만족할 수 있었다면 좋았겠지만, 이미 늦어 버렸으니, 용서하십시오. 깊이 제가 당신을 연모하는 것을."

심장이 크게 뛰었다.

그의 말을 찬찬히 새긴 그녀는 역시, 이해할 수 없다고 생각했다. 그녀는 천천히 손을 들어 자신의 뺨을 감싼 커다란 손을 마주 쥐었다.

"왜 용서를 구하는 거지? 처음부터 놓아주지 않겠다고 한 것도, 먼저 입술을 훔친 것도 나인데. 그대가 내게 잡힌 거란 말이다."

"……폐하의 마음은 저를 기쁘게 만들지만, 저는 폐하를 곤란하게 할 테니까요."

"그대의 출신에 대해서라면 다 끝난 일이야. 마음 둘 것 없어."

눈이 부신 듯, 울컥하는 듯, 얼굴을 조금 찡그리고 있던 그가 웃었다.

"그렇군요. 그것과는 다른 문제라고 생각했는데, 결국 그 때문인지도 모르겠습니다. 제게 있어 누군가를 미치도록 부러워할 일은 오로지 그뿐이니."

류안은 순간 멍해졌다. 대체 그게 무슨 소린지 물어보려고 입을 열었지만 금세 무슨 생각을 했는지 까맣게 잊고 말았다. 그녀의 한쪽 손을 끌어 내린 그는 단검에 베인 흔적이 남아 있지 않은 손바닥 위로 입을 맞추었다. 경건해 보이기까지 한 표정 속에, 이쪽을 직시하는 눈동자는 무례하달 만큼 강렬해서 그 차이가 짜릿한 흥분을 불러일으켰다.

"다른 사람 따위, 들이지 말아 주십시오."

"……건헌."

"따로 본 것만으로도 참지 못하고 예까지 쫓아와 버렸는데 같이 있는 모습을 보는 날에는, 과연 어찌할지 저도 이젠 알 수가 없어졌습니다. 이런 기분은 처음이라."

류안은 숨을, 아니, 그의 말 한 마디 한 마디를 들이마셨다. 더없이 달콤하고 기쁜 말들은 그가 어떤 마음으로 하고 있는 줄 알아서 더욱 소중했다. 그래서 그녀는 망설이지 않았다.

"나 또한 마찬가지다."

그녀는 그를 똑바로 보았다.

"무슨 걱정을 어디까지 했는지 알 만하지만, 더는 신경 쓰지 마라. 난 그대를 평생 붙들어 두기 위해 온 힘을 다할 작정이니까."

"……"

"그대는 그저 지금 이대로 변치 않고 내 연심을 받을 각오나 하면 돼."

"……그렇습니까."

숨이 막힌 표정으로 그녀를 응시하던 그가 살짝 웃었다.

"하오면 감히 지존을 홀린 죄는 죽은 뒤에 갚도록 하겠습니다."

죽으면 다신 안 볼 참인가?

그러나 류안이 불쑥 벼올린 그 말은 바으로 나오지 못하고 돌연 겹쳐진 입술에 막혀 지워졌다. 그녀의 눈동자가 흔들리고, 이내 눈이 질끈 감겼다. 맛을 보듯 부드럽게 핥고 빨아 당기던 입맞춤은 그녀가 떨리는 숨을 들이켠 순간 깊어졌다. 뜨겁게 파고든 혀가 입 안을 탐하고 그녀의 혀를 거침없이 얽었다. 놀람이 가신 자리엔 황홀함과, 갈증이 남았다.

그녀는 스스로 턱을 들어 그에게 입술을 내주고 또 그의 것을 받아 삼켰다. 조금씩 가빠지는 숨소리가 찰랑대는 물소리와 섞였다. 그녀는 어느새 무릎으로 바닥을 디디고 몸을 일으켜 그의 목을 한껏 끌어안고 있었다. 그 역시 목구멍을 긁는 듯한 거친 신음을 흘리며 그녀를 더욱 가깝게 안았다. 정신없이 서로에게 더 깊이, 더욱 가까이 다가가는 것만 열중하던 두 사람은 이내 한 덩어리가 된 채 균형을 잃고 욕조 안으로 풍덩 빠지고 말았다.

요란한 소음과 외마디 비명이 탕옥을 가득 메웠다.

당장 문이 열리고 그 틈으로 쏟아진 기척들은, 이어진 밝은 옷음소리에 쫓겨나듯 다시 자취를 감추었다. 높은 천장을 두드릴 것 같던 커다란 웃음은 금세 사라지고 혀가 뒤섞이는 젖은 소리가 그 자리를 대신했다.

이내 잠시 호흡이 갈라진 틈을 타, 그녀가 숨을 고르는 사이 그는 그녀의 이마며 뺨, 귓불에 연신 입을 맞추다가 그녀를 끌어안고 욕조에 등을 기댔다. 그녀는 다리를 휘감는 긴 옷자락을 젖히고 그의 위에서 마주 보듯 앉았다. 자연스럽게 내려다보게 된 그의 얼굴선을 손가락 끝으로 그리듯 천천히 미끄러뜨린 그녀는 그의 턱을 치켜들어 입술을 겹쳤다. 기꺼이 벌어진 입술이 무척 달았다. 자신을 맞이하듯 당장에 혀를 문지르고 힘주어 빨아 당기는 그의 움직임에 더욱 열중하던 그녀는 흠칫 몸을 떨었다.

"응……!"

어느새 그녀의 가슴 끈을 풀어 헤친 손이 가슴 위로 도드라진 싹을 애무했다. 말캉한 감촉을 즐기듯 손바닥 전체로 감쌌다가 가볍게 비틀었다가, 마음껏 희롱하는 손길에 그녀는 달뜬 신음을 크게 토해 냈다. 목덜미를 따라 내려간 그의 뜨거운 입술이 드러난 가슴 한쪽에 닿았다. 그녀의 몸이 반사적으로 물러나려 하자, 단단한 팔이 허리를 감아 바짝 끌어당기고는 가슴을 세게 빨았다.

"훗!"

어쩔 줄 몰라 하던 그녀는 떨리는 두 팔로 그의 머리를 끌어안았다. 마치 칭찬하듯 가슴을 놀리는 혀의 움직임이 한층 세심해졌다. 노골적으로 흘러나오는 젖은 소리와 신음이 한데 엉켜 넓은 탕옥 안에서 야릇하게 울리는 바람에 그녀는 귀를 막고 싶었지만 도저히 팔을 풀 수가 없었다. 그게 오히려 그를 더 가깝게 끌어당기는 셈이 되는 걸 알면서도 그랬다.

저도 모르게 조금씩 허리를 틀면서 들썩거리기 시작하던 그녀는 허리와 둔부를 매만지던 그의 손가락이 물속에서 옷자락을 젖히고 다리 사이로 들어왔을 때 그의 머리칼을 세게 움켜쥐고 말았다.

제법 아팠을 텐데도 그는 조금도 개의치 않아 했다. 오히려 웃는 기척이 혀에 닿은 유두와, 뜨거운 입 안에 갇힌 가슴과, 맞닿은 모든 피부에서 고스란히 전해지는 바람에 그녀는 다시금 신음을 흘렸다. 하지만 그런 그를 얄미워하기엔 여유가 없었고, 몸 안에서 움직이는 그의 손가락이 너무나 집요하고 또 지나치게 부드러웠다. 속수무책이었다. 온몸의 감각이 불에 휩쓸린 것만 같았다. 뜨겁고, 애가 탔다.

"아웃, 응, 건헌……!"

"……류안, 님."

이제, 라고 중얼거리는 그의 목소리도 열기에 달아올라 당장이라도 재가 될 듯 버석댔다. 그래서 그녀는 두려움을 참고 고개를 끄덕였다. 잔뜩 성이 나 있는 그가 천천히 그녀의 안으로 밀려 들어왔다. 아주 천천히. 단단하게 굳은 그의 어깨가 희미하게 떨릴 정도로.

그녀는 입술을 깨물었다. 이윽고 마침내 틈도 없이 이어졌을 때, 그들은 동시에 신음했다. 그리고 그런 서로를 보고 웃으며 입술을 맞댔다.

"괜찮으십니까?"

"응……."

가슴이 벅찼다. 사랑스럽다는 듯 애틋한 눈으로 안색을 살피는 그를 품고 있으니, 아프고 힘든 것까지 감당할 만큼 완벽한 순간이었다. 류안은 눈물을 꾹 참았다.

"내게는, 정말로…… 그대뿐이야."

이 깊은 마음의 색깔을 무어라 이르는지 몰랐던 때조차도 그랬다.

건헌의 표정이 사라졌다. 덜컥, 심장이 멎은 것처럼 쳐다보는 그 형형한 눈빛이 무슨 의미인지 모를 수 없었다. 조금 웃은 류안이 그에게로 입술을 가져갔다. 아주 살짝 닿자마자 그때까지 굳어 미동도 하지 않고 있던 건헌이 잡아먹을 것처럼 그녀의 입술을 덮쳤다. 길고 격한 입맞춤에 혼이 쏙 빠질 무렵, 아직 멀었다는 듯 그가 움직이기 시작했다. 눈앞이 아찔해졌다.

"아! 웃, 하앗, 앗……!"

"저야말로, 류안 님, 저도, 그렇습니다."

류안 님, 류안, 류안……. 연신 애타게 속삭이는 목소리를 들으며 그녀는 눈시울이 뜨거워지는 걸 느꼈다. 살아남기 위해 감춰야 했고, 황위에 오른 뒤로는 포기해야 했던 가련한 이름은 이제 정인에게서 새 생명을 얻고 있었다. 황제가 아닌 자신과 마찬가지로.

"건헌."

그녀는 그가 그랬듯이 미처 다 형언하지 못한 마음을 담은 고백이 되길 바라며 속삭였다. 그리고 마주친 시선에서 찾은 답에 만족했다. 짜릿한 흥분이 발끝으로 퍼져 나갔다.

물이 식어 가는 것을 알아차린 사람은 아무도 없었다.

六章

　일견 느린 듯 여유로운 걸음걸이는 목적지에 다다를 때까지 조금도 주저하지 않았다. 넓고 또 깊은 황궁은 어디나 미로 같은 곳이며 특히 수백 년 동안 의심 많은 주인들을 거쳐 왔던 옛 백아의 궁은 길을 잃기가 십상이지만, 건헌에게는 해당되지 않는 얘기였다. 신新 홍국이 들어서면서 황궁은 그대로 두고 고쳐 쓰기로 했는데 필요 없어진 방이나 건물이 조금씩 쓰임이 바뀌거나 폐쇄되는 과정을 거치는 와중에도 주요 건물은 그대로였다. 아니, 어쩌면 더 커졌을지도 모르겠다고 생각하며, 건헌은 서고에 발을 들였다.

　황제와 황족 전용이었던 과거와 달리, 홍국의 황실 서고는 조정 신료와 예비 관료들에게도 문을 활짝 열어 두었다. 덕분에 식사 시간 외엔 쓰일 일이 없는 한가로운 감별사도 자유롭게 오갈 수 있었다. 별채에 있을 땐 그 안에 틀어박혀 무얼 하든 아무도 관심을 가지지 않았는데, 침궁으로 옮기고 나니 보는 눈이 너무나 많아진 터라 그는 황제에게 허락을 얻어 종종 서고를 출입하게 되었다. 물론 그렇더라도, 그는 이젠 별채로 돌아가라고 한들 그러고 싶지 않은 자신을 알았다. 그녀와 가까이 있을 수만 있다면 조금의 불편함 따윈 논외였다.

'내게는, 정말로…… 그대뿐이야.'

얼마 전의 목소리가 새삼 떠올라 그의 숨길을 가볍게 막았다.

언제 어디서든 그녀를 생각하는 것만으로도 가슴이 벅차고 살아 있다는 실감이 났다. 그러나 지금 자연스럽게 이어지는 기억들은 공공장소에서 되새기기엔 조금 곤란해질 일이라, 애써 머릿속을 비운 그는 제풀에 헛기침을 했다. 작은 소리였지만 서고 특유의 정적 속에선 커다랗게 울리는 바람에, 입구를 지키고 있던 관헌이 대번에 매서운 눈초리를 보내왔다. 그는 멋쩍음을 감추고 패를 제출한 뒤 안으로 들어갔다.

분류별로 잘 정리된 방대한 사료의 모습에 조금 전과 다른 의미로 심장이 뛰었다. 심호흡을 하자 공기 중에 스민 지식의 향기가 몸 안으로 흘러드는 기분이었다. 그는 지난번에 읽다 만 책을 찾아 적당한 자리에 앉았다.

조용한 환경 덕에 몰입이 잘 되어 반쯤 남았던 분량은 금세 줄어들었다. 다 읽은 책을 제자리에 꽂아 둔 건헌은 새로운 책을 찾아 서가 사이를 누볐다. 금일 저녁은 타국의 사신을 맞이하는 연회가 있어 시간에 맞춰 움직일 필요는 없었다. 그렇더라도 너무 늦는 것은 좋지 않으니 한 권 정도만 더 읽고 들어갈 생각이었다.

느긋하게 둘러보던 그는 흥미가 당기는 책을 발견했다. 다만 천장까지 닿은 서가의 첫 단에 있어서 그는 저쪽 구석에 세워진 사다리로 몸을 돌렸다. 모퉁이를 막 돌았을 때, 지나가던 사람을 보지 못하고 부딪쳤다.

"엇."

상대의 놀란 중얼거림은 그가 놓친 소지품이 떨어지는 소리에 비하면 별것도 아니었다. 건헌은 저도 모르게 어깨를 움츠렸다. 책이며 붓발이며, 와르르 나뒹구는 소음이 할퀴고 지나간 자리엔 한층 무거운 정적이 남아 그의 멍청한 실수를 말없이 질책했다.

"죄송합니다."

"아니오, 저야말로."

건헌은 얼른 사과하고 몸을 굽혀 소지품을 재빨리 거둬들였다. 다행히 깨지는 물건은 있지 않았다. 그새 상대도 흩어진 붓들을 하나하나 주워 먼지를 털었다. 더 남은 것이 없다는 걸 확인한 건헌은 일어나 주운 물건들을 건네다 멈칫했다.

"감사합니다."

내밀어진 소지품을 기껍게 받아 드는 사람은 다름 아닌 탐화, 화현재운이었다.

그러나 그는 건헌이 멈칫한 기색을 전혀 눈치채지 못한 것 같앉다. 눈이 마주치자 살짝 놀란 듯 보였지만 일전에 지나가다 한 번 본 적 있던 얼굴을 뜻밖의 장소에서 다시 만난 사람이라면 누구나 그럴 만했다. 화현재운은 묵례를 하고 건헌을 지나쳤다.

건헌은 멀어지는 뒷모습에서 잠시나마 눈을 뗄 수 없었다.

그는 화현재운을 처음 본 날을 선명하게 기억했다. 어쩌다 각자의 길이 겹쳐졌을 뿐, 말을 섞은 것도 아니고 우연히 눈이 마주친 타인답게 서로 눈인사를 건넨 게 다였지만 돌아선 직후 누군가가 그를 향해 '탐화'라고 칭하는 말을 들었기 때문이었다. 한눈에도 지체 높은 집안 자제이겠거니 짐작했는데 다시 돌아본 그는 그 이상으로 훤칠하고 늠름한 헌헌장부였다.

출중한 외모와 수천 명 중 세 번째 관을 차지한 실력은 황제의 곁에 서기에 모자람이 없으며 시침랑으로 격하된 와중에도 웃음으로 받아치는 포용력마저 갖추었다. 그것만으로도 음험하게 뒤틀린 투기를 느꼈는데 심지어 그는 뿌리를 옛 홍국의 기원에서부터 두는 오래된 명문가의 적자이기까지 했다. 사실 화현재운이 황제의 '말벗'으로 천거될 수 있었던 가장 큰 이유는 바로 그것이었다. 예주의 건헌은 아무리 노력한다 해도 손에 넣을 수 없는 것.

노력으로도 가능하다면 어떠했을지, 그런 순간의 바람조차 천륜을 저버리는 죄를 짓게 되는 자신과는 달리 정궁正宮의 자격을 타고난 그는 황제에게 호감을 나타낼 자유도 갖고 있었다.

그날, 본궁 방향에서 오는 그를 보며 느꼈던 통증이 지금 더욱 강하게 건헌을 후벼 팠다. 마치 보이지 않는 발톱이 속을 들어내는 기분이었다.

그는 한참 만에야 걸음을 떼고 사다리를 가져왔다. 화현재운은 이미 모습을 감춘 지 오래였다. 이내 건헌은 자리에 앉아 책을 펼쳤다.

그러나 책장을 넘기는 속도는 조금 전에 비해 매우 느렸다. 넘겼던 장으로 다시 돌아가 읽기도 수 번, 그는 결국 집중하길 포기하고 책장을 덮었다. 책을 제자리에 꽂아 놓고 서고를 나서는 움직임은 오히려 한결 시원시원해졌나.

직접적인 언질을 들은 건 아니지만, 그는 그녀가 화현재운을 만난 이유는 본인이 직접 엎지른 일을 수습하고 매듭을 짓기 위해서인 걸 알고 있었다. 그럼에도 그는 본궁으로 향하는 걸음을 멈추지 않았다. 당장 얼굴을 봐야만 했다. 그저 보는 것만으로도 이 질척한 감정이 말끔히 사라지리라 믿었다. 그녀가 자신을 마주볼 때의 눈빛은 이미 온전한 고백이었다. 그의 걸음이 조금 더 빨라졌다.

"어쩐 일입니까."

황제는 집무실에 있지 않았다. 홀로 앉아 서류 더미에 묻혀 있다가 고개를 든 각관이 건헌을 발견하고 의아해했다.

"금일 연회에 대해서는 조반할 때 듣지 않았던가요?"

"예, 압니다. 지금은 폐하를 뵙기 위해 왔습니다만 어디에 계시는지요?"

"공향전拱響殿으로 가셨습니다. 경의실更衣室에서 예장 중이실 겁니다."

용건 없이 궁금해할 바가 아니다, 침궁에서 기다리면 되지 않느냐, 그런 당연한 말들을 예상하고 대답을 준비하고 있었던 건헌은 말문이 막혔다. 각관이 되레 이상하다는 눈으로 보아서 그는 이유를 설명했다. 각관의 대꾸는 조금 전보다 더 거침이 없었다.

"제가 왜요? 당신 앞에서 무릎도 꿇었는데."

"……물론, 그 진의를 의심한 적은 없습니다만…… 그때는 각관이라서 하신 말씀은 아니었으니까요."

건헌이 자리를 털고 일어나기 전날 밤에 각관이 찾아왔었다.

내일부터 원숭이를 들일 것과 원하는 바를 들어주겠다는 황제의 뜻을 전하고, 흑염이 정녕 황제에게 위협이 되지 않는지를 확답받기 위해서였다. 건헌은 그렇게 생각했지만 방을 나서기 전, 그는 주저 없이 무릎을 꿇고 머리를 조아렸다.

'주군을 구해 주신 은혜, 어찌 다 말로 표현할 수 있겠습니까. 목숨으로도 갚지 못할 은덕을 입었으니 각골난망刻骨難忘할 따름입니다. 현생에 기회를 얻지 못한다면 후생에서라도 보은토록 할 것입니다.'

그처럼 당황한 적은 또 오랜만이었다. 건헌이 그럴 필요 없다며 일어나시라고 재촉하고도 한 번 더 고개를 깊이 숙인 다음 일어선 그는, 그럼에도 금세 각관의 얼굴로 돌아가 "당신이 구한 것이 어떤 목숨인지 알지 않습니까. 이 또한 당신의 업입니다."라고 차분하게 지적했었다. 그가 그녀의 최측근 심복이란 사실이 퍽 안심되는 밤이었다.

"각관께서 저를 주의하시는 것은 지극히 온당합니다."

"……뭐, 그렇더라도 당신이 폐하께 해가 되었다면 인사 따윈 집어치웠을 겁니다."

즉 해가 되지 않는 것만큼은 믿을 수 있으니 황제를 용건 없이 알현하는 것도 가납한다는 뜻이다. 빙그레 웃은 건헌은 말없이 인사하고 나왔다.

공향전의 넓은 뜰은 연회가 막 시작된 참이었다. 악공들이 분위기를 띄우는 가운데 각자 술상을 받은 참석자들이 담화를 나누고 있었다. 눈에 띄지 않는 복도를 통해 그들을 피한 건헌은 기억을 더듬어 경의실을 찾아갔다. 황제가 국사에 맞춰 옷을 갈아입는 내밀한 공간인 경의실은 각 전殿마다 위치가 조금씩 달랐다. 문 앞을 지키고 있던 상궁이 다가오는 그를 발견하고 안에 고했다.

"폐하. 감별사가 입실을 청하옵니다."

"들라 하옵신다."

문이 열렸다. 시선을 낮추어 안으로 들어간 건헌은 무릎을 꿇고 예를 갖춘 다음 고개를 들었다. 방 한가운데에서 궁녀들에게 둘러싸여 있던 황제가 그를 향해 반갑게 웃었다. 그는, 당연하게도 들이켠 숨을 당장 내뱉지 못했다. 완전한 예장을 갖춘 그녀는 매혹적이고 아름다운 동시에 위풍낭낭 그 자체였다. 일순 멎었던 심장이 크게 날뛰었다.

"일어나도 좋다. 아니, 일일이 말하기도 번다하니 이젠 알아서 일어나도록 해."

그러나 그는 금방 일어나지 못했다. 사실, 자신이 무릎을 꿇고 있는지 아닌지도 잠시 분간이 가지 않을 정도였다. 황제의 가지런한 눈썹이 의아하다는 듯 들리는 걸 보고서야 그는 몸을 일으켰다. 얼빠진 풋내기처럼 구는 자신이 한심스러웠지만, 그로서는 어쩔 도리가 없었다.

"모두 물러가 있으라."

막바지 준비를 끝낸 궁녀들이 황제의 명을 받들어 소리 없이 자리를 빠져나갔다. 마치 나비 떼가 포르르 흩어지는 것 같았다. 화왕花王이 그에게 우아하게 손짓했다.

"하마터면 엇갈릴 뻔했군. 무슨 일이지? 할 말이 있는 얼굴인데."

"그저, 뵙고 싶었습니다."

"……."

"그뿐입니다."

눈을 깜박인 그녀가 웃었다.

"정녕 그뿐인가?"

"그렇습니다만."

"그래, 그렇다면 내 차례인가. 고개를 좀 숙여 보아라."

건헌은 순순히 고개를 숙였다. 거리가 가까워지자 그녀가 그의 옷깃을 붙들더니 입술을 훔쳤다. 순간 멍해진 그는 쪽, 작은 소리의 울림이 지워지기도 전에 덤벼들었다. 다시 이어진 입맞춤은 더욱 진해졌고, 키득거리는 웃음소리가 신음에 묻히기까진 금방이었다.

"……하아."

이윽고 갈라진 입술 사이로 단숨이 흘렀다. 무방비하게 벌어진 입술이 살짝 부어오른 것이 또 자극적이라, 그는 한 번 더 입을 맞췄지만 이번엔 바로 놓아주었다.

"아무래도…… 방해하러 온 깃 같온데."

"그랬다면 고작 연지를 망쳐 놓고 물러날 리가 없지요."

그의 뻔뻔한 대답에 그녀가 소리 내어 웃었다.

"뭐, 준비야 얼마든지 다시 할 수 있다고 말하고 싶지만 품이 너무 많이 들었다. 애를 무척 써 주었지."

그녀는 그를 잡고 있던 손을 풀었다. 그는 아쉬움을 드러내는 대신, 연지함을 가져와 한 손의 소지燒指 끝을 물들였다. 그의 의도를 안 그녀는 기꺼이 턱을 들어 화장을 고치는 그를 도왔다.

"됐습니다."

"역시, 방해하러 온 게 맞아."

내내 그를 지그시 보고 있던 류안이 대뜸 투덜거렸다.

"덕분에 연회고 뭐고 다 집어치우고 싶어졌으니 말이야."

"저 또한 참는 입장이라 책임져 드릴 순 없겠습니다만…… 돌아오시는 폐하를 반겨 드리는 건 자신이 있습니다."

"좋군."

그녀는 흡족히 고개를 끄덕였다. 그때, 이만 나가셔야 한다는 조심스러운 재촉의 진언이 문을 통해 건너왔다. 그녀는 시선을 내리더니 그의 손을 들었다. 그리고 붉은 소지의 끝을 자신의 소지 끝에 닦듯이 가볍게 문지르고 놓았다. 두 사람의 새끼손가락이 같은 색으로 물들었다.

의미를 알 듯 말 듯 해 그녀를 쳐다보고만 있자 그녀는 쑥스러워하는 것처럼 시선을 피했다가 또 금방 그를 향해 웃었다.

"그럼, 처소에서 얌전히 기다리도록 해라. 그대에게 돌아갈 테니."

"……다녀오십시오."

조금 잠잠해졌다 싶던 가슴속 바다에 다시 격랑이 일었다. 건헌은 본인이 한 말의 여파를 전혀 짐작하지 못한 얼굴로 해맑게 웃는 주인을 배웅한 뒤에야 숨을 내쉬었다. 정말이지, 어찌할 도리가 없었다.

뒤통수가 따가울 지경이군.

재운은 당장이라도 손을 들어 뒷머리를 긁고 싶은 충동을 참았다. 아마 저토록 쳐다보는 걸 보니 이쪽이 황제의 시침랑 후보였던 화현재운이란 걸 아는 모양이었다. 그리고 그가 높은 확률로 현재의 시침랑이실 테고.

어차피 후보로 그친 건데 유난이란 생각은 들지 않았다. 만약 자신이 저 입장이었다면 저처럼 예의 바르게 눈으로만 찔러 대고 있지는 않았을 것이다. 각관이 자신을 보는 시선은 일을 쓸데없이 크게 벌린다는 질책이 담겨 있긴 했지만 어쨌든 무감하다 할 정도였고, 이번엔 달랐다. 역시 황제의 총애를 받는 사람은 각관이 아니라 감별사였던가 보다. 재운은 짐작을 확신으로 바꾸며 맡겼던 패를 돌려받고 서고를 나섰다.

몇 번인가의 중문을 지나쳤을 무렵, 그는 희디흰 턱수염이 잘 어울리는 인자한 풍모의 노관老官과 마주쳤다. 재운은 그를 한눈에 알아보고 멈춰 섰다. 그리고 홍국의 재상, 문무백관의 장長에게 어울리는 정중함을 담아 예를 갖추었다.

"안녕하십니까. 어르신. 화현재운입니다."

"아, 이부서吏部書 댁 자제로군."

재상도 그를 기억하고 반갑게 인사를 받았다.

"탐화였었지. 어딜 가는 길인가?"

"서고에 잠시 다니러 왔던 참입니다."

"오호. 시간을 허투루 쓰지 않는 것을 보니 내가 다 흡족하군. 마침 자네에게 하고 싶었던 얘기도 있는데 괜찮다면 가는 길 잠시 동행해 주지 않겠나?"

"물론입니다. 어디까지 모셔 드릴까요?"

"공향전일세."

그러고 보니 금일 사신 환영회가 있다고 들은 기억이 났다. 재운은 흔쾌히 방향을 틀고 재상과 보폭을 맞추었다. 하고 싶은 얘기가 뭘까 머릿속으로 이런저런 짐작을 해 보고 있었는데, 몇 걸음 만에 재상이 툭 던진 말은 퍽 의외였고 직접적이었다.

"자네 혹 정혼이 되어 있던가?"

"아니요, 없습니다."

"역시 그랬군. 아니, 자네 춘부장에게 먼저 말을 꺼내는 것이 예법이긴 하겠네만 마침 이리 만난 것도 있고 하니 당자에게 직접 의사를 듣는 것도 나쁘지 않겠다 싶어서."

……설마?

재운이 추측을 떠올리기가 무섭게 재상이 그것을 명쾌하게 확인시켜 주었다.

"셋째 손녀딸이 올해 열아홉일세. 내 핏줄이라서가 아니라 여러모로 참한 아이라서 명문가의 며느리로도 손색이 없지. 예를 들어 화현 같은."

"……."

"어떤가? 괜찮다면 정식으로 매파를 보낼까도 싶은데."

"죄송합니다."

재운은 걸음을 멈추고 고개를 숙였다.

"부족한 점이 많은 저를 그처럼 어여삐 보아 주신 점에 대해서는 무어라 말씀드려야 좋을지 모를 정도로 감사히 여깁니다만, 저는 아직 혼인할 생각이 없습니다."

죄송합니다, 하고 다시 한 번 고개 숙인 그를 향해 재상이 너털웃음을 터뜨렸다.

"뭐, 그리 심각하게 받을 것은 없네. 아쉽기야 하지만 부담을 가진다면 되레 내가 미안할 일이지. 당자 마음이 그렇다면 별수 없으니까."

가세, 라고 하듯 재상은 그의 어깨를 친근한 태도로 툭툭 두드리고 먼저 움직였다. 뒤따르는 재운은 안도와 감사를 느끼면서도, 조금 전의 위화감이 더 커지는 것을 의식했다.

애초에 아무리 자신의 가문이 명문이라고 해도 장원과 방안(榜眼, 2등)을 한 동기들 역시 남부럽지 않은 집안의 미혼랑인 마당에 고작 탐화인 자신에게 말을 꺼낸 깃이 조금 이상할뿐더러, 엄연한 인륜지대사를 그저 던져 본 말인 양 구는 반응은 어딘가 모르게 묘한 구석이 있었다. 호방한 성격 탓일까 싶지만 아무리 급작스레 마주친 마당이라고 해도 지금껏 자신에게는 물론 부친에게도 일언반구가 없었다는 것도 미심쩍은 일이었다.

단순하게 생각하면 아무것도 아닐 문제라도 한 번 의혹을 품으면 쉽게 떨쳐 내기가 힘들다. 그는 모른 척 웃으면서 이해해 주어 감사하다는 말 따위를 주워섬겼다. 그러다가 재상의 다음 말에 하마터면 혀를 깨물 뻔했다.

"손에 닿지 않는 꽃을 품고 있는 것은 아니고?"

반사적으로 천만의 말씀이라고 외치려던 재운은 직전에 그 은밀한 암시의 진의를 깨달았다. 그리고 재상의 손녀딸이 단순히 운을 떼기 위한 핑계였다는 것도.

손에 닿지 않는 꽃. 다른 때라면 그저 이루어지지 못하는 연심을 이르는 말이겠지만 지금 재상의 입을 통해서 나오는 그 말은 조금 다른 의미가 될 수 있었다. 이것은 우연일까? 황제 폐하를 비밀리에 알현하기까지 한 자신이 이런 말을 듣는 것은. 재운은 대답을 길게 늘여 보았다.

"폐하를 염두에 두신 말씀이시라면 그렇지 않습니다."

"그런가."

재상은 무심하게 고개를 끄덕였다.

"자네가 그런 거라면 그런 거겠지만, 그도 나름대로 아쉽군 그래."

"……무엇이 말씀이십니까?"

"사실 내 짐작이 맞았으면 좋았겠다고 생각했네."

화현재운이 감히 황제 폐하를 연모한다는 짐작?

"어째서인지 여쭤도 되겠습니까?"

재상은 바로 대답하지 않았다. 그러나 인상처럼 호락호락하지만은 않고 연륜만큼이나 노회한 인물이란 점을 감안하면 정작 하고 싶은 말은 반도 채 못 꺼냈을 것이다.

"자네 정도라면 믿을 수 있거든."

역시나 재운의 생각이 옳았다.

"의천제 시대에도 슬기롭게 살아남고 폐하와 유민들을 은밀히 지원해 나라에 충심을 다해 온 가문. 타의 모범이 될 인품을 가진 양친. 출생 시 불려 온 산파부터 급제하기까지의 배움 습관까지 한 점의 의혹도 없이 깨끗한 내력을 가진 자네 같은 사람이, 좋아. 폐하의 곁을 지키기에는."

구구절절 황송하기 그지없는 말들이 온전히 칭찬이라고 믿기에는 지금껏 먹어 온 밥그릇 수가 너무 많았다. 재운은 여기서 부끄럽다는 듯 웃으며 별것 아니라고 말할 수 있다면 편하겠다고 생각했지만, 단도직입적으로 꺼낸 것은 다른 말이었다.

"그런데 현실은 그렇지 않은 사람이 폐하의 곁에 있다는 말씀이시군요."

재상은 전혀 놀라지 않은 눈치였다. 하긴 일부러 이렇게까지 말하는 걸 봐서는 못 알아들은 척 능치는 쪽이 그를 더 놀라게 할 수 있었겠다. 재상이 한가롭게까지 들리는 질문으로 그의 말에 에둘러 답했다.

"자네, 감별사의 이름을 알고 있나?"

역시 그랬나.

황궁에 있는 인물 중 수수께끼를 가진 자는 극히 드물고 조금 전 마주친 것도 있어서, 재상이 누구를 염두에 두고 있는지는 쉽게 짐작할 수 있었다. 재운은 순순히 기억을 더듬었다.

"건헌……이었던 것 같습니다만."

"성은?"

"모르겠습니다. 아, 그게 성일 수도 있겠군요."

"이름이 맞네."

재상이 친절하게 일러 주었다.

"성은 예주씨일세. 예주건헌. 모윤의 삼남이지."

재운은 순간 소름이 돋았다.

145

주변을 돌아보지 않았지만, 지금 자신들이 서 있는 길이 엄폐물 하나 없이 뚫려 있는 공간임을 알 수 있었다. 숨어 엿들을 수 없는 자리. 재상이 일부러 이런 곳으로 방향을 잡은 것이라는 깨달음보다도, 울림 따위가 생길 리 없음에도 불구하고 그의 말이 몇 배로 증폭되는 것처럼 느껴진다는 사실이 더욱 놀라웠다.

재운을 응시하는 재상의 눈은 평온했다. 뜬금없지만, 재운은 분하다는 생각이 들었다. 대뜸 나타나 흔드는 대로 휘둘리고 있다는 감각이 기분 나빴다. 그러나 지금 당장 중요한 것은 감정이 아니라고, 그는 빠르게 반성하고 재상의 말에 집중했다. '예주'라는 성씨는 흔하지 않았다. '모윤'이라는 이름은 더욱 그렇다. 심지어 그 네 글자가 합쳐지면, 대륙의 일부 역사를 피로 쓴 자의 것이 된다.

더욱이 이 홍국의 녹을 먹는 사람에게는 잊을 수 없는 이름이기도 했다. 황제는 곧 어버이라, 그 어버이의 원수라면 자식 된 도리로서 원수나 매한가지인 것이다. 여기서 '원수'란 단어는 매우 정석적이고 극단적인 표본으로 쓰이는 의미를 가진다. 황제가 부모 형제, 일가친척 모두를 예주모윤의 손에 잃었던 것은 그녀가 여섯 살 때의 일이었다.

만약 순리대로 흘러갔더라면 그녀는 그저 황녀들 중 하나로 인접국과의 살아 있는 다리가 되어 역사에 이름 한 줄 남기지 않고 생을 마쳤으리라. 그렇게 자신의 세상 전부를 비틀어 버린 자의 아들을, 살려 두었을 뿐만 아니라 곁에 두고 있다?

재운은 이게 지금 말인가 잠꼬대인가 하는 심정이었지만 재상은 결코 허튼소리를 하는 기색이 아니었다. 그는 일단 입을 열었다가, 닫았다. 그리고 다시 열었다.

"그래서 '감별사'인 겁니까?"

목숨을 걸고 황제를 지켜야 하는 자리에 둔 것은 복수의 일환이었나.

하지만…… 그때의 그 표정은 결코 잘못 본 게 아니었는데.

재운은 질문을 넌져 놓고도 위화감을 느꼈다. 그리고 서고에서의 시선에서도 느껴지는 감정은 평범한 투기였다. 물론 평범하다기엔 지나치게 강했지만, 최소한 자신을 그런 처지로 격하시킨 상대를 염두에 둔 감정은 아니었다. 순식간에 헝클어진 머릿속으로 재상의 목소리가 끼어들었다.

"그렇다고 생각해서 반대하지 않았네. 아마 나뿐만 아니라 그자의 정체를 아는 다른 이들도 마찬가지였을 거야. 한데 그것이 착오였는지……."

흐려지는 말끝은 명백하게 부정적인 감정을 담고 있었다. 재운은 무심코 '그래도 지난번에 온몸을 던져서 폐하를 구하지 않았느냐'고 하려던 충동을 누르고 적당한 반론을 골랐다.

"폐하께서 충분히 염두에 두고 계실 거라 사료됩니다만."

"그렇다면 다행일 텐데, 너무 가까워졌다네. 보았는지는 모르나 그는 일단 외양으로서는 대부분의 여인을 혹하게 할 수 있는 사내일세. 그리고…… 폐하께서는 매우 현명한 분이시지만 여인이기도 하지. 정에 굶주린 가엾은 여인."

"……."

"웬만한 사탕발림으로 넘어가실 분이 아닌 건 내가 잘 아네만, 일국의 황자였던 인물인 데다 제 아비는 도망치다 죽어 넘어질 때 폐하의 곁에 접근한 것을 보면 그 처세술이 보통은 훨씬 넘을 것이 자명하다고 보네. 아무리 원수라 한들 폐하께서 어릴 적 일들을 또렷이 기억할 리도 만무하고 그는 그 자리에 있었던 것도 아닌 아들 중 하나이니 증오가 다소 옅어진다 해도 감히 탓할 수 있는 일도 아니고. ……아니지만, 걱정이 되는 것도 사실이라."

근심 어린 한숨과 함께 흘러나오는 말을 묵묵히 들으면서, 재운은 자신이 어떤 반응을 보여야 할지에 대한 감을 잡아 갔다. 재상의 말이 잠시 끊어졌을 때 그는 미간을 심각하게 찌푸렸다.

"과연 쉽게 생각할 일이 아니로군요. 아니, 오히려 생각보다 훨씬 더 심각한 상황인지도 모르겠습니다. 어떻게든 도움이 되어 드리고 싶은데 애매한 처지가 안타까울 따름입니다."

"말만으로도 조금 안심이 되는군. 딱히 자네에게 무언가를 바라고 한 말은 아닐세. 하도 답답해서 넋두리처럼 중얼거려 본 것인데…… 자네라면 차후 행동할 때 한 번 더 폐하를 생각해 줄 거라고 멋대로 믿고 싶기도 하고."

"황송합니다."

"또한 그자에게도 결코 뒤지지 않을 미랑美郞이니 금상첨화랄까."

농담처럼 덧붙인 재상이 껄껄 웃었다. 분위기를 전환시켜 이쯤에서 대화를 맺겠다는 무언의 암시였다.

얼마 안 가 공향전 처마가 시야에 들어왔다. 재운은 그와 입구에서 인사를 나누었고, 재상은 연회 준비로 분주히 오가는 궁인들 틈새로 사라졌다. 재운은 다시 남문을 향해 걸었다.

우선 냉정하게 따져 볼 때 예주건헌이 황제 가까이에 있는 것은 전적으로 황제의 의사다. 그 의사의 정당함에 대해서는 감히 나인이 논힐 바가 될 수 없지만, 독대했을 때익 황제는 결코 여심 때문에 자신의 위치를 잊고 휘둘릴 위인이 아니었기에 그는 그감을 믿기로 했다. 그런데 왜 하필 자신이 이 사실을 알게 되었을까. 왜, 재상은 많은 사내들 중 화현재운을 골라 내막을 알려 주었나.

만약 자신이 정말로 황제를 연모했다면 마치 철없는 손녀를 걱정하는 조부 같은 재상의 말에 홀랑 넘어가 황제의 성총을 흐리는 적敵에게 비분강개했겠지만 그러지 않았다. 재상은 아마도 아니라고 대답한 재운의 말을 거짓으로 들었거나 최소한 연모의 가능성이 있다고 오해했기 때문에 그런 말을 한 것일 거다. 즉, 그는 화현재운으로 하여금 신하로서의 충심과 인간 혹은 사내로서의 연민으로 감별사를 경계하고 그와 황제를 떼어 놓을 방법을 찾게 할 요량이었던 것이다.

그런 '패'가 필요한 경우, 시침랑 문제로 황제와 독대까지 한사내처럼 알맞은 자가 어디 있을까. 하지만 그건 독대가 알려졌다는 뜻이 되는데…….

'감시하고 있었다.'

재운은 저도 모르게 우뚝 멈춰 섰다. 벼락처럼 대뜸 내리친 예상이 재운을 단숨에 긴장시켰다. 신하 된 몸으로 누군가 감히 황제를 감시한다는 가정은 그것만으로도 거부감이 일었다. 하지만 정녕 감시가 있었다면, 대상이 각관도, 자신도 아닐 거라는 것엔 무엇이든 걸 수 있었다.

다시 걸음을 옮기기 시작한 그는 상황을 주시하기로 결정했다. 사실상 지금 그가 할 수 있는 일은 그것밖에 없었다. 누군가가 자신을 적극적으로 이용하고자 한다면 또 모를까. 그렇게 되면 꽤 귀찮은 줄다리기가 될 테지만 재미는 있겠지. 조금 기대해 봐도 좋으려나.

그러고 보니 작은 수수께끼 하나가 풀렸다. 감별사의 첫인상에서 받은, 흔한 민초의 것이라고는 믿기 힘든 몸가짐과 내재된 분위기는 황손의 그것이었던 셈이다.

들은 직후에는 물론 상당한 충격을 받았지만, 최대 피해자인 황제가 이유가 뭐든 간에 그를 더 이상 증오하지 않는다면 재운 자신도 그러지 않을 이유가 없다. 그래서 그는 '신중하게 지켜보자'고 생각하면서도 이미 어느 한쪽을 편들기로 결정했다는 사실을 가벼운 마음으로 받아들였다.

집으로 돌아간 그는 서실에서 붓발부터 펼쳤다.

서고에서 떨어뜨린 붓들을 하나하나 손질하고 씻는 사이, 가벼운 손기척에 이어 문이 여닫히더니 란蘭이 들어왔다. 가까이 다가온 그녀는 그의 손놀림을 구경하다 툭 던지듯 말했다.

"못 보던 붓이네."

재운은 그녀의 예리한 눈썰미에 웃음으로 답하고 깨끗해진 붓을 붓걸이에 걸었다.

"얻었지."

"선물받은 것도 아니고 얻었다? 그게 뭐가 그리 좋다고 실실거리실까, 이 공자님은."

란이 거실 가운데에 놓인 탁자 앞에 앉으며 놀리듯 대꾸했다.

반 토막 난 말투는 그녀를 가비歌婢로 보는 집안사람들은 못마땅해하는 건방진 말버릇인 동시에, 독특한 벗으로 보는 그에게는 편하고 익숙한 그녀의 일부였다. 말이 고용이지 재운은 란이 자신의 제안에 응해 준 것에 가깝다는 것을 알고 있었다.

천하제일의 가기歌妓로 이름난 그녀를 집안 전속 가비로 독점할 수 있었던 건 세 가지 이유에서였다. 하나, 수청만 들면 뭐든 다 해 주겠다고 달려드는 사내들에게 그녀가 더는 참기 어려울 만큼 질렸다는 점. 둘, 머무르는 것은 그녀의 자의에 달린 일로 언제든 떠날 수 있게 해 달라는 그녀의 요구에 그가 가볍게 승낙한 점. 셋, 그가 그녀를 여인이 아니라 노래하는 새로 본다는 점.

란의 말에 의하면 특히 세 번째가 마음에 들었다고 했다. 보통의 경우라면 자존심에 금이 갔노라 분해할 수 있을 텐데 그녀는 그러지 않았다. 무심한 척하는 것이 아니라 진실로 그렇다는 걸 그는 알 수 있었다. 여인으로 받아들여지고 싶은 단 한 사람은 이미 정해졌고 그 사람은 지금 있지 않다는 것을.

"거저가 싫다는 사람도 있나?"

재운이 능청스럽게 눙치자 란의 미소가 조금 더 커졌다. 그것만으로도 애초 어둡지도 않았던 방 안이 더 환해지는 것 같았다.

"내가 그래서 공자님을 좋아하나 봐. 저렴한 근성이 나랑 닮았거든."

"그거 영광이군."

뒷정리를 끝낸 그는 자리에서 일어나 그녀의 맞은편에 앉았다.

곧 여종이 들어와 두 사람 몫의 차를 내왔다. 란이 이곳에 거한지 이미 한 해가 다 되어 가지만 여전히 그녀가 감히 공자와 대거리하는 것을 싫어하는 사람들이 많았다. 차를 가져온 여종도 그 부류인 듯 표정이 좋지 않았지만 란은 천연덕스럽게 고마움까지 표하고 있어 그는 웃음을 입 안으로 물어 없애야 했다. 그녀는 기루에 있을 때나, 지금이나 변함이 없었고, 그런 사람이 드물기에 그에게는 소중한 인연이었다.

"진짜 아무렇지 않은가 보네? 마님은 당신이 폐하의 말벗이 되지 못한 걸 아쉬워하시는 눈치던데."

……비록, 그의 속을 다 들여다보고도 시침 떼고 있는 것처럼 보일 때라도.

재운의 웃음에 소량의 쓴맛이 배어들었다. 그를 두고 부친이 황제의 중신을 서려고 했다가 단박에 내쳐지고, 시일이 지난 뒤

찾아온 각관 덕에 간신히 체면을 살렸다는 사실은 이미 알려진 바였다. 그는 어깨를 슬쩍 들어 올렸다.

"아쉽지 않다고 한 적은 없어. 지금 설마 폐인이 안 되었다고 질책하는 건 아니겠지?"

"질책이라기보다는 감탄이지. 저 대단하신 황제 폐하의 총애를 받을 수 있는 기회를 날린 건데 울지 않을 공자님이 과연 몇이나 될까?"

물론 간택된다고 해서 총애받는다는 보장은 없지만. 냉정하게 덧붙인 란이 씨익 웃었다.

"재도전할 의사는 없으시고?"

"……너무 대놓고 즐기는 거 아닌가?"

"뭐 어때, 남 일인데."

산뜻한 대꾸는 그를 다시 웃게 했다. 소리의 여운이 사그라진 후 그가 입을 열었다.

"승산 없는 일에 덤비는 것도 정도가 있지."

"와."

란의 눈이 솔직하게 빛나는 것을 보자 그는 첨언의 필요성을 느꼈다.

"그냥 짐작일 뿐이지만."

"그래, 상대가 상대니까. 하지만 난 그 짐작이 옳다는 걸 전제로 힐게."

"왜?"

"재밌으니까."

재운이 픽 웃고 찻잔을 기울였다. 농담만은 아니었는지 란은 말을 이었다.

"상대가 누굴까나. 지금껏 헛소문 한 번 난 적 없는 걸로 봐서 가까이 있는 사람일 게 빤한데. 각관일까? 아니면 그 감별사?"

"글쎄."

"내기할래? 둘 중 누군지."

불측하게 황제 폐하의 심중을 두고 내기를 벌이자는 거냐는 말 대신 그는 더 실용적인 것을 챙겼다.

"무엇 하러?"

"그냥, 재미로. 놀이 삼아."

이번에야말로 그 말을 해야 하나 싶었지만 관두기로 했다. 그는 그녀가 본래는 번듯한 집안의 영양이었으며 그 본가는 백아국伯雅國 치세 아래 벼슬을 했었다는 사실을 알고 있었다. 물론 란이 의천제를 칭송하기는커녕 걸쭉한 욕을 하는 사람이긴 해도 그녀의 조국은 백아였기에 처음부터 그녀는 홍국 황제에게 관에 잡혀가지 않을 만큼의 예만을 표했다. 마지막 황제 의천義闡이 죽고 홍국이 새로이 개천했을 때 대다수의 백성들은 웃음을 되찾았으나 어쨌거나 전쟁은 전쟁, 그 틈바구니에서도 소중한 것을 잃고 눈물 흘린 이는 있기 마련이었다.

물론 그렇다고 억지로 어울려 줄 일은 없지. 재운은 단칼에 잘랐다.

"싫다."

"왜?"

"네가 지든 이기든 저 붓을 걸고넘어질 심산인 게 분명하니까."

"별 쓸모도 없는 걸 내가 왜."

"재미로."

딱 잘라 대답하자 시침 떼듯 정색하고 있던 란이 항복의 손짓을 했다.

"날 너무 잘 아네. 여기도 너무 오래 있었어."

"일 년도 안 지났는데."

그녀가 픽 웃더니 고개를 살짝 기울였다.

"내가 계속 있었으면 좋겠어?"

"물론. 어머님이 널 매우 마음에 들어 하시니까."

애초 란에게 가비는 어떠냐고 말한 것은 그녀가 예인의 자부심을 포기당할 봉변에 처해 있는 현장을 우연히 목격했기 때문이지만, 계모가 노래를 좋아하기도 하니 일석이조란 생각을 안 한 건 아니었다. 망설임 없는 대답에 그녀의 얼굴 위로 재미없다는 표정이 스쳤다.

"하나도 안 변했네. 공자님."

"그런가."

"뭐, 여인으로서 도전을 받아들이겠다는 마음으로 여기 온 건 아니지만. 전혀 바꾸지 못했다는 게 보이니까 별로 기분 좋지는

155

않은걸."

"신경 쓰지 마라. 네 탓은 아니야."

"당신 탓도 아니라고 생각해."

그가 어느새 찻잔으로 내려가 있던 시선을 들자 자신을 똑바로
보고 있는 그녀와 눈이 마주쳤다. 농을 던지며 웃다가도 금세 이
처럼 진지한 눈빛을 할 수 있는 그녀가 새삼 신기했다. 아는 건지
모르는 건지 알 수 없지만, 그는 웃어넘기기로 했다.

"그럼 누구한테 화풀이하려고?"

"어머. 누가 들으면 진짜 내 맘대로 성질부리고 다니는 줄 알
겠네."

"아니었나?"

"자꾸 그렇게 나오면 마님께 다 일러바치고 말 테야."

"……애냐."

못 말린다는 듯 핀잔을 던졌지만 그는 자신이 졌음을 알았다.

근 사 년 전, 이십 년 이상 공석이었던 화현가의 안주인 자리에
앉게 된 젊은 계모는 자신의 역할을 매우 진지하고 심각하게 받
아들이는 유형이었다. 두 살 아래의 '아들'에게도 얼마든지 충고
와 조언을 아끼지 않을 정도로.

그녀가 작은 승리의 미소를 짓는 것을 보며 그는 화제를 바꿀
필요성을 느꼈다.

"네가 입이 무겁다는 걸 알아서 하는 말인데, 궁금해하는 거
가르쳐 줄 테니까 이르지 마라."

란의 웃음이 커졌다.

"뭔데?"

"둘 중 누구인지. 감별사 쪽이야."

"정말? 당신은 그걸 어떻게 알았어?"

"……감으로."

재운 본인이 듣기에도 자신 없는 목소리였다. 그러고 보니 근 거는 전부 짐작일 뿐이다. 아니나 다를까 그녀가 그게 뭐냐며 코 웃음을 쳤다.

"내 감은 황제가 황제답게 양손에 떡을 쥐고 있다고 말하는 걸."

"그럴 거면 이 세 번째 떡도 먹으면 그만이지."

재운은 한 손을 가볍게 저었다.

"단순한 남녀 관계였다면 모를까 그게 아닌 이상에야 불가능 해. 그가 품은 마음이 증오라면 지나치게 위험하단 걸 아실 테고, 연정이라면 그런 마음을 갖고 놀 분은 아니시니."

그리고 연심이 아니면 그가 내게 관심을 둘 이유가 없고.

"무슨 소리야?"

"살아남은 황자가 있었다더군."

란의 표정이 사라졌다. 조금 전 자신의 얼굴이 바로 저러했으 리라. 재운은 평연하게 덧붙였다.

"나도 들은 얘기지만 사실이라고 봐."

"……누구한테 들었는지, 말해 줄 수 있어?"

이제 와 감출 것이 있을 리가 없다. 이어지는 설명을 곰곰이 생각에 잠긴 얼굴로 듣고 있던 란이 내놓은 소감은 명쾌하고, 의외로웠다.

"그 사람 안 믿는 게 좋겠네. 안 그래도 전부터 마음에 안 들었는데."

"왜?"

"수신제가치국평천하(修身齊家治國平天下, 심신을 닦고 집안을 정제한 다음 나라를 다스리고 천하를 평정함)를 앞장서서 외치는 주제에 자식 훈도는 엉망이라서."

그러고 보니 그녀에게 열 올리던 사내들 중 가장 열성적이던 자가 재상의 막내아들이었다. 심지어 부친의 권력을 매우 잘 파악하고 있는, 매우 질이 나쁜 경우이기도 했다.

"더 중요한 건 내가 그 셋째 손녀를 안다는 거고. 참하기는, 개뿔."

재운은 결국 웃음을 터뜨렸다.

"하마터면 큰일 날 뻔했군."

"뭐 아직 당신 운이 괜찮다는 증거겠지."

가볍게 받아넘긴 란이 찻잔을 들었다. 언뜻 그녀의 손끝이 떨리는 것처럼 보였지만 기울어진 찻잔에 가려진 얼굴이 다시 드러났을 때 그녀는 빙긋 웃고 있었다.

"정말 놀라운 얘기네. 사실 내가 당신을 놀라게 해 줄 참이었는데, 묻히고 말겠어."

"뭐지?"

"나, 이만 나갈까 해."

재운은 란을 빤히 쳐다보았다. 그녀의 웃음은 이미 끝난 결심을 내보이듯 단단했다.

"……그런 쓸데없는 걱정을 하다니. 너답지 않은데."

"어머, 무려 그 소식에 비할 수 있는 거야? 고마워라."

"겸손은 어울리지 않는다니까. 헌데 왜 갑자기? 기한을 둔 적이 없는 건 맞지만, 일 년은 채우겠다고 하지 않았나."

"그 점은 정말 미안하게 생각해."

그녀가 씁쓸하게 말했다.

"이렇게 갑작스럽게 나가게 될 줄은 나도 몰랐어."

"……그래서? 이유는 말하지 않을 건가?"

"으음. 좀 봐줘, 공자님. 이래 봬도 울고 싶은 기분이거든."

말은 그렇게 하면서도 아름다운 얼굴에는 웃음기만 가득하다. 재운은 피식 웃어 버렸다.

"어쩔 수 없지. 처음부터 네 의사를 존중한다는 조건이었으니."

"고마워. 마님께는 직접 잘 말씀드릴 테니 걱정 마."

"그래. 그럼 전에 있던 기루로 돌아가는 건가?"

"그러려고 하는데, 왜? 놀러 오면 잘해 줄게."

"……됐고, 네가 괜찮겠느냐고 묻는 거잖아."

"응?"

"고작 몇 달 지났을 뿐이니 그자가 널 단념했을 거란 보장이 없으니까."

란이 어깻짓을 했다.

"괜찮아. 상대하기 싫어서 봐준 줄도 모르고 까불면 기대에 부응해 줘야지."

재운은 어떻게, 라는 물음을 삼켰다.

아무리 이름났다고는 하나 그녀는 결국 한낱 기녀일 뿐, 상대는 이 나라에서 황제 다음 가는 권력자가 귀애하는 자식이다. 보통의 수단으로는 상대는커녕 그녀만 호되게 당할 것이 분명했다. 그러나 란이 그저 허세를 부리는 여인은 아니고 또 그녀의 자존심을 살려 주고 싶어서, 그는 "혹시 도움이 필요하면 언제든 말하라."고 이르는 정도로 그쳤다.

란이 미소했다.

그것이 평소보다 조금 더 깊고 아련하다고 느끼던 찰나, 몸을 일으킨 그녀가 예고 없이 그의 시야를 가렸고 그 직후 최고급 비단이나 깃털과도 견줄 수 없는 부드럽고 따스한 촉감이 입술 위로 내려앉았다.

그것은 눈도 감을 겨를조차 없을 만큼 매우 짧은 순간이었다.

그녀가 몸을 떼었을 때, 그는 물끄러미 그녀를 올려다볼 뿐이었다. 그녀가 중얼거리듯 말했다.

"당신을, 은애할 수 있었다면 좋았을 텐데."

"……그렇더라도 힘들었을걸."

재운의 대답에 그녀는 왜냐고 묻는 대신 조용히 웃음 지었다.

"고마워. 공자님."

"······."

"다시 안 볼 사이는 아니니까 그냥 이렇게만 인사할래. 그럼, 이만."

그녀는 산뜻하게 몸을 돌렸다.

멀어지는 그녀를 바라보고 있던 그는 그녀가 문간을 넘어설 때, 입을 열었다.

"린."

"······수아秀娥."

그녀가 돌아보았다. 깨끗한 미소가 그의 눈길을 사로잡았다.

"수아. 내가 좋아하는 사람들은 날 그렇게 불렀어. 같이 죽은 이름이라고 생각하고 있었는데, 아직 명이 남은 모양이라."

하지만 다른 사람 앞에서 그렇게 부르면 대답을 듣지 못할 거야.

가볍게 덧붙인 린, 아니, 수아는 이내 그의 시야에서 사라졌다.

그녀의 처지를 생각해 볼 때 본명을 알린다는 것이 과연 어떤 의미인지 모를 리 없다. 그런 일을 아무렇지 않게 해치우는 것처럼 보이는 태도가 너무 그녀다워서, 재운은 혼자 무심코 웃고 말았다.

그리고 그 웃음은 좀처럼 사그라지지 않았다.

七章

　화창한 햇살 아래 하늘은 높고 푸르며 시원한 바람이 살랑거린
다. 화현의 가비 란이 공중公衆의 가기歌妓로 돌아가는 행렬을 구
경하는 사람들이 한 마디씩 떠들어 대는 소리로 대로가 와자지껄
했다. 한껏 꾸민 그녀도, 그녀의 말을 따르는 짐말들이 묵직하게
지고 있는 재물들도 하나같이 볼만한 눈요깃감이라 한번 모인 이
목들은 흩어질 줄 몰랐다.

　안장 위에서 조신한 척 옆으로 앉아 말의 움직임에 몸을 맡긴
수아는 느긋한 기분으로 그 모든 것을 즐기고 있었다.

　원래 시끄러운 것을 좋아하지 않지만 어쩔 수 없다. 어차피 자
신은 뭘 해도 주목받을 수밖에 없으니까, 그럴 거라면 마음 가는
대로 하고 시선을 즐기는 편이 낫다. 그래서 그녀는 기루로 돌아

가는 날을 숨기지 않았고 주는 선물을 마다하지 않았다.

그렇다 해도 이렇게까지 신경 써 줄 줄은 몰랐는데.

단아한 입술에 방금 전처럼 보이기 위한 것이 아닌 미소가 스쳐 갔다. 지난 몇 달을 의탁했던 화현가는 상당히 괜찮은 새장이었다. 묶여 있지도 않았고 모이만 간신히 챙김 받은 것도 아니었으며 주야장천 노래만 조르지도 않았다. 물건으로서의 귀여움을 받는 것에 익숙해진 그녀로서는 신선한 경험이기도 했다. 이대로였다면 마음 좋으신 마님과 훈훈한 공자님에게 기대어 일 년을 채우는 것은 물론 아예 식객으로 눌러앉아 있었을지도 모른다.

하지만…… 때가 되었으니까.

'살아남은 황자가 있었다더군.'

의천제에겐 비빈이 수십이었고 당연히 황자들도 많았지만, 수아는 끈질긴 추적으로 시신이 확인되지 않은 황자들의 이름을 모조리 알고 있었다. 그중 하나가 살아 있다는 소식은 그녀로 하여금 안온한 자리를 박차고 나오게끔 만들었다. 그들 중 한 명, 누구인지는 모른다. 그러나 가능성만으로도 충분했다.

재운에게 사정을 밝히고 아는 대로 다 알려 주길 부탁했다면 그는 말해 주었을 것이다. 그런 사내였다. 하지만 만약 그가 더 아는 것이 없다면, 그녀가 정말로 필요로 하는 정보를 갖고 있지 않다면, 차라리 하지 않느니만 못한 일이고 그 위험을 감수하면서까지 그어 둔 선을 지우고 싶지는 않았다. 비록 자신이 내심 벗으로 인정한 사람이라 할지라도 아직은 내줄 수 없는 영역이 더 크기 때문이었다.

그래서 그녀는 직접 나서기 위해 기루로 돌아가기로 결정했다. 재운에게는 그의 말 한마디로 즉석에서 결정했다는 사실, 그 말이 란과 수아에게 그토록 중요하다는 사실을 들키지 않길 바랐다. 역시, 아직은.

"어서 와, 란!"

기루에 도착해 달려 나온 일손들에게 짐들을 창고에 정리하게 한 다음 안으로 들어서는 그녀를 향해 밝은 목소리가 날아들었다. 그녀의 기명을 부르며 반갑게 달려와 준 이는 예상한 대로 연蓮이었다. 연은 '란'에게나 '수아'에게나 드물게 허물없는 벗이자 자매 같은 사이로, 본명을 밝히지 않은 것은 그녀를 믿지 않아서가 아니었다. 수아는 사심 없이 웃으면서 그녀를 마주 안았다.

"와, 굉장한 환영이네."

"네가 없어서 얼마나 심심했다고!"

팔을 푼 연이 그녀의 얼굴을 들여다보며 농담처럼 말했다.

"아예 눌러살 줄 알았더니 오긴 왔네."

"당연하지. 내 집은 여기니까."

두 사람은 사이좋게 팔짱을 끼고 입구를 지나 중정中庭으로 들어갔다. 연이 샐쭉 웃었다.

"그렇게 여유 부릴 때가 아닐걸. 공자님 잘 잡아서 들어앉지 못한 거 후회하게 될지도 몰라."

"왜?"

"아저씨들이 너 없는 동안 줄어든 매상을 이제 완전히 작심해서 벌충시킬 모양이니까."

여기저기서 날아드는 인사에 답하던 수아가 장난스럽게 연의 팔을 더 꽉 붙들었다.

"문제없어. 너하고라면 그까짓 거 금방이야."

"어머, 나는 왜?"

금錦을 뜨는 솜씨가 도성 최고라는 평을 듣는 연이 능청스럽게 시침을 뗐다.

"이 팔 좀 놔줄래?"

"실망이야. 애정이 식었나 봐."

"둘이 뭐가 그렇게 신났니?"

2층에서 내려온 웃음 섞인 목소리에 티격태격하던 두 사람이 동시에 고개를 들었다. 난간에 기대어 있는 곱게 단장한 여인을 보고 란이 먼저 인사를 건넸다.

"오랜만이에요, 매梅 언니."

"신수가 더 훤해졌구나. 얘기는 나중에 방으로 놀러 가서 듣기로 하고, 근오根梧 아저씨한테 먼저 가 봐."

"네. 고마워요."

연과 헤어진 수아는 건물의 안쪽으로 걸음을 옮겼다. '아저씨들' 중에서도 최고참이자 이 기루를 총괄하고 있는 그의 방은 가장 내밀한 곳에 있었다.

근오는 책상에 앉아 장부 정리를 하던 중이었다. 안으로 들어간 수아가 등 뒤로 문을 닫자 그는 붓을 놓고 자리에서 일어났다.

"안녕, 다녀왔어요."

과묵한 그는 달리 대꾸하지 않았다. 책상 옆에 세워 둔 목발을 짚고 걸어 나오는 동안 나무끼리 맞부딪치는 소리가 규칙적으로 울렸다. 오른쪽 다리에 무릎부터 달려 있는 외발 의족 끝은 매우 좁았지만 수년의 세월을 함께 거쳐 온 그의 움직임에는 흐트러짐이 없었다. 그 다리를 자른 것은 그녀였다. 그리고 그것이 그가 그녀와 함께 있는 이유였다.

수아는 미소 지으며 느긋하게 그쪽을 향해 걸음을 옮겼다. 그녀는 방금 전까지 그가 있었던 의자에 앉았다.

"그동안 고생 많았어요."

"아닙니다."

어느새 책상 앞으로 돌아 나온 근오가 답했다. 그녀는 투박하지만 깔끔한 필체로 잘 정리되어 있는 장부를 내려다본 다음 말을 이었다.

"서신을 주고받는 정도로 안심할 수 있었던 건 당신이 있어 주어서예요. 내가 마음대로 자리를 비울 수 있었던 것도 당신 덕분이고. 고마워요."

"천만의, 말씀입니다. 도움이, 되어 드렸다니, 그보다 더, 기쁜 일은, 없습니다."

근오는 천천히, 어눌하게나마 또박또박 대답했다. 다리를 잃었던 때와 같은 날 앓았던 열병의 후유증이 언어 기능으로 드러난 탓에 그는 다소 긴 말은 한 번에 호흡하지 못했다. 하지만 그는 자신이 원래 말하기를 즐기지 않는 성미라며 안타까워하는 수아를 오히려 위로했었다.

"더, 보시겠습니까?"

"아뇨. 천천히 하죠. 사실 확인 같은 거 필요 없기도 하고."

"그러시면, 안 됩니다."

믿는다는 말에 곤란해하는 그를 보며 그녀가 소리 내어 웃었다. 그리고 웃음이 묻려 있는 그대로 말했다.

"그보다 해 줘야 할 일이 하나 있어요."

눈치 빠르게 심각성을 알아차린 근오가 약간 자세를 고쳤다. 수아는 자신의 입에서 흘러나오는 말을 한 마디 한 마디 음미했다.

"백아白雅 어의御醫의 제자가 살아 있다는 말을 흘려 주세요."

웬만한 일로 동요하지 않는 투박한 눈이 커졌다. 수아는 그 시선을 똑바로 받았다. 진심이십니까? 진심이에요. 그는 결국 못 참겠다는 듯 입을 열었다.

"까닭을, 여쭤봐도, 되겠습니까?"

이 또한 그녀의 말에는 이유 불문하고 따라왔던 그로서는 처음 보이는 모습이었다.

기루를 만들 거라는 말에도, 그 주인은 내가 아니라 당신이어야 한다는 말에도, 밖에서 일 년쯤 나가 있다가 오겠다는 말에도 그는 알겠다는 대답으로 모든 것을 받아들여 왔다. 그런 만큼 수아도 솔직하게 응해 주었다.

"만나야 할 사람이 있어서요."

간단명료했지만 그는 전부 알아들은 듯했다. 그의 얼굴 위로 놀람이 가시고 평연한 표정이 다시 나타났다.

"줄곧, 안고, 계셨던, 그분입니까."

"네."

산뜻한 대답에 그는 잠시 침묵하더니 입을 열었다.

"돌아가셨다고, 하지, 않으셨습니까."

"그런 줄 알았는데 아닌 모양이에요. 적어도 가능성은 생긴 것 같아요."

"아씨께서, 굳이, 드러나실, 필요는 없습니다. 다른 정보를, 알려 주시면."

"그렇지 않아요."

수아는 고개를 저었다.

"늘 그랬지만 나로서는 닿지 못하는 곳에 있는 사람이라서. 미끼를 던져 놓고 기다리는 게 좋아요."

그리고 그 미끼는 결코 외면하지 못할 결정적인 것이어야 했다. 근오가 고개를 저었다.

"위험, 합니다."

"알아요. 마지막 수단이죠. 하지만 그럴 만한 가치가 있어요. ……있다고, 믿고 있어요. 이번 기회가 아니면…… 정말로 끝일지도 몰라."

말 그대로 죽기 아니면 까무러치기였다. 지푸라기라도 잡는 심정이라는 걸 말로 하지 않았으나 전달된 모양인지, 그녀에게 닿는 시선의 온도가 조금 더 올라갔다. 그는 고개를 끄덕였다.

"알겠습니다."

"고마워요. 그리고 다른 실마리는 내보이지 말아요. 그편이 의심을 사지 않을 테니까."

"어느 정도로, 말씀이신지."

"철저할수록 좋아요."

보통 누군가가 제 발로 찾아오게끔 소문을 낼 경우에는 적당한 끈을 남겨 두는 게 맞겠지만, 그녀가 노리는 상대는 '보통'의 잣대로는 결코 잴 수 없는 사람이었다. 그가 일단 마음을 먹으면 수상쩍은 정보의 출처 따윈 조그만 문젯거리도 되지 못할 것이다. 수아에게는 그런 그가 자신의 생존 가능성을 안다면 결코 지나치지 않을 거라는 확신이 있었다.

근오는 다시 고개를 끄덕였다. 수아는 고마움을 담아 미소로 답하고 분위기와 태도를 바꿔 실무적인 화제로 넘어갔다. 그리고 다시는 같은 말을 꺼내지 않았다.

"대령하였습니다, 폐하. 더 필요하신 것은 없으신지요?"

"없네. 다들 수고했어."

상궁과 그녀의 뒤로 도열한 궁녀들이 소리 없이 물러났다. 혼자가 된 류안은 그제야 장의자에 몸을 부렸다. 하루의 고단함이 고스란히 묻은 긴 한숨이 바닥을 굴렀다. 쳇바퀴를 돌리듯 틈도 없이 짜 맞춰진 매일에도 익숙해졌다고 생각했는데, 어쩌면 그런 날은 영영 오지 않을 것만 같다. 잠시 멍하니 천장을 보고 드러누워 있던 그녀는 천천히 몸을 일으켜 의자에 기대앉았다.

의자 앞 탁자에는 술병 하나와 잔 하나가 놓여 있었다. 류안은 잔을 반쯤 채우고 입술을 댔다. 강한 향이 코끝을 찔렀지만 입 안을 자작하게 적시는 술은 전혀 독하지 않았다. 류안은 익숙하게 넘어가는 술을 홀짝홀짝 맛있게 넘겼다. 화주火酒에 신중한 비율로 물을 타서 완성한 그녀만의 술이었다.

사실 주량에 맞게 부드러운 술을 찾아 마시면 될 일이지만 원래 술을 그리 즐기는 편이 아니었고, 일과가 끝난 뒤 마시는 술은 반드시 화주여야 했다. 그녀의 맏오라버니가 그랬기 때문에 그녀에게는 어쩐지 일종의 법칙과도 같았다. 물론 오라버니는 물 따윈 섞지 않고 독한 그대로를 즐겼다.

'이만한 보상이 없지.'

뭐든 잘하고 멋지고 세상에서 제일가는 오라버니가 저리도 찾으시니 분명 진미 중의 진미인 줄 믿었다. 그래서 몰래 맛봤다가 다음 날 낮까지의 기억을 깡그리 잃고 어른들에게 호되게 혼이 났던 어린아이는, 이제 세상에는 가끔은 독주毒酒로나 위안할 수 있는 피로와 부담감이란 게 있다는 것을 이해할 나이와 체감할 자리에 와 있었다.

애초부터 제왕학과는 거리가 멀었던 데다 십 년 이상을 길에서 떠돌았던 그녀가 황위를 이었을 때 기댈 수 있는 건 그녀 자신과 빛바랜 기억들뿐이었다. 부황이 무슨 말을 했고, 맏오라비가 어떻게 행동했으며, 그들이 어떤 식으로 사람을 대하고 세상을 보았는지, 그녀는 조각조각 흩어진 기억들을 끌어모아 자신이 따라야 할 이정표를 세웠다.

다행히 인복이 있어 혹여 잘못하기라도 하면 가차 없이 지적할 사람들이 별말 없이 따라 주는 걸 그럭저럭 해낸다는 증거로 여길 수는 있어도, 마음을 놓을 수는 없기에 매일이 아슬아슬한 줄타기였다.

가끔은 도망치고 싶어지기도 했다. 부모와 가족의 원수를 갚고 나라를 일으키기 위해 달렸지만 그것은 단지 천명이었지 황제가 되기 위해서는 아니었던 것이다. 그러나 유일한 황손으로 구심점이 되는 건 당연한 의무였고 호랑이 등에 올라타 달리다 보니 어느새 이 자리까지 오고 말았다. 끝까지 버티든가, 떨어져 죽든가. 둘 중 하나에서 버틸 것을 선택했지만 언제부턴가 눈에 들어오는 것은 세 번째 선택지였다. 달리는 방향을 직접 정하는 것.

……하지만 불평만 하고 있다간 네 번째, 잡아먹히고 말 테지.

"폐하."

건헌이었다. 들어오라고 말한 류안은 슬쩍 미소를 지었다. 그에게 고백할 때만 해도 이후로도 자신이 멱살 잡고 밀어붙여야만 못 이긴 척 끌려와 줄 것 같더니, 지금처럼 부르지도 않았는데 그가 알아서 먼저 오기도 하는 게 의외의 즐거움이었다. 그녀는 가까이 다가온 그를 위해 길게 뻗어 의자를 다 차지하고 있던 다리를 내렸다. 빈자리에 앉은 건헌은 그녀의 다리를 자신의 위로 올려놓았다. 그녀는 사양 않고 다시 다리를 편하게 뻗고 술을 홀짝였다.

"그대도 한잔할 텐가?"

"사양하겠습니다. 술을 즐기지 않으시는 줄 알았는데 의외로군요."

"이것만은 예외다."

그녀는 더 설명하지 않았고 그도 묻지 않았다. 술이 목을 넘어가는 희미한 소리만이 거실을 채우는데 조금도 어색하지 않은 것이 신기했다. 문득 그가 그녀의 한쪽 맨발을 쥐더니 천천히 주무르기 시작했다. 씻은 뒤여서 그녀는 다리를 빼는 대신 그대로 맡겼다. 강하고 또 부드럽게, 발을 번갈아 가며 안마하는 솜씨가 상당히 좋아서 나른한 신음이 저절로 나왔다. 그러고 보니 머리를 감길 때도 마찬가지였지.

"설마하니 따로 배우기라도 한 건가? 기분이 좋아서 잠이 올 것 같군."

"누이 하나가 날 때부터 다리를 절었습니다."

"……"

"다 같은 형제라고 생각하긴 하지만, 역시 동복은 조금 더 가깝게 느껴지더군요. 저를 잘 따르는 귀여운 아이였지요. 안타깝게도 어릴 때 병에 걸려 죽었습니다만."

"그래……. 안타까운 일이군."

저도 모르게 긴장하고 있던 류안은 작게 한숨을 내쉬었다. 그 누이의 죽음과 자신이 아무 상관 없다는 것에 안심이 됐다. 겉으로 드러낼 생각은 아니었는데 이쪽을 돌아보며 소리 없이 미소 짓는 건헌이 다 안다는 표정이라, 그녀는 조금 심술이 났다. 그녀는 잠깐 멈춘 그의 손에서 발을 빼내어 발등으로 그의 턱을 치켜들었다.

"허나 나는 그대의 누이가 아니다. 그런 생각이었다면 사양하겠어."

"저 또한 원하는 바가 아닙니다."

그는 살짝 밀어 낸 그녀의 발끝을 감싸 쥐고 발등에 입을 맞추었다. 그리고 다시 내려놓고 안마를 계속했다. 이상하게도 방금 전과 똑같은 동작이건만 설렘과도 같은 간지러움이 발끝에서부터 전신으로 퍼져 갔다. 취하지는 않아도 술기운이란 게 무시할 순 없는 것인지, 피로를 풀어 주려는 순수한 행위가 그녀 안에서 조금씩 변질되고 있었다. 그만두게 하고 싶다가도 계속 놔두고 싶기도 했다. 그녀는 일단 술잔을 내려놓다가 문득 떠오른 생각을 입에 담았다.

"아, 그렇지. 그러고 보니 소군에게 재미있는 얘길 들었다."

그가 그녀를 돌아보았다. 그녀가 부연했다.

"각관의 이름이야."

"……압니다."

"떠도는 소문에 따르면 백아 황실의 어의가 남긴 제자가 살아 있다더군."

그의 손길이 멈칫했다. 그녀는 그런 그를 주의 깊게 살폈다.

"그대도 아는 자겠지. 가까웠나?"

"아니요. 몇 번 마주친 정도입니다만…… 그게 전부입니까?"

"그렇다던데."

"그건 좀 이상하군요. 이제 와서 그게 무슨 의미가 있어 소문까지 났는지."

의아해하는 건헌에게서는 이상한 낌새 따윈 보이지 않았다. 그녀는 고개를 끄덕였다.

"그래, 소군도 그리 말했지."

"……"

"특히, 누군가를 노리고 나온 의도적인 소문이라면 황실 생존자인 그대와 관계가 있을 가능성이 있다고도 했는데. 그대 생각은 어떤가?"

"……저와는 상관이 없다고 봅니다만."

이상한 일에 연루시킬 것을 경계하는지 건헌의 목소리가 조금 딱딱해졌다. 그녀는 웃으며 한 손을 저었다.

"아니, 심각하게 여길 건 없다. 소군은 워낙 걱정 병이 있어서 온갖 생각을 다 해 두는 사람이거든. 옛날부터 그랬어."

"……"

"물론 덕분에 많은 도움을 받고 있지만. 저러다 건강이라도 해

칠까 봐 걱정이다. 정작 본인은 전혀 챙기질 않으니 내가……."

류안은 말끝을 흐렸다. 그가 돌연 그녀의 한쪽 다리를 들어 발목 안쪽에 입술을 대더니 가볍게 이를 세웠다. 통증보다 놀라서 어깨를 움츠리자 달래듯 그 자리를 핥는 입맞춤이 간질간질했다.

"무얼 하는 거야, 갑자기……."

"방해하는 겁니다."

태연하게 대답한 그가 다시 입을 맞추었다. 몸을 숙이지 않고 다리를 올린 탓에 매끄러운 침의 자락이 흘러내려 허벅지까지 드러났다. 류안이 당황해 다리를 빼려고 했지만 그는 놓아주지 않고 오히려 조금 더 위쪽으로, 종아리에 입술을 댔다.

"다른 사내를 걱정하는 말씀을 잠자코 듣기에는 성격이 좋질 못한지라."

"잠깐, 다른 사내라니, 소군은……, 그와는, 그런 게 아니야."

피부에 입술을 댄 채 말하는 통에 숨결이 그대로 닿아 더욱 떨렸다. 무릎 안쪽으로, 허벅지로, 그가 가까이 다가올수록 심장이 마구 뛰었다. 그의 어깨를 밀어 내는 손은 자신이 생각해도 힘이 없어서 더욱 당황스러웠다.

"압니다."

그녀가 어쩔 줄 모르고 있는 동안, 그는 멈출 듯 멈추지 않고 천천히 보이지 않는 낙인을 찍으며 거슬러 올라와 허벅지 안쪽에 이르렀다.

"하지만 투기라는 건 머리로 하는 것이 아니니까요."

류안은 눈을 질끈 감았다. 그의 숨결이 너무나 가까웠다.

"싫다면 언제든 밀어내십시오."

마침내 그의 입술이, 혀가, 그녀의 안에 닿았다.

강렬한 자극에 당장 튀어 오르려던 몸이 그의 손과 팔에 막혔다. 하지만 그녀는 도저히 가만히 있을 수 없어 자꾸만 들썩거렸다. 발끝이 곱아들고 허리가 멋대로 움직였다. 전신을 관통하는 짜릿함이 눈앞을 아득하게 만들고 머릿속을 엉망으로 뒤섞었다.

신음을 터뜨린 그녀는 저도 모르게 그의 머리칸을 움켜쥐었다. 밀어 내기보다 더 가깝게 끌어당기고 있다는 것도 모른 채였다. 그가 웃는 기척이 가장 예민한 곳에서 느껴진 직후, 그의 혀가 한층 노골적으로 움직였다. 희미하게 새어 나오는 젖은 소리가 이미 온몸이 빨개진 그녀를 더욱 뜨겁게 만들었다.

이윽고 몸을 일으킨 그가 열기 띤 얼굴로 그 자리에서 당장 자신의 옷을 끌렀을 때, 그녀는 말리지 않고 그에게로 손을 뻗었다. 마주 안아 오는 뜨거운 몸이 품을 가득 채웠다. 문득 등불이 너무 밝다는 생각이 뒤늦게 들었지만, 그가 단단하게 밀고 들어온 순간 까맣게 잊었다.

온 밤이 다 가도록 그저 그뿐이었다.

수아는 노곤한 몸을 이끌고 집무실로 걸어갔다. 한 달에 한 번 기루의 제반 사항과 장부를 확인하는 일정을 재개한 때문이었다.

사실 기루의 운영에 대해 모든 것을 일임한 상태였으니 그녀는 필요치 않은 절차라고 생각했으나 그래도 그러면 안 된다고, 훑어보기라도 해야 하는 거라며 근오가 그녀에게 드물게 강권해 끼워넣게 되었던 일이다. 기루 전체가 잠이 든 새벽에 가까운 시각, 근오 역시 방으로 돌아갔기에 그녀는 혼자였다. 그동안의 화려함과 소란스러움이 거짓말인 양 적막한 복도를 지나는 걸음걸이에서는 피로감이 묻어났다.

연이 수아에게 경고해 준 것은 빈말이 아니었다.

낮에는 나들이에, 밤에는 연회에 불려 다니며 다시금 가게의 얼굴이 되었음을 각인시키느라 수아의 하루하루는 매우 빠르게 지나갔다. 오랜만에 돌아온 만큼 지나치게 비싸게 굴지 않고 적당히 어울려 주는 관리가 필요했다. 가기歌妓의 특성상 목을 혹사시키면 안 되기에 노래를 하는 것은 한정된 손님들 앞에서만이었으나 얼굴을 비치며 말동무를 청하는 이들도 상당했다. 애초 기루를 꾸려 온 이유가 생계 이상의 것에 있었던 수아로서는 기꺼이 바쁘게 움직였지만, 역시 힘든 건 힘든 거였다. 그녀는 결리는 어깨를 툭툭 두드리며 걸음을 재촉했다.

주의를 기울이느라 등燈도 들지 않았지만 밤눈에도 무리 없이 찾을 수 있었다. 방 안에 들어와 문을 닫고 돌아선 수아는 그 자리에 우뚝 멈춰 섰다. 책상 앞에 있어야 할 의자가 방 한가운데에 덩그러니 놓여 있었다.

자신과 근오밖에 사용하지 않는 방이다. 이렇게 둘 까닭도 없고 설사 근오가 사용했다 한들 기루의 모든 것을 그녀의 것으로 생각하고 있는 그가 이대로 내버려 두고 갈 리는 없으니 결론은 하나였다.

누군가가 들어왔고…… 그걸 일부러 알려 주려는 것이다.

"늦은 밤 멋대로 숨어든 결례를 용서하시오."

그 추측을 뒷받침해 주듯 때맞춰 나직한 목소리가 수아에게 와 닿았다.

그녀는 방금 전과는 전혀 다른 의미로 얼어붙었다. 그것은 그녀의 뒤쪽 구석, 어둠 안에서 들려오고 있었다.

"사내가 주인이라 알고 있었는데 발걸음이 당당한 것으로 보아 실상은 그쪽인 모양이군. 잠시 물어볼 것이 있소. 오래 붙들지 않으리다."

"……."

심장이 금방이라도 튀어나올 듯 요동쳤다. 한 마디 한 마디 이어질수록 제대로 들은 게 맞는지에 대한 의심은 지워지고 당장이라도 다리에 힘이 풀릴 것만 같았다. 마른침을 삼키고 입을 열었지만, 그녀가 겁을 먹었다고 생각한 듯 상대가 다시 말했다.

"안심하시오. 이 자리에서 절대 움직이지 않을 거니까."

"……그럼 내가 가야 해요? ……또?"

침착하게 말하려고 했지만 덧붙인 물음에는 어쩔 수 없이 목소리가 흔들려 버렸다.

숨을 들이마시는 기척이 들렸다는 생각이 드는 것은 그저 착각일까. 수아는 천천히 고개를 돌렸다. 어둠에 익은 눈으로, 현생에

서는 다시 볼 수 없을 거라 여겼던 얼굴을 바라보며 천천히 말을
이었다.

"싫어요. 더 이상은…… 안 할 거야."

"……."

"이젠 당신 차례예요. 신愼."

지금만큼은, 흑염 같은 거창한 호 따윈 집어치우고.

수십 년처럼 느껴지는 세월 만에 입 밖으로 내어 본 소중한 이
름은 당장 다가온 그 주인의 가슴에 부딪쳐 사라졌다. 자신을 감
싼 단단한 두 팔에 갑갑해질 만큼 강한 힘이 실렸지만 수아는 불
평하지 않았다. 그녀는 천천히 손을 올려 그를 한껏 끌어안았다.
심장의 뜨거움이 눈가까지 퍼져 나간 것 같았다.

"……수아."

"응."

"수아. 수아야……."

그녀의 이름을 부르는 그의 목소리도 젖은 채 희미한 떨림을
품고 있었다. 그는 연신 이름만을 되뇌다가, 이렇게 가깝게 닿아
있으면서도 믿지 못하겠다는 듯 팔을 풀더니 그녀의 머리칼, 어
깨, 팔을 만져 왔다. 움직이지 않고 그 손길을 받아들인 그녀는
얼굴을 더듬거리던 손으로 이내 두 뺨을 감싸고 들여다보는 그와
시선을 맞추었다.

그는 하나도 달라지지 않았다. 냉정하게 손꼽아 보면 몇 년도
채 안 된 시간일 뿐인데, 자신을 애틋하게 보는 눈조차 그대로인

것이 기적처럼 느껴졌다. 부드럽고 조심스럽게 그녀의 젖은 눈가를 닦아 주는 그의 손가락 끝도 희미하게 떨리고 있었다.

"다시는…… 보지 못할 거라고 생각했다."

"알아요. 나도 그랬으니까."

"네 집안이 전쟁 통에 휩쓸렸다는 소식을 나중에야 듣고 찾았어. 모든 가능성을 다 따졌는데, 설마, 기녀가 되어 있었을 줄이야."

수아가 입술 한끝을 끌어 올렸다.

"싫어요?"

그는 예고 없이 덮쳐 오는 입술로 대답했다.

그동안 애타게 흘려보냈던 시간들을 한 번에 쏟아부으려는 듯 농밀하고 뜨거운 입맞춤이었다. 수아 역시 그런 그에게 더욱 다가들었고, 두 사람은 서로를 그대로 삼킬 것처럼 절박하게 매달렸다.

한참 후에야 호흡을 가누기 위해 살짝 떨어진 틈에 그녀가 털어놓았다.

"기루를 택한 건 그 때문이었어요. 나를 아는 사람들이라면, 상상조차 하지 않았을 일이니까……."

"왜 그렇게까지?"

"부모님도 당신도 없는 세상에서 수아로 살고 싶지 않아서."

그녀는 생긋 웃으며 그의 입술 위에 가볍게 입 맞추었다.

"삼황자가 살아 있을 가능성이 있다면, 당신도 살아 있을 거라 믿었어요. 분명 그를 찾아 헤매고 있거나, 누구보다도 빨리 찾아

내어 이미 그 근처를 지키고 있을 거라고."

"……너는 나를 잘 알지."

"그래요."

수아는 여전히 웃고 있었다. 하지만 그녀가 그를 알 듯이 그녀를 잘 알고 있는 신의 눈빛이 어두워졌다. 그녀는 그의 가슴에 머리를 기대고 그를 힘주어 안았다.

"그 사람이 있는 한 나는 당신을 독점할 수 없어. 당신을 사랑하는 것만큼이나 그 사람이 미워. 하지만 오늘만은…… 감사하고 있어요. 살아남아 준 것에."

내 사랑이 살아 있는 이유를 잃지 않게 해 준 것에 대해서.

수아는 눈을 감았다. 그녀가 없더라도 예주건헌이 있다면 신은 세상이 끝나는 날에도 하늘 아래 버티고 서 있을 것이다. 그 사실이 이제 와 새삼 서운하거나 슬프지는 않다. 가진 것이라고는 늘 새로운 피를 흘리는 몸뚱이밖에 없는 청년과 의원 흉내를 겨우 내는 소녀로 우연히 만난 이후, 그가 흑염이란 걸 알게 된 날부터 받아들인 일이었다. 그런 사내의 보이지 않는 상처까지도 돌봐 주고 싶다고 생각하게 된 자기 자신과 함께.

하지만 가끔은.

아주 가끔은…… 엄습해 오는 막막함에 새하얗게 될 때가 있다는 얘기다.

단지 그것뿐.

"……수아."

신의 목소리에 지나칠 리 없는 무거운 자책이 담겼다.

그녀는 두 팔에 조금 더 힘을 실었다. 사과 따위, 듣고 싶지도 않고 들을 것도 없다. 사실 그가 마음을 다해 섬기는 주군을 향해 예를 갖추기는커녕 늘 '그 사람' 따위로 칭하고 미움과 질투를 솔직하게 내보여도 쓴웃음 정도로 넘어가 주는 태도에서 그가 자신을 어떻게 여기는지 충분히 알고도 남았다. 그런데도 미처 놓지 못한 욕심에 아파지는 것은, 이 사내를 유일한 정인情人으로 보고만 자신의 탓이었다.

"그래요. 그거면 돼."

가슴이 맞닿는 곳에서, 내 이름을 불러 주는 당신. 그녀는 작게 웃었다. 천천히 고개를 들어 그의 입술 바로 밑에서 속삭였다.

"안아 줘요."

허락과도 같은 요구.

그는 망설임 없이 그녀를 안아 들고 책상에 앉혔다. 그 위를 차지하고 있던 것들이 가차 없이 쓸려 나가는 소리가 터무니없이 요란하게 들려 그녀는 쿡쿡 웃었다. 그러나 그 웃음은 오래지 않아 신음으로 바뀌었다.

그리고 오랫동안 되돌아가지 못했다.

八章

하루하루 열심히 살아가는 평범한 사람들에게는 나라가 바뀐다한들, 그저 나라를 뜻하는 이름이 바뀌었을 뿐 달라진 건 없을지도 몰랐다. 오랜만에 나와 본 야시장 골목은 백아일 때나 홍일 때나 똑같아서 건헌에게 묘한 소감을 안겨 주었다. 마치 과거로의 회귀라도 한 것 같지만 물론 그렇게까지 착각할 여지는 없었다. 황제, 아니, 미복의 공자가 그의 옆에서 웃고 있었기 때문이었다.

"오, 냄새가 좋은데. 이건 튀기지 않고 구운 건가?"

"예에, 저희 집 특제 양념을 발라 센 불에 화끈하게 구웠죠! 맛이 아주 기가 막힐 겁니다요."

"두 개 쥐 보게."

"감사합니다!"

값을 치른 류안이 떡꼬치 하나를 건헌에게 내밀었고, 그들은 열렬한 배웅 속에 다시 걸음을 옮겼다. 얼결에 받은 건헌이 헛웃음을 지었다.

"동전까지 준비하셨습니까?"

"기본이지. 그대도 밤바람 제법 맞아 봤을 거 같은데 뭘 그래."

"장터 구경을 하러 나오신 건 아닐 테니까요."

"맞는데?"

우물거리며 태연하게 대답한 류안이 그의 표정을 보고 웃었다.

"장터를 가로지르는 길이 있는데 뭣 하러 컴컴하기만 한 뒷골목을 시궁쥐처럼 숨어 지나겠나. 기왕 나온 거 즐겨야지. 그대도 그간 퍽 답답했을 텐데 편히 있어."

......아.

류안의 말에 수수께끼가 하나 풀렸다. 밖에 나갈 일이 있다며 황제가 미복을 할 때만 해도 각관과 나갈 줄 알았더니 그녀가 동행인으로 고른 사람은 건헌 자신이었다. 개인적으로는 기쁘지만 사실상 황제의 측근들이 난색을 표할 일이라, 의도가 있는지 궁금했는데 의도라면 의도인 셈이었다.

"그래서 저를 데리고 오신 거군요."

"음? 아아, 그런 것도 있고, 사실 그저 둘이 걷고 싶었을 뿐이다."

"......"

"물론 오로지 둘밖에 있을 순 없지만."

아무렇지 않은 얼굴로 이쪽 심장을 힘껏 쥐었다가 놓은 류안은 "이쪽이다."라며 방향을 틀었다. 소리 없이 숨을 몰아쉰 건헌은 조용히 그 뒤를 따랐다.

류안이 기세 좋게 들어간 곳은 책방이었다.

"어서 옵쇼!"

책을 정리하고 있던 주인이 손님을 기껍게 반겼다.

"무슨 책을 찾아 드릴까요?"

"자네 방석 밑에 깔아 놓은 책."

건헌은 의외로운 기색을 감추었지만 주인은 그러지 않았다. 그는 눈을 끔벅거리더니 조금 전과 다른 시선으로 류안을 훑었다.

"젊은 공자가 취향이 참 난…… 험험, 고급이시구만. 다 팔렸으니 딴 데 가서 알아보시오."

"허면 어디서 찾아야겠나?"

"오동나무 집."

그뿐이었는데도 류안은 고맙다며 그에게 몇 푼을 건네고 돌아섰다. 그녀는 책방을 나와 걸으며 그에게 설명해 주었다.

"전부터 알고 지낸 사람이야. 다만 거처가 몇 군데 있어서, 방금은 사람을 끼우지 않고 직접 의뢰할 경우에 쓰는 방식이다."

이렇게 은밀한 방식으로 찾는 자라면 빤했다. 건헌이 추측을 입에 담았다.

"정보를 의뢰할 경우 말이군요."

"아니. 본업 쪽."

류안의 걸음은 다리를 건너고 골목을 꺾어 어느 허름한 집에 당도할 때까지 거침이 없었다. 집 옆에 서 있는 늙은 오동나무를 일별한 건헌은 문을 두드리는 류안을 지켜보았다.

"뭐야, 바빠 죽겠는데."

투덜대며 문을 여는 사람은 옷을 대충 걸쳐 가슴팍을 다 드러 낸 젊은 남자였다. 류안을 보자 세상 귀찮은 표정이 싹 바뀌었다.

"이거이거, 반가운 손님일세."

"오랜만이야. 백경伯卿. 방해해서 미안해."

"너라면 언제든 환영이지. 그런데…… 녀석이 아니네?"

백경이라 불린 사내가 건헌을 슥 훑는 시선은 제법 날카로웠 다. 건헌이 묵묵하게 맞받자 그는 이내 느슨한 태도로 돌아가 어 깨를 으쓱이고 물러섰다.

"뭐, 상관없지. 들어와."

매캐한 연초 향이 감도는 집 안은 어두웠고, 책상에 놓인 등불 하나만이 전부였다. 류안을 따라 들어가 문을 닫은 건헌은 막 걸 음을 딛다가 뭔가를 밟고 말았다. 그것을 주워 든 건헌은 난데없 는 살색의 그림에 멈칫했다. 고개를 들자 그제야 제대로 보인 방 안은 온통 춘화春畫로 가득했다.

바닥에 널리고 벽에 걸린 그림들은 채색이 된 것도 안 된 것도 있었지만 하나같이 갖가지 자세로 엉킨 남녀의 색사 장면이란 공 통점이 있었다. 눈앞이 어지러울 정도라 건헌은 지금 자신이 어디 에 서 있는지를 찰나 잊을 뻔했다.

"아, 거기 대충 놔둬."

등불을 탁자로 옮기고 앉는 백경이나, 마주 앉는 류안이나 태연하기만 했다. '본업'이라는 게 이거였나. 건헌은 헛웃음이 나오려는 것을 참고 그의 말대로 춘화도를 대충 얹어 놓은 다음 류안의 뒤에 섰다.

"장사는 여전히 호황인가 봐."

"아무렴. 너무 잘되어서 이쪽을 접어야 하나 고민이 될 지경이야."

"그건 좀 곤란한데."

"뭐 걱정할 필요는 없고. 네 얼굴 보기 위해서라도 계속할 생각이니까."

장난스럽게 말한 백경은 자세를 고쳤다. 류안을 똑바로 바라보는 얼굴에는 웃음기가 없었다.

"좋아, 말해 봐."

거짓말처럼 분위기가 일변한 가운데, 그의 눈이 진지하게 빛났다.

"소군은 아직 두고 볼 만하다 했고, 내게도 달리 걸리는 건 없었는데 직접 나온 걸 봐선 상황이 바뀐 게 있는 모양이지?"

"아니."

류안이 가볍게 웃었다. 그것만으로도 팽팽하던 긴장감이 누그러졌다.

"바람 좀 쐬고 싶어서 대신 들렀어."

"⋯⋯그게 다라고?"

"응."

백경의 표정이 조금 변했다. 건헌은 그것이 어쩐지 낯설지 않다고 생각하던 끝에 소군을 떠올릴 수 있었다. 애정이 어려 있는, 한심하다는 표정이 그에게서 아주 가끔 본 것과 흡사했다.

맙소사.

주변에 잘난 놈들이 이리도 많다니. 건헌은 한숨을 삼켰다. 소군 하나만으로도 결코 만만한 상대가 아닌데 심지어 한 명도 아니었다. 안심되기도 하고 착잡하기도 한 복잡한 심경에 입 안이 썼다. 물론 소군이, 혹은 백경 역시, 성애의 감정이 아니라 할지라도 건헌의 입장에서 류안의 곁에 있는 사내들은 다 마찬가지였다. 어쩌면 그렇기에 더 신경 쓰이는 것인지도 몰랐다. 그들 덕분에 무사히 지금의 그녀가 있는 것이겠지만⋯⋯.

"녀석도 틀릴 때가 다 있군."

백경의 말이 건헌의 주의를 상기시켰다.

"듣기로는 제법 태가 나는 것 같았는데, 자각을 못 하는 걸 보니 아직 멀었어."

"매섭네. 이 이상 잔소리할 거면 이젠 계속 소군만 보게 할 테다."

"으음. 그건 싫은데."

백경이 항복하듯 두 손을 들었다.

"하긴 어차피 보모는 녀석의 역할이니까, 난 손 떼겠어. 잠깐 기다려."

몸을 일으킨 그는 책상에 앉아 펼쳐져 있던 그림을 내려놓고는 새 종이를 깔고 붓을 들어 거침없이 무언가를 써 내려가기 시작했다. 그리고 잠시 후 자리로 돌아와 류안에게 그것을 건넸다. 그녀는 건헌에게도 보이도록 활짝 펼쳐 들었다.

유려한 글씨체로 쓰인 내용들은 다름 아닌 정보였다. 타국 첩자의 점조직이 어떻게 구성되어 있고 호환으로 사람들의 발길이 끊어졌다는 산중이 어디며 하약 밀수업자들이 어떤 방식으로 거래를 하는지 등, 일견 두서없이 풀어놓은 글은 재상의 동향에는 아직까지 눈에 띄는 바가 없다는 것으로 매듭짓고 있었다.

찬찬히 읽어 본 류안은 종이를 몇 번 꼬아 밧줄처럼 만들고는 등불의 불을 옮겨 붙였다. 이윽고 탁자 위의 작은 접시 안에는 한 줌의 재가 남았다.

"고마워. 원하는 보수는?"

"글쎄, 어떻게 할까."

백경이 팔짱을 꼈다.

"녀석이 올 줄 알고 밤새 채색할 것을 산더미같이 만들어 놨는데. 너라면 얘기가 다르지."

류안은 웃음을 터뜨렸다. 그 소군이 밤새 춘화도에 물감을 칠하는 모습을 상상하고 만 건헌 역시 표정을 관리해야 했다.

"이러니까 소군이 싫어하지. 두 사람 이제 좀 사이좋게 지낼 수 없어?"

"무슨 소리야. 설마 내가 사이좋지 않은 놈한테 내 필생의 작업들을 맡길까."

농담인지 진담인지, 가볍게 받아친 백경이 일어섰다.

"술이나 한잔 얻어 마셔야겠다. 가자."

"얼마든지."

세 사람은 집을 나섰다. 앞장서는 그를 따라 걷던 류안과 건헌이 마주하게 된 장소는 다름 아닌 화려하게 불을 밝힌 어느 기루였다.

"도성 최고의 가기가 있는 곳이지. 비루한 환쟁이 사정에 언제한 번 오려나 했더니 오늘이 바로 그날이렷다."

백경은 매우 흡족한 얼굴로 손바닥을 맞비볐지만, 문가에서 얘기하던 다른 사람들이 그의 말을 듣고는 금일 가기 란은 목의 상태가 좋지 않아 쉰다는 소식을 전하고 말았다. 그가 너무 크게 실망하는 바람에 류안이 웃었다.

"다른 데로 가든지."

"아니…… 됐어."

애써 어깨를 추켜올린 그가 손을 저으며 문턱을 넘었다.

"여기가 늙은 호랑이와 연관이 있을지도 몰라서 온 것도 있으니까."

재상을 가리키는 말에 류안과 건헌이 동시에 그를 보았다. 백경이 어깨를 으쓱였다.

"정확하지는 않아. 접촉이 있긴 했지만 그게 여기서 숙식을 해

결하는 한심한 아들놈 때문일 수도 있거든."

"아닐 수도 있다고 생각하는 이유는?"

"그러기엔 지나치게 은밀해서."

어쨌든 두고 보자고 말하며 백경은 지나가는 점원을 붙들어 별실과 술을 요구했다. 퍽 익숙해 보이는 걸 보니 술꾼일지도 모른다. 건헌이 류안의 귓가에서 목소리를 낮췄다.

"괜찮으시겠습니까? 너무 늦게 들어가시면 안 됩니다."

"알아, 괜찮다. 길어진다 싶으면 청완주를 섞으면 돼. 희한하게도 그 술에만큼은 맥을 못 추거든."

"······잘 아시는군요."

무심코 중얼거린 건헌은 뒤늦게 후회했다. 황제를 두고 감히 너라고 칭하고 또 그것이 용납될 만한 사이인데 술버릇 하나쯤 아는 것이야 대수일까. 그녀가 백경과 스스럼없이 대화하는 것도, 그가 그녀를 편하게 대하는 것도 하나하나 신경에 거슬렸지만 그걸 노골적으로 드러내는 건 좋지 않았다. 물론이지, 라고 말하다 말고 류안이 그를 쳐다보고 있어 더욱 그랬다. 그녀가 장난스럽게 물었다.

"설마 투기하는 건 아니겠지?"

"왜 아니겠습니까."

그는 둘러대려던 마음을 바꿔 솔직해졌다.

"그저 당장 모시고 돌아가고 싶을 뿐입니다."

그를 빤히 쳐다보던 그녀가 고개를 돌렸다. 주저하는 듯한 짧은 침묵 뒤로 작은 목소리가 들렸다.

"……조금만, 참아 줘."

그녀의 귓불이 발갛게 보이는 건 착각일까.

그는 벌써 몇 번째인지 모를 한숨을 삼켰다. 어느새 저만치 간 백경이 왜 이리 굼뜨냐며 그들을 향해 손짓하고 있었다. 서둘러 걷는 류안을 따라가던 건헌은 문득 걸음을 멈추고 주위를 둘러보았다.

아는 얼굴이 언뜻 보였던 것 같은데.

하지만 눈에 보이는 거라곤 술에 취해 지나가는 손님들과 그들을 부축하는 기녀들, 또 바쁘게 뛰어다니는 점원들뿐이었다. 건헌은 내심 고개를 젓고 류안과의 간격을 좁혔다.

"왜, 그러십니까."

"아니에요. 아무것도."

수아는 복도 안쪽으로 물러났다. 삼황자가 이런 데에 있다니 말도 안 된다. 그저 닮은 사람이었겠지. 그녀는 고개를 저으며 걸음을 옮겼다. 방을 건너고 복도와 계단을 지나는 동안 소란스러운 기척들은 점점 멀어지고 희미한 발소리만 그녀와 근오를 에워쌌다.

이윽고 두 사람은 작은 방에 들어섰다. 연회실이나 객방과 외따로 떨어져 간혹 손들이 밀담을 위한 장소를 원할 때 제공해 주곤 하는 방들 중 하나였다. 다만 오늘 이곳을 필요로 하는 사람은 다름 아닌 수아 자신이었다.

사흘 전, 근오가 굳은 표정으로 의가의 제자를 만나고 싶다는 전갈을 내보였다.

생을 이어 준 은인이라며 수아를 철저하게 떠받드는 그였기에 그 얼굴로 말하자면 '내가 이럴 줄 알았다' 는 한심함보다 '일이 이렇게 돼서 내가 다 죄송하다' 는 난감함이 압도적이라, 그녀는 조금 웃고 말았다.

"괜찮아요, 확실히 좀 뜻밖이긴 한데 큰 문제는 아닐 거예요."

"하지만, 보통내기가, 결코, 아닙니다."

그 점은 그녀도 동감이었다.

'백아 황실 주치의의 제자가 살아 있다' 는 소문의 목표는 흑염, 신이었다. 삼황자가 황제의 감별사라면 황궁을 제집처럼 드나들고 있을 그가 더욱 처신에 신경을 쓸 것이라 이쪽이 그를 직접 찾아낸다는 것은 어불성설, 보통의 수단으로는 어려울 게 빤했기에 아무리 그라도 덥석 물 만한 미끼가 필요했던 것이다. 오로지 그것만을 염두에 두었기 때문에 그녀는 차마 또 다른 누군가가 걸려들 것이라고는 미처 생각하지 못했다.

눈에 보이는 덫이라면 원하던 사냥감을 획득한 다음에는 치워 버리면 그만이지만 '말' 은 그럴 수 없으니 웬 벌레가 꼬일 수도 있다는 걸 염두에 두었어야 했는데. 게다가 세상은 넓어, 흑염 정도나 되어야 실마리를 잡을 수 있을 만큼 막막한 말 한마디 가지고도 비록 시일은 더 걸렸더라도 헤매지 않고 여기까지 제대로 찾아온 능력자가 또 있었다는 거다.

그래서 그 의가 사람을 만나고 싶다는 은밀한 전갈을 난데없이 받게 된 근오는 드물게 당황한 나머지 연회 자리에 불려 가 있던 수아를 빼내 오기까지 했던 것이다.

흔한 종이와 평범한 먹이 쓰인 짧은 서신을 의미 없이 뒤집어 본 그녀가 물었다.

"아무것도 모르는 게 빤한 심부름꾼이 들고 왔다고 했죠. 답은 어떻게 달라던가요?"

"사흘 후, 다시, 오겠답니다."

"흐음."

수아는 생각에 잠겼지만 침묵은 오래가지 않았다. 서신을 다시 근오에게 돌려주면서 결심을 알렸다.

"피라미와는 상대하지 않겠다고 하세요."

다시 말해 우두머리라면 상대해 주겠다는 뜻이다. 근오의 표정이 약간 달라졌다. 그녀는 간단하게 설명했다.

"그 소문 하나로 여기까지 올 수 있을 만큼의 거물이 왜 백아의 의술을 찾는지 알아볼 필요는 있다고 생각해요."

"……직접, 가실, 생각이십니까."

"의원을 원하는 이유는 결국 빤하잖아요. 적어도 협력해 줄 가능성을 가진 한 난 안전해요."

에두른 대답에 근오는 짧은 한숨을 내쉬었다. 그로서는 최근 그녀의 행보가 불안하기 짝이 없을 것이다. 이해는 하지만 호랑이를 잡으려면 호랑이 굴로 들어가는 게 진리다. 수아가 밀어붙였다.

"적당한 시간과 장소를 골라서 통보해요. 단, 본인이 오지 않겠다면 그대로 결렬. 피차 모험이라는 걸 용인하지 못할 사람에겐 시간 내 줄 가치도 없겠죠."

"제가, 모시겠습니다."

"부탁할게요."

선선한 허락에 비장하기까지 하던 그의 얼굴에 안도감이 스며들었다. 수아는 서신을 일단 잘 보관해 두라고 당부한 다음 연회장으로 돌아갔다.

심부름꾼은 정확히 사흘이 지난 낮에 나타났다.

근오는 이쪽의 뜻을 전했고, 그대로 따르겠다는 상대의 답은 예상보다 빨랐다. 그리하여 심부름꾼이 다녀간 지 고작 몇 시진 지나지 않은 지금, 기루가 가장 시끌벅적해 누가 오가든 아무도 신경을 쓰지 않는 시간에, 두 사람이 깊숙한 밀실에서 방문자를 맞이할 준비를 하는 것이다. 근오는 의자 두 개를 제외한 다른 가구를 다 빼고 가운데에 한 겹 가림막을 세워 두었다. 상대는 출입구를, 수아는 비밀 문을 등지고 마주 앉을 예정이었다.

특징 없고 수수한 옷차림을 한 수아는 어깨까지 내려오는 얇은 천을 덮어쓴 채 의자에 앉았다. 일단 여기까지는 이쪽이 칼자루를 쥘 수 있었던 데다 등 뒤로 근오가 든든하게 버텨 주고 있어 지금 그녀가 느끼는 긴장의 정도는 상당히 가벼웠다. 생각하고 추측해 볼 시간은 차고 넘쳤던지라 곧 만나게 될 상대에 대해서는 대충 감을 잡을 수 있었는데, 그 예상이 맞기를 원하는지는 그녀 스스로도 알지 못했다.

이윽고 밖에서 기척이 나는가 싶더니 문이 열렸다.

등을 더욱 곧게 한 수아의 눈에 남복을 하고 있는 두 개의 음영이 들어왔다. 그들은 가림막 뒤를 눈치채고 잠시 멈칫하더니 이내 조용히 다가와 한 명이 의자에 앉고 다른 하나가 그 뒤를 지켰다.

대화의 시작은 앉은 자들이 아닌 선 자들의 몫이었다. 정보가 아쉬운 쪽이 먼저 운을 뗐다.

"여인인 것을 보아하니 제대로 찾아온 모양인데 설마 대역은 아니겠지."

수아는 눈을 깜박거렸다. 근오가 대신 물었다.

"그쪽이야말로, 직접, 오셨겠지요. 헌데, 성별을, 미리, 아셨습니까."

"의선곽오醫宣郭悟가 따로 제자를 들이지 않고 슬하의 무남독녀를 후계로 키웠다는 걸 알고 있기 때문이오."

그 끔찍했던 날 이후 처음으로 듣는 부친의 이름이었다.

자신들이 얼마나 많은 것을 알고 있는지 내보이는 동시에 이쪽이 여유를 잃게 만들 심산이었다면, 반 정도는 성공했다. 심호흡으로 평정심을 되찾은 수아는 계속 귀를 기울였다. 상대가 계속 말했다.

"전속 의가인 만큼 다음 대의 어의로서 수련했을 터. 그 전수받은 지식 일부가 필요하오."

"이유가, 무엇입니까."

"그것은 본인에게만 밝히겠소."

"상관없습니다만, 모습을, 보이시는 게, 순서입니다."

"본인이라는 점을 확실히 해 두는 것이 먼저요. 증거는 갖고 있소?"

"증거라니, 대체."

화가 난 근오가 더욱 무뚝뚝하게 받아치는 때, 웃음소리가 그의 말을 끊었다.

방 안 모두의 시선이 한곳에 집중되었다. 반쯤은 진심으로, 나머지 반쯤은 일부러 밝게 웃은 수아가 얼굴을 덮고 있던 천을 망설임 없이 걷었다.

"이런 모습으로 살아 있고 지금 여기 있는, 그 이상의 증거가 어디 있을까요. 이해하셨다면 이제 서로 뜸은 그만 들이는 게 좋겠습니다, 문림 어르신."

"……허!"

놀람과 감탄이 묘하게 섞인 탄성이 터졌다.

수아는 근오에게 고갯짓을 했다. 그가 가림막을 치우자 풍채 좋은 노인이 의자에 앉아 있는 모습이 그대로 드러났다. 새하얀 턱수염이 아름다운 홍국의 재상, 문림이협聞林利協이었다.

"란. 설마하니…… 자네가?"

"예. 어르신. 찾으시는 답을 아는 자가 접니다."

"허, 이런."

재상은 잠시 할 말을 잃은 듯했다. 그럼에도 그녀를 훑어보는 눈빛은 더할 나위 없이 예리해서, 그녀는 다시금 마음을 다잡으며 생긋 웃었다.

"어찌 알았나?"

"두어 달 전 배행을 허해 주셨던 나들이에서도 지금과 같은 자를 대동하셨지요. 그 목소리를 기억하고 있었습니다."

"과연."

고개를 끄덕인 재상이 턱수염을 쓸었다.

"내, 자네에게도 누차 말했지만 일개 가기로는 아까운 인물이다 싶었더니. 이런 사연이 있었던 게로군."

"그런 모양입니다."

능청스러운 대꾸에 그는 너털웃음을 지었다. 그리고 수행원에게 눈짓을 보내어 밖으로 나가도록 했다. 그녀 역시 자신을 쳐다보는 근오에게 고개를 끄덕여 보였다.

문이 닫히고 방 안에 두 사람만이 남게 되자 수아가 입을 열었다.

"그럼 계속 듣겠습니다만, 어르신. 저로서는 의문이 들지 않을 수가 없군요. 어째서 여기까지 걸음하셨습니까? 의원으로서의 제 지식 따위는 홍국의 어의와 비교도 되지 않을 텐데요."

"글쎄…… 과연 그럴까."

애매하게 받아넘기는 그는 누가 뭐래도 뱃속에 능구렁이를 몇 마리나 키우고 있는 사람이다. 따라서 지금 자신이 매우 아슬아슬한 줄 위로 올라서려 한다는 사실을 자각하고 있었지만, 그녀는 결국 말하기로 했다. 더없이 솔직한 말투로.

"이제 저를 다 아셨으니 더 이상 숨길 것도 없겠지요. 저는 문림 어르신은 존경합니다만, 홍국 재상 나리는 그렇게 생각하지 않습니다."

의노를 파악하려는 날카로운 시선에 피부가 따끔거렸다. 그녀는 당당하게 맞받았다.

"제 부모님은 황군이 만든 난리 통에 돌아가셨지요. 의천제를 편들 생각은 없으나 홍국에 고마워할 생각은 더더욱 없어요. 만약 어르신이 이리 찾아오신 이유가 황실에 있는 거라면, 안녕히 가시라고 말씀드리겠습니다."

재상이 입을 열었다가 그냥 닫았다. 그리고 한동안 그녀를 응시했다.

"황명이라도 거부하겠다는 뜻인가?"

"황명이라면 거부하겠다는 뜻입니다."

"……곧 반역이나 매한가지임을 모르지 않을 텐데."

"삶에 미련 따위가 있었다면 이런 모습으로 살겠습니까? 이래 봬도 한 집안의 가주인 것을요."

단 한 명뿐이지만 말입니다. 씁쓸하게 웃는 수아를 찬찬히 뜯어보던 재상은 곧 입술 한끝을 올렸다.

"자네를 탓하기에는 내가 세상을 너무 겪었나 보이."

그녀는 가벼운 묵례로 인사를 대신했다. 그가 수염을 천천히 쓸었다.

"폐하를 저어하는 심정은 이해가 가네. 하면, 만약 예주의 직계가 살아 있다면 어떤가."

드디어 본론이 나오기 시작했다. 수아는 가볍게 어깨를 으쓱였다.

"어떻다니요? 그 핏줄 탓에 많은 이들이 죽었는데 혼자 살아 있다는 게 참 장하다 싶겠지요. 그뿐입니다."

"의외로 반갑지는 않은 모양이군."

"농담이시겠죠. 군주 된 자로서 백성에게서 나라를 뺏고 가족을 앗아 갔는데 흥국 황제보다 더한 원수라 해야 할 겁니다."

그녀는 진심의 일부를 내보이면서 그를 떠보았다. 과연, 재상은 황제에 대한 경어를 없앤 그녀를 탓하기보다 못 들은 척하고 있었다. 그녀는 흥분한 기색으로 강하게 밀어붙였다.

"만약이 사실인가 보군요. 대체 누구입니까? 가르쳐 주세요, 어르신!"

재상은 고민하는 눈치를 보였지만 그녀는 속지 않았다. 그는 이내 그녀가 아는 답을 내놓았다.

"삼황자가 살아 있네. 지금은…… 감별직을 맡고 있지."

이쪽의 반응을 살피는 그의 기색은 집요했지만 그녀는 걱정하지 않았다. 처음 그 사실을 알았을 때의 표정을 그대로 되살리기

만 하면 되었으니까. 거기에 지금은, 신과 같이 있을 수 없는 속
상함까지 더할 수 있었다.

수아는 한참 후에야 내뱉듯 중얼거렸다.

"하늘이란 것이 과연 있는지 모르겠군요. 심지어 그저 목숨을
부지하고 있는 게 아니라, 황궁에 있다니. 그게 가당키나 한가
요?"

"폐하의 뜻일세."

"어르신의 뜻은요? 아무렇시 않으십니까? 저 같은 것이야 끼리
끼리 잘 뭉친다 생각하고 말 수밖에 없지만 어르신께서는 다르실
수도 있을 텐데."

"……다르다 함은?"

그녀는 그를 똑바로 바라보았다.

"제가 할 수 없는 일도 하실 수 있다 이 말씀입니다."

사위는 조용하기만 했다.

가락소리도 흥청거리는 권주 소리도 먼 세계의 일이었다. 건물
곳곳에서 쫓겨난 어둠과 침묵을 고스란히 끌어안고 있는 방 안은
매우 무거웠다. 잠시 후 재상이 여상스러운 말투로 꺼낸 말조차
그랬다.

"자네가 할 수 있을 수도 있지."

"……놀리시는 건가요?"

"자네. 예주건헌을 어찌 생각하는가."

수아는 왜 대답은 없이 되레 새삼스런 질문을 하는 거냐고 생

각하지 않았다. 그녀는 재상을 향하던 시선을 조금 비낀 채 조용히 중얼거렸다.

"세상에 없었다면 좋았을 텐데."

"바로 그래서야."

다시 쳐다본 재상은 소리 없이 웃고 있었다.

"의선이 그런 생각을 가져 줄 것 같아서, 도박인 줄 알면서도 이렇게 온 걸세."

"……."

"허심탄회하게 털어놓아 주었으니 나 역시 그에 응해야겠지. 다만 듣고 나면 물러설 수 없네."

"바라는 바입니다. 어르신 정도 되는 분이시라면 토사구팽 따위의 어리석은 일은 하지 않으실 테니까요."

"역시 사람을 잘 보는군. 보통이 아닌 그것들을 수월하게 잡게 해 주는 개라면 아낌 받을 가치가 있지."

물론 비유일세. 재상이 덧붙이며 사람 좋은 웃음을 보였지만 그녀의 관심사는 '개'로 지칭당했다는 것이 아니었다. 그런 건 아무래도 좋았다. 그것들이라……. 눈으로 묻자 재상이 고개를 끄덕였다.

"귀여울수록 멀리 보내 키우라는 말도 있지 않은가. 어린 나이에 너무 많은 짐을 지우는 것보다 넓은 세상으로 나가 견문을 넓히는 것이 여러모로 좋은 일이겠지. 한 나라의 수장이란 자리가 의욕만으로 될 일이라면 얼마나 좋겠느냐만."

그래서 경험과 연륜이 있는 당신이 큰마음 먹고 그 짐을 대신 져 주겠다는 의미로군요. 수아가 물었다.

"생각해 두신 방도가 있으신지요?"

"예주에는 가끔 썩은 피가 머리로 몰려 광증이 든 자들이 나왔다는 얘기가 있네."

"사실입니다. 황궁 안에는 그러한 자들을 격리시키는 시설까지 있었지요."

"유진직 기질이 강한 그 광증을 다스리기 위해 유년기에 특제 탕약을 마시게 한다지. 그것도 사실인가?"

안개 속에서 그림자가 언뜻 비치기 시작했다. 수아는 조금 더 가까이 오기를 기다렸다. 선의의 탈을 뒤집어쓰고 있었던 악의의 괴물을.

"그렇습니다만."

"그 약방문을 얻고자 하네."

잡았다.

"확실히…… 그 안에 들어가는 직로초櫻擄草는 극약이지요. 내성이 생긴 특정한 사람에게는 듣지 않겠지만."

"……약방문까지도 필요 없겠군."

재상은 솔직한 감탄을 내비쳤다.

"원하는 것이 있다면 들어줄 터, 기탄없이 말해 보게."

수아는 고개를 저으려다가 마음을 바꿔 입을 열었다.

"어르신의 주치의가 되어 가문의 뜻을 잇고 싶습니다."

재상이 약간 의아해하는 얼굴을 했지만 이내 고개를 끄덕였다.

"좋네. 자네라면 믿을 수 있겠지."

"하오면 그 징표로 지금 가지고 계신 쥘부채를 받아도 되겠습니까?"

두 사람의 시선이 재상의 한 손에 모였다. 늘 지니고 다니는 물건이라 누가 봐도 주인이 확실한 것을 지적한 그녀에게 그가 떠보듯 말했다.

"꼭 징표란 것이 필요하지 않을 성싶은데."

"제 입장을 헤아려 주세요, 어르신. 저는 지금 철저히 숨겨 왔던 사실, 기녀 란이 의선이라는 것을 처음으로 밝혔을 만큼 가진 것을 다 던지고 있습니다. 그러나 어르신께서 저를 모르신다는 한마디면 아무것도 아닌 일일 뿐이니까요. 확실한 증거가 필요합니다."

"……내가 그다지 신용이 없는 모양이군."

불만인 것처럼 중얼거리면서도 그는 불쾌한 기색은 아니었다. 오히려 그 반대의 얼굴로, 아무렇지 않은 손길로 부채를 내밀었다. 수아는 자리에서 일어나 무릎을 살짝 굽혀 두 손으로 받아 들며 고개를 숙였다.

"감사합니다. 어르신. 솔직히 말씀드려 이리 선뜻 내어 주실 줄은 몰랐는데요."

"이런. 이제 와 그리 말하긴가?"

서로 다른 두 음색의 웃음이 겹쳐졌다. 그 말미에 수아가 목소리를 조금 더 높였다.

"들어오세요."

기다렸다는 듯 열린 문으로 근오와 사내가 들어왔다. 재상과 그녀를 번갈아 보고, 그녀의 손에 쥔 부채를 확인한 근오의 표정에는 그녀에 대해 잘 알고 있고 그녀를 절대적으로 위해 주는 사람다운 근심이 희미하게 어려 있었다. 그러나 수아는 모른 척 말했다.

"손님 니기시니끼 칼 모서디 드리세요."

"예."

"과연, 단순한 기녀가 아니라는 게 또 그런 의미도 되는 건가."

기루의 진짜 주인을 알아차린 재상이 고개를 끄덕였다.

"참으로 장하이. 그동안 애 많이 썼겠어. 분명 부모님도 기특해하실 걸세."

"……송구합니다."

한 박자 늦게 대답한 것은 본의가 아니었다.

나이에서 묻어 나오는 자연스러운 교활함. 그럼에도 수아는 무언가가 울컥 치받는 것을 느꼈다. 억지로 눌러 태연을 가장한 그녀는 살펴 가시라는 인사로 재상을 선 자리에서 배웅했다. 그리고 혼자가 되었을 때, 의자에 털썩 주저앉아 몸을 기댔다.

"후……."

잠시 그렇게 있던 그녀는 문득 부채를 눈앞으로 가져왔다. 그것은 그 주인이었던 자의 지위를 감안하면 매우 평범한 데다 손

때가 제법 묻어 낡기까지 했지만 그녀에게 충분한 만족감을 안겨 주었다. 만지작거리는 손길 위로 자신이 직접 한 말이 되새겨졌다.

'세상에 없었다면 좋았을 텐데.'

단아한 붉은 입술이 웃음으로 비틀렸다.

신은 어떤 표정을 할까. 만약 자신이 그런 말을 했다는 것을 안다면.

그것이…… 진심이기도 하다는 사실을 알게 된다면.

수아는 한참 동안 움직이지 않았다.

九章

　어느 화창한 정오, 황제가 식사를 하는 도중 갑작스러운 토혈
과 함께 쓰러졌다. 그 자리에 있던 감별사는 무사한바, 그는 즉시
붙들려 구금되었다.

　즉각 옮겨진 황제에게 내의원 모두가 달려들어 혼신의 힘을 기
울이고 있으나 상태가 과히 좋은 것은 아니라 하며, 조금 더 대담
한 자들의 입에서는 붕어 가능성이 점쳐지고 있단다.

　하옥된 감별사는 금일을 넘기지 않고 추국推鞫당할 예정이었다.
혼란스러워진 정국을 앞장서 추스르고 중심을 잡은 재상이 친히
나서서 그 일당을 캐낸 후에 국법으로 엄히 다스릴 것이라고 했
다. 한때 황제를 구한 공이 있다 하나 그 역시 계략의 일부일 수
있다는 주장이 제기되어 모르긴 몰라도 살아남기 힘들 거라는 얘

기가 덧붙여졌다.

이 홍보는 먹이 물에 스며들 듯 퍼져 나가 도성 안은 순식간에 뒤숭숭해졌다.

그 깊고 깊은 한구석에서, 짧은 서신을 촛불에 갖다 댄 수아는 열나흘 전의 무언가를 떠올리며 혼자 비밀스러운 미소를 지었다.

그리고 재만 남은 것을 확인한 후 자신을 기다리고 있는 연회장으로 돌아갔다.

十章

쨍그랑, 은젓가락이 접시에 부딪쳐 맑은 소리를 냈다.

젓가락을 떨어뜨린 황제의 고운 미간이 구겨졌다. 건헌은 그녀의 입술 사이로 한 줄기 붉은 피가 흘러내리는 모습에 찰나 숨을 쉬지 못했다. 다음 순간 그녀가 왈칵, 피를 뱉었다. 옷자락이 온통 피로 물들었다. 그의 시야마저도 함께 물들이는 듯했다.

"폐하!"

의식하지 못한 고함 소리가 방 안을 울렸다.

그가 자리에서 일어선 그때, 문이 벌컥 열리고 사람들이 쏟아져 들어와서는 목격한 참상에 말을 잃고 굳어 버렸다. 그러나 건헌이 황제에게 다가가자 퍼뜩 현실로 돌아온 호위병들이 그를 당장 밀쳐 내어 두 팔을 결박하고 바닥에 쓰러뜨렸다. 거친 손길에

뺨이 쓸리고 강제로 꺾인 어깨가 아팠지만 그의 시선은 오로지 궁인들이 둘러싸고 있는 황제에게 못 박혀 있었다. 바닥에 쓰러져 길게 누운 그녀가 분주히 돌아다니는 궁인들 틈새로 나타났다 사라지는 것이 안타까웠다.

이윽고 병사들이 그를 우악스럽게 일으켰다. 두 사람의 시선이 마주쳤다. 전혀 예상하지 못한 것을 목격하기라도 한 양 크게 뜬 눈이 느리게 닫힌 순간, 그녀는 다시 사람들의 울타리 너머로 사라졌다. 그가 방에서 끌려 나가기 전 마지막으로 본 것은 축 늘어진 작은 발과 바닥에 떨어진 핏자국이었다.

"……헉!"

귓가를 때려 대는 거친 소리가 자신의 숨소리라는 걸 깨닫기까지, 약간의 시간이 걸렸다.

건헌은 턱까지 찬 숨을 몰아쉬며 황망히 주변을 돌아보았다. 모르는 새 깜박 잠이 들었던가 보다. 뼈가 시릴 만큼 차디찬 공기와 지하 특유의 쾨쾨한 냄새가 나는 옥 안이 현실이었다. 어느새 식은땀으로 등 뒤가 축축했다. 길게 숨을 내쉰 그는 습관적으로 얼굴을 문지르려다 쇠고랑에 매인 손목이 당겨지는 것을 느끼고 혀를 찼다. 방금 전의 악몽이 생생하게 되살아나는 바람에 눈을 감고 있는 것조차 마음대로 할 수 없었다.

언제까지 여기에 있어야 하는 걸까.

시간이 얼마나 흘렀는지 가늠해 보고 싶어도 창문 하나 없는 지하 감옥에서 가능할 리 만무했다. 차라리 내내 깨어 있었다면 짐작은 해 보련만. 그가 이럴 때 태평하게 잠이나 잔 자신을 속으로 호되게 걷어차는 그때, 병사들이 다가오더니 문이 열렸다. 두 명이 안으로 들어와 쇠고랑을 풀고 그를 다시 속박한 뒤 양팔을 각각 하나씩 붙들고 밖으로 나갔다. 한마디 말도 없었지만 오히려 덕분에 끔찍한 생각을 하지 않을 수 있게 된 건헌은 기꺼이 따라나섰다.

해가 저물어 하늘마저 붉게 물든 시각, 황궁의 안뜰에는 긴장감이 삼몰았나.

굳은 얼굴의 병사들이 흉흉하게 둘러싼 가운데 빈 의자 하나와 인두 꽂힌 화로가 나란히 있는 광경은 한층 살벌해 보였다. 차분한 눈으로 그것들을 훑은 건헌의 시선이 높은 대청大廳에 앉아 내려다보는 재상에게 잠시 머물렀다. 이 모든 것을 주도하는 자답게 엄한 표정이었으나 건헌은 언뜻 흰 수염에 가려진 그의 미소를 보았다고 생각했다.

건헌이 앉혀지고, 그를 감은 쇠사슬은 의자에 단단히 연결되었다.

"죄인은 들으라."

재상의 목소리가 쩌렁 울렸다.

"황제 폐하를 시해하려던 천인공노할 작태는 그 어떤 형벌로도 다스리기 어려우나 이제라도 순순히 자백하고 일당을 밝힌다면 참작하여 고통 없는 죽음을 허락할 것이다. 허니 그 음모에 대해 소상히 고하여라."

"……음모랄 것이 없으니 답할 말도 없소."

건헌이 침착하게 대답했다.

"하늘에 맹세코 폐하를 해할 마음은 조금도 품지 않았소. 나는 모르는 일이오."

"정녕 주리를 틀고 뼈를 부수어야 바른대로 불 것인가. 주모자가 누구냐!"

"주모자 따위는 없고, 있다 한들 나와는 상관도 없소. 이 자리에서 죽어도 아닌 건 아닌 거요."

건헌이 목소리를 높였다.

"내가 해독제건 뭐건 그 어떤 약도 먹지 않았다는 것은 내의원에서 이미 확인되지 않았소이까! 어의가 증인이오. 그조차 의심스럽다고 할 셈인가!"

정당한 주장에 대청 위가 조금 어수선해졌다. 그들 역시도 그를 진맥한 어의의 소견을 이미 들은 것이다. 그러나 재상은 동요하기는커녕 더욱 여유롭게 건헌의 말을 받았다.

"분명 그 점은 사실이지. 하면 이유가 무엇일까. 같은 음식을 먹고도 혼자 온전할 수 있었던 까닭이 있다면, 그것은…… 역시 네놈에게 있다."

"타고난 체질에 대해 내게 책임을 묻는다면 나야 도리가 없소. 이런 것이 홍국의 심문 방식이오?"

"정녕 '타고났다' 면 그렇겠지."

노골적으로 비웃었던 건헌은 재상의 대꾸에 입을 다물었다.

"제아무리 독초라도 어찌 다루느냐에 따라 약으로도 쓰일 수 있는 법. 그 특정한 약을 규칙적으로 음용한다면 오히려 그 독에 내성이 없다는 게 더 기이한 일 아닌가?"

"……해서, 내가 내게는 내성이 있는 독을 택하여 폐하를 시해하려 하였다, 그 말이오?"

"바로 그렇다."

"그게 정녕 말이 된다 보시오? 추궁당할 것이 빤한 일을 내가 무엇 하러!"

"그야 어리석게도 네놈의 정체를 아는 사람은 달리 아무도 없다고 믿어서겠지."

건헌은 크게 심호흡을 했다.

공기가 술렁이는 것을 스스로도 알 수 있었다. 승리감에 도취된 재상이 더욱 기세등등하게 호령했다.

"어차피 이 밤 이후 홍국, 아니, 대륙에서는 네놈이 발붙일 곳이 없을 터이니 죽는 편이 낫지 않겠나?"

"……하면 당신은 내가 누구인지 알고 있소?"

"그야 물론! 네놈은 바로,"

"황제의 감별사."

팽팽하던 무언가가 단칼에 뚝 잘려 나갔다.

그 여파의 충격이 불러온 정적이 휘몰아치는 가운데, 차분하면서도 낭랑한 목소리가 계속 이어졌다.

"은인. 그리고…… 제법 연기 잘하는 극자劇子."

한 마디 한 마디 흘러나오는 것에 맞춰 목소리의 주인공이 서서히 발치부터 빛 속으로 나왔다. 건헌은 눈도 깜박이지 않고 그 광경을 하나도 빠짐없이 지켜보았다. 분명 알고 있었는데도 무시무시한 안도감이 그를 관통했다. 마치 그녀가 자신의 악몽 속에서 벗어나고 있는 듯한 착각 탓에 오싹한 전율마저 일었다.

마침내 위풍당당히 전신을 드러낸 황제는 얼어붙은 좌중을 향해 싱긋 웃었다.

"물론 중요도와 순서는 상관이 없다."

"……폐, 폐하!"

경악에서 간신히 빠져나온 대신들이 황망히 부복했지만 재상은 그럴 생각조차 하지 못하는 듯 자리에서 벌떡 일어난 채로 얼어붙어 있었다. 그에 아랑곳없이 황제는 한 손을 치켜들었다.

그것을 신호로 어둠 속에서 대기하고 있던 금군들이 몰려나와 그 자리에 있던 자들을 에워쌌다. 황제가 가볍게 고갯짓을 하자 그중 한 명이 건헌을 풀어 주었다. 건헌이 당장 일어나려 하자 황제가 저지했다.

"그대로 쉬도록. 시간을 끌어 주어 고맙다."

"……시간, 을 끌었다고……?"

신음 같은 중얼거림은 물론 황제의 치하에 고개를 살짝 숙여 보인 건헌이 아니라 여전히 우뚝 서서 사지 멀쩡한 황제와 순식간에 뒤집힌 판세를 지켜보던 재상의 것이었다. 그때서야 황제는 그에게로 시선을 돌렸다.

"완벽한 증거를 갖출 시간이지."

그녀의 신호에 금군들이 대청 위로 올라와 대신들을 내려가게 하고 재상을 끌어 내려 바닥에 꿇어앉혔다. 어느새 나타난 각관이 엄숙하게 고했다.

"문림이협을 대역죄로 체포하노라. 금일 이 시간부로 재상직에서 파면하며, 문림 문중에 대해 직·방계를 불문하고 가택 연금을 실시한다."

그리고 그는 늘고 있던 누부마리를 별쳐 승거를 낱낱이 읊었다. 깊은 산중에 숨겨 둔 채 양성해 왔던 대규모의 사병. 화약 밀매의 증거. 몇 달 전 무악산에서 황제를 시해하려던 자와의 내통. 이번 독살 미수 사건에 포섭한 수라간 궁녀…… 하나하나 밝혀지는 음모를 타인의 입에서 직접 들으며 재상의 얼굴은 흙빛으로 변해 갔다. 이내 각관이 두루마리를 갈무리하자 그는 발뺌도 변명도 아닌 순수한 분노를 터뜨렸다.

"토혈은…… 함정이었나!"

"말은 바로 하지 그래. 함정을 판 것은 그대고 이쪽으로서는 기회일 따름이었으니까."

황제의 말투는 한가롭기까지 했다.

"사병 준비가 제법 잘 되어 있더군. 얼추 끝났으니 곧 실력 행사로 나오겠다 생각했지만, 이런 수를 쓸 줄은 몰랐다. 과연 재상직에 어울리는 머리랄까. 거기서 만족할 수는 없었나?"

"……언제, 어떻게 알아차렸지?"

"이 판국에 그것이 그리도 알고 싶은가? 중요한 건 하늘이 이 땅의 한과 눈물까지 감싸 안을 자로서 그대가 아닌 나를 택했다는 사실이라고 보는데."

황제는 '짐'이란 호칭을 뺌으로써 재상과 자신이 하늘 앞에 동등한 인간임을 강조하는 동시에 그 택함을 받은 당당함을 드러냈다. 그러나 재상에게는 그 외에 다른 의미가 있었는지, 잠시 침묵하던 그가 돌연 외쳤다.

"그년이!"

황제가 싸늘하게 내려다보는 가운데 재상이 이를 갈았다.

"그 계집년! 감히 날 배신하다니! 몸으로 먹고사는 년을 가련타 여겨 줬더니 이렇게 뒤통수를 쳐?"

"배신한 적 없다. 하늘이 그대 편이 아니었을 뿐."

"하면, 처음부터 한통속이었다?"

재상이 소리 높여 웃었다. 그 커다란 광기가 잦아들자 남은 것은 살기였다.

"이 내가 새파랗게 어린 계집년들에게 순순히 죽어 줄 줄 아느냐? 길동무가 될 줄은 몰랐지만 당하기만 하느니 이편이 훨씬 낫군 그래."

의미심장한 말에 건헌은 퍼뜩 고개를 돌렸다. 황궁 담 너머로 펼쳐진 도성 한가운데, 그가 아는 방향에서부터 검은 연기가 천지를 덮을 듯 피어오르고 있었다.

건헌뿐만이 아니라 황제와 그 자리의 모두가 같은 광경에 정신이 팔린 그때, 재상이 놀라운 힘으로 자신에게 붙은 금군을 뿌리치고 대청 위로 달려 나왔다. 황제를 노려보는 눈은 체념과 분노, 자포자기가 한데 어우러진 광기 그 자체였다. 아차 하는 사이에 그는 벌써 황제의 코앞까지 가 있었다. 그들 사이로 시퍼런 날붙이가 번쩍였다. 건헌이 벌떡 일어섰다.

"안 돼……!"

그의 고함이 허공을 가로지른 것과, 사람의 모습을 한 검은 바람이 불어닥친 것은 거의 동시에 일어난 일이었다.

"커헉!"

재상이 들고 있던 비수를 떨어뜨렸다.

황제의 앞을 막아선 신은 한 치의 망설임 없이 검을 쥔 손목을 비틀었다. 그리고 현실을 인정하지 못하고 일그러진 늙은 얼굴을 냉정히 내려다보며 깊숙이 찔러 넣었던 검을 뽑았다.

털썩, 재상이 쓰러지자 정적이 그 자리를 대신 차지했다.

신은 익숙한 손놀림으로 검에 묻은 피를 단번에 털어 냈다. 갑작스러운 등장에 이어 벌어진 일에 모두가 놀라 정지한 가운데, 황제가 침묵을 깨뜨렸다. 그녀는 재상을 내려다보며 한숨을 쉬고 그를 보았다.

"고맙다."

"당신을 위해서가 아니오."

그에게는 오히려 그녀 역시 원흉이었다. 무뚝뚝한 말투로 싸늘하게 뱉은 신이었지만, '흑염'이란 호를 언급해서 그를 다른 방식으로 이용하려는 짓은 하지 않는 점에서는 점수를 줄 수밖에 없었다.

어쨌건 해야 할 일은 끝냈고 더는 미적거릴 때가 아니다. 당장 몸을 돌린 그는, 멈칫했다. 그리고 그런 자신을 난생처음 저주하면서 뒤를 돌아보았다.

일어서 있는 건헌과 눈이 마주치자 건헌은 작지만 분명하게 고개를 끄덕였다. 그 허락의 몸짓을 확인한 즉시 신은 황궁을 벗어났다.

불규칙 속에서 질서 정연하게 서 있는 높고 낮은 지붕들을 디딤돌 삼아 그는 전력을 다해 달렸다. 맹렬하게 타들어 가고 있는 기루에 도착했을 때는 숨이 턱에 닿을 정도였지만 그는 아랑곳하지 않고 몰려나와 있는 기루 사람들과 구경꾼들을 헤치며 단 하나의 얼굴을 찾고 또 찾았다.

"아!"

가장 안쪽에서 실랑이를 벌이고 있던 누군가가 그의 팔을 덥석 잡았다.

갑작스런 방해에 순간적으로 베어 버리려고 검에 손을 댄 그는 상대를 알아보았다. 몇 번 보아 익숙해진, 수아의 측근 근오의 얼굴이 검댕으로 얼룩덜룩한 채 거기 있었다. 무뚝뚝한 얼굴이 절망과 간절한 희망으로 일그러졌다.

"아씨가, 아직……."

신은 다 듣기도 전에 움직였다.

근처에 있던 일꾼에게서 물동이를 뺏어 머리 위에서부터 쏟아부은 그는 기루 안으로 뛰어들었다. 등 뒤에서 날아오는 온갖 어수선한 외침은 금세 멀어지다가 지워졌다.

건물 안은 불길과 연기로 가득했다. 걸음을 디딜 때마다 발끝에서 재가 날렸다. 복도며 벽이며, 뜀박질조차 조심스러울 만큼 약해져 있었지만 그는 멈추기는커녕 더욱 서둘러 달려갔다.

재상은 처음부터 수아를 처리할 작정을 하고 있었던 것이다. 믿을 수 있는 것은 자기 자신뿐, 아군이 적군도 될 수 있고 그 경우 누구보다도 치명적인 적이 된다는 사실을 아는 늙은 재상이 할 법한 방식이었다.

왜 진작 생각하지 못했을까. 그는 뒤늦은 후회로 미칠 것만 같았다. 이쪽이 너무 완벽하게 선수를 친다는 사실에 안심이라도 하고 말았던가. 고작 그런 정도로.

그녀는…… 목숨을 걸었는데.

"수아!"

복도를 지나가며 있는 힘껏 내지른 외침에 돌아오는 답은 어딘가에서 기둥이 무너지는 소리였다. 그는 계속 안으로, 깊숙이 들어갔다.

얼마나 오랫동안 헤매고 다녔을까. 눈이 점점 아파 오고 목소리가 잠길 때쯤, 그는 드디어 근오의 방 입구에서 쓰러진 수아를 발견했다. 복도 쪽으로 몸이 반쯤 나와 엎드린 채였다.

"수아……!"

그는 한달음에 달려가 그녀를 안아 들었다.

핏기 없는 얼굴과 어깨와 배에서 질척하게 번져 나오는 피가 그에게도 똑같은 상처를 냈다. 한눈에도 심각한 상태였지만 다행히 맥이 잡히고 있었다. 그는 주위를 둘러보다가 열린 문 너머로 자객으로 보이는 사내 하나가 널브러져 있는 것을 발견했다. 기척이 전혀 없는 걸 보니 수아가 결국 쓰러뜨린 모양이었다. 그런 다음 밖으로 나오려다가 힘이 빠진 것이 분명했다.

그는 상황에 어울리지도 않게 웃음이 나왔다. 그래. 그의 품에 안겨 있는 여인은 그런 사람이었다. 마냥 기다리고 피하는 대신 어떻게든 직접 처리하고 마는, 마지막의 마지막까지 결코 포기하지 않는.

"……신?"

문득 수아가 움찔하는 기척이 느껴지더니 가냘픈 목소리가 흘러나왔다. 그는 자신을 올려다보는 그녀와 눈을 맞추었다.

"그래, 나다."

수아는 웃었다. 상처투성이임에도 너무나 환한 웃음이라, 그는 오히려 가슴이 미어졌다.

"잘……됐군요?"

그는 고개를 끄덕였다. 지금 중요한 건 그게 아니었지만 그녀가 안심한 듯 맑게 웃어 주는 것으로 족했다.

"지혈부터 할게. 조금만 참아라."

신은 그녀를 바닥에 눕혔다. 자신의 옷자락을 찢어 상처를 단

단히 동여매자 그녀가 신음을 삼켰다. 그러면서도 미소를 지우지
않았다.

"사실…… 끝까지 망설였어. 어떻게 할지……."

"그래."

알고 있었다. 하지만 그걸 탓할 사람은 아무도 없다. 그녀로서
는 너무나 당연한 일이니까. 그는 그보다도 그녀가 자꾸 말을 하
는 게 신경 쓰였다. 그러나 그녀는 계속 힘겹게 말을 이어 갔다.

"다친 사람은……? 다, 계획대로 됐어요?"

"잘됐어. 다 잘됐으니까, 더 이상 말하지 마. 나가자."

수아를 안아 들고 몸을 일으키는 신에게, 쿡쿡거리는 웃음이
들려왔다.

"표정…… 이상해."

"수아야."

"걱정 마요, 난 죽지 않아. 당신은, 욕심이 많으니까……."

막 움직이던 그가 움찔했다. 그의 어깨에 기댄 그녀가 나른한
미소를 지었다.

"같이 죽는 건…… 그 사람이겠지만. 내가 죽으면, 울겠지. 둘
다 못 놓는 거, 당신다워서, 좋아."

"……."

"안 죽을게요."

다짐하듯 확고하게 중얼거린 수아는, 자신에 대한 그의 믿음을
시험하기라도 하듯 까무룩 의식을 놓았다.

다음 순간 그는 기루 밖에 있었다.

대체 무슨 정신으로 나와 있을 수 있었는지 그는 알지 못했다. 무사히 빠져나온 게 다행이라고 생각할 여유조차 없었다. 그의 품에 안긴 여인을 알아본 사람들이 몰려들어 그녀를 넘겨받으려 했지만, 그는 팔을 풀지 않고 눈으로 근오를 찾아 짧게 요구했다.

"말을."

긴말은 필요치 않았다. 재깍 알아들은 근오는 재빨리 지시를 내려 마구간에서 무사히 끌고 나왔던 말들 중 한 마리를 끌고 오게 했다.

손질 잘 된 갈색 털을 빛내고 있는 말은 보기에도 준마였다. 신은 수아를 근오에게 잠깐 맡기고 먼저 안장에 오른 다음, 다시 그에게서 수아를 받아 들었다. 그리고 스멀스멀 기어 나오는 불안감을 애써 누르면서 축 늘어진 그녀를 단단히 고쳐 안았다. 지금 벌어진 상황을 이해하지 못하는 주변 사람들이 웅성거렸지만 기루의 주인이자 란의 고용주인 근오가 단순한 허용 이상의 행동을 보이고 있어 대놓고 나서는 자는 없었다. 신이 비어 있는 한 손으로 막 고삐를 잡아채려는 때에, 근오가 그것을 붙들었다.

"약속, 해 주십시오."

시선이 마주쳤다. 나 역시 저런 눈을 하고 있겠지. 신이 진심을 담아 답했다.

"맹세하겠소."

근오의 손이 풀렸다. 신은 말의 옆구리를 걷어차 사람들을 제치고 달려 나갔다.

머릿속에는 자연스럽게 최단 경로가 펼쳐졌다. 그는 대로든 골목길이든 상관하지 않고 말을 독촉했다. 도성 내는 물론이고 어쩌면 우편도로에서도 비상식적일 그 속도는 목적지인 황궁에 이르러서도 마찬가지였다.

"멈춰라!"

입구를 지키던 금군들이 창을 비스듬히 세우며 막아섰지만, 폭주하듯 뛰어드는 말을 멈추기란 불가능한 일이었다. 그는 비키지 않으면 밟아 버리겠다는 의지를 숨기지 않았고 결국 금군 쪽이 기세에 눌려 물러나는 틈을 타 그대로 질주했다.

"감히 어딜!"

"막아라!"

말을 탄 채 황궁에 들어온 정체불명의 침입자를 막기 위해 사방에서 금군들이 달려들었다.

신은 수아를 안은 손으로 고삐를 바꿔 쥐고 다른 손으로는 검을 뽑았다. 창으로 찔러 오면 베었고 검으로 막아서면 뛰어넘었으며 날아오는 화살은 쳐서 떨어뜨렸다.

사람의 형상을 한 채 사정없이 휘몰아치던 폭풍이 멈춘 것은 중문을 지나 거의 정전 앞까지 들어와서였다. 앞만 바라보며 달리던 신의 정면에 누군가가 홀연히 나타났다. 상대가 한 손을 들었을 때 그는 그 상대가 다름 아닌 황제라는 사실을 알아차렸다.

"그만!"

충성심과 무인으로서의 자존심으로 똘똘 뭉쳐 있던 금군들은 일순 당황했다. 날카롭게 떨어진 황명은 저 가공할 침입자가 아니라 자신들을 향해 있었던 것이다.

황제를 확인하자마자 신은 고삐를 당겼다. 워낙 속도가 붙어 있었던지라 지척에 이르러서야 간신히 말을 세웠지만 그동안 황제는 꼼짝도 하지 않고 그를 응시했다.

그는 수아를 안고 땅으로 내려섰다. 한 번에 균형을 잡지 못하고 비틀거린 자신이 의아해져 힘이 들어가지 않는 다리를 내려다보자 어느새 화살이 박혀 있었다.

"폐, 폐하!"

"폐하, 위험합니다!"

갑자기 들려온 외침에 고개를 든 신은 황제가 그녀 자신을 보호하기 위해 앞을 막고 있는 금군들 사이를 지나 이쪽을 향해 걸어오는 것을 볼 수 있었다.

어두운 와중에도 이목구비를 훤히 볼 수 있는 거리에 멈춰 선 황제였지만 눈빛까지 읽기는 역부족이었다. 신은 여전히 검을 움켜쥔 손을 들었다. 그리고 주변의 긴장과 경계를 무시한 채, 땅에 내리꽂았다.

"살려 주십시오."

신은 한쪽 무릎을 꿇고 고개를 숙였다.

"제발, 살려 주십시오. 무엇이든 다 하겠습니다. 그러니……이 사람만은, 부디."

"……이미 '무엇이든' 다 하지 않았던가."

신은 자신도 모르게 턱을 들었다.

미소를 짓고 있는 황제는 그의 무례를 지적하지 않고 다른 말을 했다.

"일어나라. 직접 옮기겠다고 할 것 같지만 그대 역시 다쳤으니 일단 물어는 보겠는데, 환자를 넘겨주겠는가?"

"이대로 가겠습니다."

단호한 대답에 황제가 조금 웃고는 몸을 돌렸다.

"이쪽이다."

그는 청이 받아들여진 데에 대한 안도감을 느낄 새도 없이 그녀의 뒤를 따라갔다.

다행히 여자의 걸음이라 욱신거리는 다리로도 바짝 쫓는 데에는 무리가 없었다. 그렇게 생각하던 그는 기실 그 반대임을 문득 깨닫게 되자 다시금 기묘한 감각 속에서 헤매야 했다.

한동안 머뭇거림 없이 걸어가던 황제는 하나의 문을 가리켰다.

그들을 서둘러 따라오던 시종들이 얼른 나서서 문을 열었고, 신은 곧장 침상으로 다가가 수아를 조심스럽게 눕혔다. 곁에서 지켜보던 황제가 말했다.

"어의는 그에게 가 있다. 지금쯤 진료가 끝났을 터이니 바로 이쪽으로 보내도록 하지."

"……감사합니다."

"인사를 들어야 하는 건 그대들이잖은가."

물론 그랬다. 하지만 그것도 자신들이 황제를 황제로 보지 않고 걸림돌 혹은 원수와 비슷한 존재로 여겨 온 자들이 아닐 때나 가능한 얘기일 터였기에, 신은 말문이 막혔다. 자신의 호의를 대수롭지 않은 것으로 넘기듯 가볍게 대꾸한 황제가 덧붙였다.

"그는 내 침궁에서 쉬고 있다."

신은 그제야 그 사실을 전혀 궁금해하지 않고 있었던 자신을 발견하고 아연해졌다.

황제가 건헌을 곁에 두고 손수 챙기는 게 이제 당연해졌기 때문이란 것은 이유가 되지 못한다. 황제 역시도 그가 모를 것 같아 가르쳐 준다기보다 만나러 가도 된다는 의미로 한 말일 것이다. 어의가 오는 대로 환자를 맡기고 한나절 내내 옥에 갇혀 있었던 주군에게로 달려갈 '흑염'을 위해서.

충격은 결코 가볍지 않았지만 신은 길게 고민하지 않았다.

그는 짧게 숨을 들이마신 다음 입을 열었다.

"부탁드립니다."

황제가 눈을 깜박거렸다.

처음으로 평정을 잃고 솔직하게 동요를 드러내는 얼굴을 보면서, 그는 오히려 마음 한구석이 편안해졌다. 언젠가는 이런 말을 하게 될 날이 올 거라고 진작 예상하고 있었는지도 모른다. 무의식으로라도 그것을 거부하고 두려워했을 것이 분명하지만, 막상 해 보니 의외로 어려운 일은 아니었다.

"……고맙다."

한참 후에야 흘러나온 대답은 소박했다.

그렇다고 그가 그 안에 내포된 무게감을 못 보고 지나칠 리는 없었다. 그와 잠시 침묵을 주고받은 황제는 웃음과 거리가 먼 표정을 한 채 천천히 자리를 떠났다.

신은 수아의 한 손을 잡고 침상에 걸터앉아 어의를 기다렸다.

곧 의녀를 대동하고 나타난 어의는 보자마자 팔을 걷어붙이더니 조금만 늦었으면 위험했다는 진단을 내려 주었다. 다행히 처치가 빨라 상처가 깊긴 해도 목숨에는 시상이 없을 거라는 말에 신은 가슴을 쓸어내렸다. 그런 그의 다리를 본 의원이 기함하며 치료를 해 주었고, 모두가 자리를 비운 뒤에도 그는 침상을 지켰다.

한 번도 눈을 떼지 않은 덕분에, 그는 오래지 않아 수아가 깨어났을 때 천천히 움직이는 긴 속눈썹을 바라보며 설렘과 두근거림을 느낄 기회를 얻게 되었다. 완전히 정신을 차린 그녀는 그의 예상보다 더욱 침착하고 차분했다.

"이거, 꿈?"

"왜 그렇게 생각하지?"

"눈을 뜨자마자 당신이 보이니까."

그는 그녀를 잡은 손에 힘을 주어 그 온기로 대신 대답했다. 그녀가 입가에 미소를 띠었다.

"생명에 지장은 없다더군."

"알아요."

"설마 들렸나?"

"아뇨. 내가 그랬잖아요, 안 죽겠다고."

수아가 작게 쿡쿡거렸다. 상처가 욱신거리는지 금세 얼굴을 찡그리긴 했지만.

"여긴 어디예요?"

"황궁."

간단한 대답에 그녀가 깜짝 놀랐다.

"그 사람이 들여보내 준 거예요?"

"집주인 쪽. 사후 허락이긴 하지만."

즉 마음대로 쳐들어와서 황제에게 들이밀었다, 는 뜻을 단번에 알아들은 수아는 할 말을 잃은 눈치였다. 그녀는 잠시 조용하다가 다른 질문을 했다.

"그 사람은요? ……가 보지 않아도 괜찮아요?"

"황제에게 부탁했다."

수아는 눈을 부릅떴다. 그녀는 그를 한참 응시하다가 그 표정 그대로 중얼거렸다.

"꿈, 맞잖아."

신은 웃으려고 했지만, 잘 되지 않았다. 그녀더러 이렇게 반응하게끔 만든 것은 바로 그 자신임을 너무나도 잘 알고 있으니까. 그는 목 끝으로 울컥 치미는 감정을 애써 누르고 다시 그녀를 보았다. 시선을 똑바로 맞추고 입을 연다.

"네가 잘못 알고 있는 게 하나 있어."

"······뭘요?"

"내가 같이 죽을 사람은 건헌 님이 아니라 너다, 수아."

그녀의 얼굴에서 표정이 사라졌다. 그는 계속 말을 이었다.

"네가 죽는다면 나도 함께할 거다. 너와 헤어진 뒤로 죽지 않았던 건 단지 네 시체를 내 눈으로 직접 확인하지 않았기 때문이야. 내 삶을 전부 주지 못했으니까 하다못해 죽음이라도 온전한 형태로 주고 싶었어."

"······."

"그리고 다음 생에는 달리 아무것도 잡지 않을 거다. ······네 손 말고는."

오래도록 품었던 고백이 불러일으킨 침묵이 주위를 맴돌았다.

그를 가만히 바라보던 수아가 조금 웃었다.

"······현생에서는 어쩔 수 없다는 말을 그렇게 돌려서 할 필요는 없는데."

신은 입을 다물었다. 결국 정말로 그런 뜻이 된다는 걸 뒤늦게 깨달은 탓이었다.

수아의 웃음이 더 커지더니 이내 자취를 감추었다. 그녀는 고개를 바로 해 시선을 천장 쪽으로 두었다.

한참을 말없이 그렇게 누워 있던 수아는 이윽고 천천히 두 손을 들어 얼굴을 가렸다.

손 옆으로 꼬리를 잇고 떨어지는 한 가닥 물기가 눈에 들어왔을 때, 신은 움직였다.

몸을 굽혀 그녀의 손을 잡고 떼어 내자 눈물로 젖은 눈동자가 정면에 드러났다. 그를 올려다보는 그녀의 표정은 변화가 없었지만 눈을 깜박일 때마다 맑은 물이 차오르고 또 비워졌다. 그는 입술을 내려 마르지 않는 그 길을 부드럽게 닦아 냈다. 눈 위로도 번갈아 가며 입을 맞추고, 그녀가 눈을 감은 틈에 입술을 가졌다.

수아는 기다렸다는 듯 그를 받아들였다. 그녀의 생생한 온기와 촉감을 느끼며 그는 평생 헤어날 수도 없고 그리고 싶지도 않은 그만의 자리에 더욱 깊숙이 자신을 묻었다.

어느새 그의 손은 그녀의 뺨과 목덜미를 감쌌고 자유로워진 그녀의 두 손은 그의 목을 감고 있었다. 그들은 함께 살아 있는 순간을 마음껏 누렸다.

"그땐 좀 위험했다."

길고도 짧은 하루가 끝나 가는 무렵, 사건의 뒤처리를 얼추 끝내고 침궁으로 향한 류안은 시종들을 전부 물러가도록 한 후 건헌이 앉아 있는 침상에 걸터앉았다.

한나절 내내 옥에 갇혔던 그는 그사이 초췌해진 모습이었다. 은밀히 지시해 둔 터라 심문 없이 묶여 있기만 했다지만 춥고 습기 찬 옥 안이 편할 리가 없다. 더구나 아무 죄 없는 사람이 자신 때문에 괜한 고생을 한 셈이라, 그녀로서는 어의나 건헌 본인이 괜찮다고 하건 말건 며칠 동안 푹 쉬게 해 주고 싶었다. 적어도 거친 쇠사슬에 쓸린 저 팔의 생채기가 말끔히 사라지기 전까지는.

하지만 건헌은 어의를 귀찮게 한 것조차 민망하다며 웃을 뿐이었다.

그렇게 웃음 하나로 그녀를 포기시킨 그는 그녀의 말에 고개를 갸웃거렸다.

"그때라 하시면?"

"낮에. 그대가 날 부르는 외침이 너무 실감이 나더란 말이지. 나도 모르게 벌떡 일어나서 괜찮다고 말해 버릴 뻔했어."

건헌이 조금 멋쩍어하는 기색이었다. 그런 그가 생경해서, 그녀는 계속 장난을 치고 싶어졌다.

"재주가 많은 건 알고 있었지만 그런 데도 능할 줄이야. 평범하게 태어났으면 극자로도 이름을 날렸겠는데. 아깝지 않은가?"

"……그럴 리 있겠습니까."

건헌은 희미하게 웃었다.

"그때는 사실 연기가 아니었습니다."

의아해진 그녀를 위해 그가 설명을 이었다.

"폐하께서 토혈하고 쓰러지시는 모습이, 너무…… 현실적으로 느껴졌습니다. 왜 그렇게까지 충격을 받은 건지 저 스스로도 놀라고 있습니다만, 다 알고 있었으면서도 그 순간만큼은 아무 생각도 안 났습니다. 옥 안에서도 내내 한 가지 생각만 했지요."

"무슨 생각?"

"계획이든 뭐든, 당신이 피를 토하는 건 두 번 다시 보고 싶지 않다는."

류안은 금방 대꾸하지 못했다.

차분하고 곧은 시선과 나지막하고 온화한 목소리는 평소와 다르지 않았다. 마치, 지극히 당연하고 평범한 사실을 말하는 것처럼.

담담히 덧붙인 말조차 그랬다.

"앞으로는 절대 그러지 말아 주셨으면 좋겠습니다."

"……안 해."

류안은 그러고 싶지 않았지만, 시선을 옆으로 미끄러뜨렸다.

"이번에야…… 어쩔 수 없었고. 제일 좋은 방법이었으니까."

"저도 그렇게 생각했었습니다."

예상했던 모습을 눈으로 직접 보았을 때의 충격을 알기 전까지는.

과거형으로 답한 그에게서 입 밖으로 나오지 않은 말까지 들은 기분이 된 류안은 드물게도 할 말을 찾기 어려워졌다. 이 사람은 과연 알고 있을까? 아무렇지 않게 하는 말 한 마디 한 마디가 자신의 숨결을 조절하고 있다는 것을.

"다 잘 끝났으니 됐어. 덕분에…… 아! 그러고 보니 흑염이 의선을 데려왔다."

얼버무리다가 마침 할 말을 찾은 기분에 무심코 목소리를 높인 류안은 제풀에 놀라 입을 닫았다. 건헌은 심각한 표정을 지었지만 그런 그녀를 이상하게 여겨서는 아니었다.

"많이 다쳤습니까?"

"유감스럽게도 그런 모양이야. 다쳤다는 건 어떻게 알았지?"

"위급한 상황이 아닌 다음에야 여기로 '데려올' 리가 없으니까요."

그건 그렇다. 류안은 자신의 질문이 퍽 멍청했음을 인정하고 피식 웃었다.

"어의가 말하길 생명에 지장은 없다더군. 몸조리만 잘하면 된다고 해."

건헌은 눈에 띄게 안심하고 또 기뻐했다.

"감사합니다."

"……왜 그대가 인사를 하지?"

"제 벗의 소중한 사람을 구해 주셨으니 당연하지 않습니까."

"내게도 당연한 일이야. 그러니 듣지 않겠다."

치졸하다.

류안은 내심 쓰게 중얼거렸다. 건헌의 마음을 모르는 바는 아니다. 지금의 감사 인사도, 고지식한 그에게는 상식적인 일이었다. 그러나 그녀는 그가 다른 여인의 일로 진심으로 안도하며 고마워하는 말 따위는 듣고 싶지 않았다.

단호한 말에서 그런 마음이 드러났는지 다소 의아한 얼굴을 하는 건헌을 본 류안은 태연한 척 화제를 바꾸었다.

"잘 어울리는 한 쌍이더군."

의선의 기절한 모습만 봤을 뿐이지만 그녀는 진심으로 그렇게 생각했다. 재상의 손을 잡는 척하고 이쪽에 그 음모를 낱낱이 알려 온 당찬 용기로 이미 좋은 인상을 갖고 있기 때문일지도 몰랐다.

"면회가 허락되면 가 보든가. 하긴, 그대라면 베일 염려는 없으니 아무 때나 가도 상관없겠다."

"흑염이 지금 거기 있습니까?"

"다 나을 때까지 한 발짝도 안 떠날 모양이던데."

류안이 농담을 섞어 덧붙였다.

"투기하지 마라."

"안 합니다."

건헌이 웃었다.

"놀랄 일도 아니지요. 충분히 이해할 수 있습니다."

"그럼 어디 놀라게 해 줄까?"

"예?"

류안은 활짝 웃었다. 당시엔 복잡한 심경 탓에 제대로 누리지 못한 기쁨이 지금 새삼 터져 나왔다. 그녀는 즐거움을 애써 감추지 않았다.

"그가 내게 그대를 부탁했다."

건헌은 그저 그녀를 물끄러미 응시할 뿐이었다.

이렇다 할 반응도 없이, 무표정으로 변한 그 얼굴에 그녀는 조금 멋쩍어졌다. 하긴 건헌의 입장에서는 그리 좋은 일만은 아닐 것이다. 그렇긴 하지만.

"그런 얼굴 할 것까진 없지 않나."

"……제가, 어떤 얼굴입니까?"

"혼자 뭐가 그리도 신났느냐는 얼굴."

건헌이 다시 웃음을 내비쳤다. 묘하게도 어딘가 모르게 복잡해 보이는 웃음이었다.

"그런 거 아닙니다."

"뭐, 상관없다. 혼자 신난 건 사실이니까."

그의 미소가 조금 더 편안해졌다.

"왜 신나셨습니까?"

"몰라서 묻는 건가? 흑염이 나를 인정했어. 심지어 단순히 그 대 곁에 있어도 좋다의 수준이 아니야. 내가 그대를 결코 해하지 않는다는 거, 그대를 안심하고 맡겨도 된다는 걸 믿어 준 거라 고."

"……그것이 그리도 기뻐하실 만한 일입니까?"

"물론이지. 죽을 때까지는 가망 없겠다고 기대도 않고 있었는 걸."

류안은 어깨를 으쓱거렸다.

"물론 그가 나를 미워하는 건 당연하다. 목숨을 바쳐도 아깝지 않은 주군이 감별 따위를 한다면 나라도 그럴 테니까. 내가 아니 었다면 최소한 자유로웠을 테니 자결을 막아 줬다고 고마워할 일 이 아니지. 이번 일만 해도 그렇다. 그대를 이용했다고 비난받아 도 할 말은 없어."

"아닙니다, 폐하. 그건……."

그녀가 말하는 중에 몇 번이고 입을 뗐다 다물던 그가 더 이상 안 되겠다 싶었는지 한 손을 내밀며 부정했다. 그녀가 그 팔을 가볍게 붙들자 그는 말끝을 흐렸다.

탄탄한 근육으로 이루어진 팔은 별채에 갇혀 감별 일만 하는 동안에도 체력 단련에 소홀하지 않았다는 것을 보여 주고 있었다. 그래서인지 그 위로 나 있는 생채기는 매우 이질적이었다. 검상도 타박상도 아닌, 포박당한 흔적은 있어선 안 될 자리에서도 또렷하기만 했다.

그것을 눈으로 쓰다듬으며 그녀는 천천히 말했다.

"앞으로 이 같은 일이 다시는 없을 거란 장담은 못 해. 내 곁에 있으면 또 어떤 괜한 고초를 겪을지 모르지만, 아니…… 실은 잘 알지만. 놓아줄 수는 없어. 미안하다."

용서해 줘.

류안은 생채기 위로 몸을 기울여 입을 맞추었다.

붉게 남은 자국을 따라가듯 입술을 가져가는 그녀의 한쪽 얼굴에 부드러운 것이 닿았다. 그녀가 고개를 들자 손으로 그녀의 뺨을 감싸고 있는 그와 시선이 마주쳤다. 그의 다음 움직임이 너무 자연스러워서, 그녀가 눈을 감은 것은 지척으로 다가온 그의 뺨위로 드리워진 속눈썹을 보고 난 후의 일이었다.

맞닿은 입술에서부터 느리게 불꽃이 튀었다. 살짝 더듬다가 가볍게 물고 당기면서 자극하던 그는 이 정도로는 안 되겠다는 것처럼 그녀의 입술을 가르고 안으로 미끄러지듯이 들어왔다. 농밀한 혀의 움직임에 그녀는 마치 몸 전체가 얽힌 것처럼 꼼짝도 할 수 없어졌다.

잠시 후 붙들었던 호흡을 놓아준 그는 흥분과 열정으로 달아오른 눈빛과 달리 차분한 표정으로 그녀를 똑바로 보았다.

"그런 말씀 마십시오. 괜한 것도, 고초도 아닙니다. 놓는다 한들 순순히 떨어져 나가지도 않을 거고, 아니, 애초에 그런 일은 없어야 할 겁니다. 나 말고 다른 사람에게 가장 중요한 걸 맡기는 서…… 절대로 못 봐."

가슴이 먹먹했다. 류안은 입술 한끝을 올리는 것조차 버거웠다.

"이기적인 사내로군. 나로 인해 다치는 그대를 봐야 할 내 마음까지는 생각이 미치지 않나 보지?"

"……네."

건헌의 대답은 예상외였다. 그가 씁쓸하게 웃으며 그녀를 바라보았다.

"죄송합니다만 그럴 여유는 없습니다. 당신이 무사한 것에 기뻐하기도 바쁠 테니까."

그의 눈빛에 솔직한 자책감과 이런 말을 하는 자신에의 체념, 그녀에 대한 연심 이상의 감정들이 한데 얼크러져 있음을 류안은 눈 한 번 깜박하는 순간에 깨달았다. 그리고 이번에는 그녀 자신의 차례라고 알려 주는 본능에 따랐다.

그가 놀랐을까? 먼저 눈을 감은 쪽은 자신이었기에 그녀는 알지 못했다. 다만 그가 아주 잠깐 흠칫하는 것이 마주 댄 입술을 통해 느껴졌다. 그녀는 깊숙이 덮쳐 희롱하다가 뒤로 밀려나던 그가 벽에 부딪쳐 멈추자 고개를 들었다. 그리고 어중간하게 기댄 채 약간 멍한 얼굴로 그녀를 올려다보고 있는 그를 향해 쿡쿡 웃으며 그의 몸 위로 올라앉았다.

"정말로 이기적이지만, 뭐 좋겠지. 대신 그대에게서 여유를 가져갈 수 있는 건 나뿐이어야 해. 어떤 방식으로든 간에."

"……조건이 너무 간단합니다만."

눈이 마주친 그들은 동시에 웃었다.

그리고 그 웃음이 사그라지기 전에 다시 서로의 입술과 호흡을 나누었다.

간헐적으로 흘러나오는 신음과 젖은 소리가 더욱 짙어지는 가운데 류안은 거추장스러운 자신의 옷가지를 하나씩 침상 밖으로 떨어뜨렸다. 단의單衣 하나만을 남긴 그녀는 그의 옷고름을 끄르기 시작했고 그녀의 손가락이 탄탄한 맨살에 닿자 건헌이 몸을 굴려 그녀를 침상에 눕혔다. 그녀가 하고 있던 머리 장신구는 어느새 그가 빼 놓았는지 긴 머리채가 얼굴 주위로 편안하게 흩어졌다.

곧 건헌이 물러나자 류안은 눈을 떴지만 그의 입술이 이마로 내려오면서 금세 다시 감아야 했다. 이마와 눈, 콧날, 뺨에 뜨거운 낙인이 스치듯 찍혀 갔다. 닿는 숨결 하나하나, 손길 하나하나가 그녀를 달뜨게 만들었다. 옷자락이 몸 위로 흘러내리는 감각조차 너무나 예민하게 와닿았다. 숨쉬기조차 벅찬 설렘과 긴장이 손끝까지 가득 퍼졌다.

그대이기 때문이야.

"류안 님."

"응."

"이름을…… 불러 주시겠습니까."

그도 같은 마음인 것일까. 그녀는 웃었고 그의 요청을 기꺼이 들어주었다. 이내 신음과 섞이는 바람에 이름이 아니라 알아듣지 못할 소리가 되어 버렸지만, 그래도 상관없었다. 또렷하게 말해 봤자 그 역시 제대로 듣지 못했으리라. 작게 미소한 그녀는 그를 더 가깝게 끌어안으며 눈을 감았다.

처음부터 말은 필요하지 않았다.

十一章

　홍국을 뒤흔든 재상의 역모 사건, 연호를 따 홍화興和의 난亂이
라 칭해진 난리는 빠르게 수습되었다.

　황제는 지금까지의 공을 감안하여 전前 재상의 시신을 새로운
당주에게 온전히 넘겨주도록 했다. 삼족에 대해서는 재산을 일부
몰수하고 일정 기간 연금을 지시했을 뿐 멸하지도 않고 다른 벌
을 내리지도 않았다. 비록 수백 년 역사의 옛 홍국을 이었다지만
새로이 자리 잡은 지 몇 년 되지 않은 이때, 오래도록 수발한 늙
은 대신의 목을 보란 듯이 성문에 내걸고 그 씨를 말려 봤자 얻는
것보다 잃는 것이 더 많다는 계산에서였다.

　재상의 이중성에 치를 떤 다른 관료들이 완강하게 반대하며 본
보기를 보여야 한다고 주장했지만, 류안은 거의 처음으로 그들의

의견을 무시했다. 노회한 관리인 그가 모른 체해도 좋을 어린 황녀를 추대한 것이 그저 정통성이 있는 꼭두각시가 필요했기 때문이라고 해도, 많은 도움을 받은 것은 사실이었다. 한때 부친과 비슷한 연배의 그에게서 어릴 적 갈 곳을 잃은 감정을 품었던 기억 탓에 막상 맞닥뜨리게 된 그의 역심에 형언하기 힘든 배신감이 들었지만 개인적인 일일 뿐이다. 황제 류안은, 재상 문림이협의 속셈을 짐작한 지 오래였다.

황제의 관대한 결정이 알려지자 충격을 받았던 백성들은 황제를 편들고 문림을 손가락질했다. 문림 문중 역시 명백한 증거 속에서 당주의 죄를 납득하고 황제에게 감사하며 더욱 충성을 맹세했다는 일련의 사실들은 그 군주로서의 계산에서 나온 대로였다. 재상의 역모가 어떻게 사전에 발각되었는지의 정황을 명명백백 밝혔기에 그런 황제에게 감탄할지언정 어리석다는 비난은 없었다. 결국, 이번 사건을 통해 자질이 재검증되었고 인망은 더욱 높아졌으며 세상은 한결 평온해졌다는 결말이 만들어져 황제는 흡족했다.

"그렇다고 기쁘지는 않은 건 아마 선우류안의 한계겠지."

"뭐, 그만한 한계는 편히 가지셔도 됩니다. 소신이 대신 기뻐할 테니까요."

소군이 천연덕스럽게 말을 받았다. 류안은 웃었고, 덕분에 한결 기분이 나아졌다.

"물론 짐에게 인복이 있다는 점에 대해서는 분명 기뻐하고 있다."

"동감입니다."

태연한 대꾸는 그다운 자신감인 줄 알았지만, 그는 다른 말을 이었다.

"이번 일만 해도 그렇지요. 하마터면 더 질척하고 지저분해졌을 텐데, 여러모로 안심하는 중입니다."

"그거라면 엄밀히 따져 짐의 인복은 아닌데."

"자고로 부부 일심동체 아니겠습니까."

"……그대에게 아첨힐 의도가 없다는 사실이 무서울 지경이군."

"정확히 알고 계시니 그저 즐기시면 그만입니다."

소군의 말끝으로 내의원에서 돌아온 시종의 기척이 겹쳐졌다.

"무어라더냐."

"자리를 털고 일어나기엔 시일이 필요하오나 외부인을 만나기에는 심신 모두 무리가 없다고 하였습니다."

"수고했다."

류안은 붓을 내려놓고 몸을 일으켰다. 다음 일정인 지방관들과의 알현을 시작하기에 앞서 들를 곳이 정해진 것이다. 소군도 검토하고 있던 계서를 갈무리하고 황제의 배행 줄에 동참했다. 꼬리를 단 류안이 찾아간 사람은 황궁에서 몸조리를 하고 있는 수아였다.

수아의 내력은 건헌에게서 전해 들은 상태였다. 그녀와 흑염의 사연은 그조차 이번 일을 통해 제대로 알게 되었다지만 그것이 감정의 깊이를 증명해 주지는 않는다. 그래서 그녀는 수아가 자신을 탐탁잖게 여긴다는 사실을 이해하고 있었다. 그러나 의도가 어떻건 이미 깊숙이 발을 들였으니, 류안으로서는 수아의 의사와 상관없이 그녀를 만나야 할 입장이었다.

수행원들을 문밖에 대기시킨 류안이 들어간 방에는 수아와 흑염이 함께 있었다. 흑염은 일어나 그녀에게 가볍게 묵례를 한 다음 말없이 자리를 피해 주었다.

흑염 역시 한 번은 터놓고 얘기를 나눠 보고 싶은 상대였다. 이제는 자신을 마냥 거추장스럽게 여기지는 않겠지만, 그래도 류안은 그가 수아를 안고 왔던 그때가 그와 독대를 할 수 있었던 유일한 기회가 아니었을까 하는 생각을 하곤 했다.

등 뒤에서 문이 닫히자 조금 전과는 비교도 할 수 없는 정적이 맴돌았다.

류안이 입을 열었으나 침상에 앉아 있던 수아가 조금 더 빨랐다.

"처음 뵙겠습니다. 폐하. 의선수아입니다."

외양만큼이나 고운 목소리는 힘이 조금 빠져 있었지만 그럼에도 당당했다.

"앉은 자리에서 맞이하는 것을 양해해 주시기 바랍니다."

"……물론이지."

'용서'가 아닌 '양해'. 수아는 존대를 하고 칭호를 쓰지만 서로 도움을 주고받은 대등한 입장일 뿐이라는 점을 자연스럽게 지적하고 있었다. 류안은 불쾌감과는 거리가 먼 신선함과 가벼운 감

탄, 그리고 호기심을 느꼈다. 그녀는 천천히 걸어가서 침상 옆에
놓인 의자에 앉았다.

가까이에서 마주 본 수아는 정말로 아름다웠다. 생뚱맞은 생각
이지만 백경이 그리도 실망하던 이유를 알 만했다고, 류안은 내심
납득했다. 심지어 금욕적이란 평판의 어의까지도 란이란 기명을
알고 있을 정도이니 가희歌姬가 아니라 무희舞姬라도 어울렸을 것
이다. 동시에, 그녀는 수아에게 이미 흑염이라는 정인이 있다는
사실에 안도했다.

"몸은 좀 어떠한가."

"덕분에 나아지고 있습니다. 어의 대감의 말로는 역시 젊어서
좋다고 하더군요."

황궁의 주인이 황제이듯 병실의 주인은 환자다. 가벼운 농담으
로 '손님'과의 분위기를 다소 부드럽게 만드는 수아는 그 역할을
능숙하게 수행하고 있었다. 류안은 작게 웃었다.

"완쾌할 때까지 푹 쉬도록 하라. 물론 그 후로도 원한다면 얼
마든지 머물러도 좋다."

"호의는 감사하오나 돌아가야 할 집이 있으니까요. 움직여도
된다는 허락이 떨어지면 돌아갈 생각입니다."

"그런가."

확고한 말투에 류안은 고개를 끄덕일 수밖에 없었다. 그녀는
한 호흡 쉰 다음 말했다.

"그대의 조력에 진심으로 감사한다. 무엇으로도 값을 치르긴

어렵겠으나, 성의를 표하고자 하니 원하는 바가 있다면 기탄없이 말해 다오."

"……외람되오나 좋아서 한 일은 아닙니다."

"그러니 더욱 감사한 일이지."

'설마 모르시진 않을 텐데' 라는 어감으로 말한 수아에게 류안은 망설임 없이 대꾸했다.

"문림은 그대에게 무엇을 약조했나?"

"어의 자리였습니다만."

"만약 여전히 같은 것을 원한다면 말하라."

수아가 그녀를 빤히 응시했다. 읽기 힘든 표정이었지만 그녀는 피하지 않고 물었다.

"어째서 그리 보는가?"

"말씀드린다면 해 주시겠다는 뜻으로 들립니다만…… 진심이십니까? 저를, 폐하의 어의로?"

"뭐든 좋다고 하지 않았나. 아, 물론 당장은 사람이 있으니 어렵지. 우선은 그 아래에 수석으로 배속되었다가 뒤를 잇는 방법으로……."

진지하게 방도를 제안하던 류안은 수아가 웃는 것을 보고 말끝을 흐렸다.

"죄송합니다. 무례를 용서하십시오, 폐하."

사죄하면서도 수아의 얼굴에서는 웃음기가 금방 가시지 않았다. 류안은 어깨를 으쓱했다.

"상관없다, 보기 좋으니까. 헌데 이유는 궁금하군."

"……방금 또 그렇게 말씀하셔 놓고 모르신다고요?"

또?

뭐였지? 류안이 의아해하자 수아는 아무것도 아니라는 듯 천천히 고개를 저었다. 그리고 그녀를 가만히 바라보았다. 그녀가 무엇을 보고 있는지도 궁금해졌으나 방해할 생각이 없는 류안은 그녀의 시선을 가만히 묵인했다.

한참 만에 수아가 입을 떼었다.

"앞으로 다시는 저 같은 사람이 나오지 않게 해 주십시오."

류안은 눈을 깜박거렸다. 수아의 말은 끝나지 않았다.

"내 나라가 침략당해도 마음껏 분노할 수 없고, 하루아침에 나라가 바뀌어도 마음껏 슬퍼할 수 없고, 소중한 것을 잃어도 마음껏 울 수 없는, 그런 백성이 다시는 나타나지 않도록 해 주세요. 그것이…… 제 소원입니다."

정적이 흘렀다.

류안은 금방 대답하지 못했다. 말의 내용도 내용이거니와 말한 당자에 대한 놀라움 때문이었다. 그래서 잠시 후에야 그녀는, 기껏 청한 대로 소원을 말해 준 상대에게 빗나간 반응을 보이고 말았다.

"그대는 별난 사람이군."

"외람되오나 폐하께서 별나신 겁니다."

내가 왜?

류안은 말 대신 솔직한 표정으로 물었다. 그것만으로 뜻이 충분히 전달되었을 텐데도 수아는 대답을 주지 않았다. 내심 어깻짓을 한 류안은 자세를 바로 했다.

"평생을 바쳐 최선을 다할 것을 맹세한다. 또한 깊이 공감 가는 바가 있으니 추후 짐의 유칙(遺勅, 생전에 내린 명)을 그것으로 삼겠다."

이번에 할 말을 잃은 것으로 보이는 쪽은 수아였다. 그녀는 한두 호흡 후에 말했다.

"지금 폐하께서는 정정하신 정도를 넘어섭니다만. 아니, 그보다…… 정녕 그대로라면 폐하의 유칙은 끝을 전제한 것이 됩니다."

"어차피 세상사 영원한 것은 없지 않은가."

조금 무거운 얘기일지도 모르지만, 류안은 가볍게 말하기로 했다.

"하물며 사람이 이룬 황조도 예외는 아니다. 언젠가 다가올 끝에 그때의 백성들이 한마음으로 애통하게 여겨 준다면 존재했던 의미가 있겠지."

"……."

"그건 그렇고, 또 다른 소원을 말해 주면 좋겠는데. 더 개인적인 것으로."

가만히 듣고만 있던 수아는 입 속으로 뭔가를 중얼거렸다. '그건 그렇고, 라니.' 와 비슷한 것 같았지만 자신은 없다. 그녀는 더 분명하게 말했다.

"방금 말씀드린 것으로 충분합니다."

"허나 그대에게 직접적으로 득이 되는 건 아니잖은가. 어의가 되기를 원한다면 그것도 좋고."

"아닙니다."

수아는 고개를 저었다.

"그에게 그렇게 말한 것은, 단순히 탐욕스러워 보이기 위해서였습니다. 상대가 같은 부류로 판단된다면 파악하기 쉽게 느껴져 오히려 안심하기 마련이니까요."

"……직업에 귀천을 두는 것은 아니나 그대에게는 가기도 의원도 아까운 듯싶군."

솔직한 찬사를 보내는 류안에게 수아는 더욱 솔직하게 말을 받았다.

"천직이 별것이겠습니까. 본인이 선택하고 마음을 두면 그것이 곧 천명이겠지요."

"옳은 말이다."

에둘러 말하고 있는 '아깝다는 건 사실이지만' 이란 뜻까지 포함해서 류안은 진지하게 동의했다. 그런 그녀를 향해 수아가 작게 웃는가 싶더니 곧 무슨 생각에서인지 눈을 빛냈다.

"아, 한 가지 있습니다."

"듣겠다."

"옥체를 보중해 주십시오. 혹여 있어서는 안 될 일이 발생한다 해도 최후의 최후까지 포기하지 않아 주셨으면 합니다."

"······하?"

허를 찔린 류안은 표정 관리에 실패했다.

수아가 다시 웃었지만 류안은 별수 없이 그녀를 멍하니 쳐다볼 수밖에 없었다. 잠시 후에야 헛기침을 하고 물어보았다.

"그게 어찌하여 그대에게 득이 되지?"

"일종의 사슬입니다, 폐하. 폐하께 변이 생기는 것을 결코 두고 보지 않을 이들 중에 폐하의 감별사가 있고, 그 감별사에게는 그 사람에게 일이 생기면 천지가 뒤집히는 줄 아는 그림자가 있으니까요. 그리고 그 그림자에게는······."

"그만을 바라보는 정인이 있고?"

"뭐, 그런 겁니다."

류안은 웃음을 터뜨렸다.

"짐은 참으로 운이 좋은 사람이군."

"······그저, 범상치 않은 분이실 뿐입니다. 진심으로 그리 말씀하고 계시기에 더더욱."

수아가 묘한 말로 대꾸했다. 뜻은 잘 몰랐지만, 류안에게는 그보다 더 궁금한 점이 있었다.

"한데 조금 전 집으로 돌아간다고 하지 않았던가? 흑염과 같이 떠난다는 뜻인 줄 알았는데."

"그럴 리가요."

수아가 상큼하게 웃으며 딱 잘라 대답했다.

"검의 맹세를 그토록 가볍게 여기는 무인이었다면 애초 제가 반하지도 않았습니다."

"과연."

류안은 감탄 속에 납득했다.

수아는 뜻밖에도 매우 즐거운 대화 상대였지만 그나마도 시간을 겨우 뺀 터라 더 이상 욕심을 부리다간 일이 밀릴 뿐이었다. 류안은 아쉬움을 삼키며 슬슬 움직이기로 했다.

"그럼 이만 나가 보겠다. 몸조리에만 신경 쓸 수 있도록 할 테니 필요한 것이 있으면 언제든 말하라."

"감사합니다, 폐하."

자리에서 일어나는 류안을 올려다본 수아가 덧붙였다.

"혼자 막연하게 가지고 있었던 선입견을 다시 들여다볼 기회를 주신 점에도 감사드립니다."

"짐도 마찬가지다. 그대의 뜻이 확고하니 말리지는 않겠지만 앞으로도 종종 차 한잔 정도는 함께 나눌 수 있었으면 좋겠군."

"……저야 영광이지요. 살펴 가십시오, 폐하."

돌아서기 전, 마지막으로 본 수아의 표정은 다소 복잡해 보였지만 결코 나쁜 느낌은 아니었기에 류안은 가벼운 마음으로 방을 나올 수 있었다.

복도에서는 소군과 시종들, 그리고 흑염이 서 있다가 나오는 그녀를 향해 예를 갖추었다.

흑염은 문의 오른쪽에, 소군들은 왼쪽에 있었는데 마치 시종을 거느린 소군과 흑염이 서로 대치하는 상황처럼 보여 류안은 지그시 안쪽 볼을 깨물어 실소를 없앴다. 물론 그것은 재미난 상상에 불과했다. 소군이 흑염의 정체를 알고 있긴 해도, 아마 같이 서 있으면서 말을 섞는 일은 없었겠지만 그렇다고 경계하지도 않았을 것이다. 그는 그녀를 기준으로 무해와 유해를 매우 확실하게 구분 짓는 사람이니까.

류안은 걸음을 옮기려다 말고 흑염을 돌아보았다.

"그대, 무武만이 아니라 안목 또한 고수였군. 알고는 있었지만 새삼 감탄했다."

흑염은 묵례로 답을 대신했다. 천만의 말씀입니다, 라고 겸양하는 듯도 했고 당연한 것을 말씀하시는군요, 지적하는 듯도 한 작은 몸짓에 그녀는 웃음을 흘리면서 돌아섰다. 한 보 뒤에서 소군이, 두 보 뒤에서 시종들이 따라오는 기척이 뒤따랐다.

걸음걸음마다 수아는 점점 멀어져 갔지만 류안에게는 그녀의 존재가 여전히 생생하게 남아 있었다. 차분하고 또렷한 목소리와 함께.

'내 나라가 침략당해도 마음껏 분노할 수 없고, 하루아침에 나라가 바뀌어도 마음껏 슬퍼할 수 없고, 소중한 것을 잃어도 마음껏 울 수 없는, 그런 백성이 다시는 나타나지 않도록 해 주세요.'

'평생을 바쳐 최선을 다할 것을 맹세한다.'

류안은 설핏 웃었다.

빈말을 한 것이 아니니 괜한 소릴 했다고 후회하는 건 아니었다.

수아가 말한 것은 류안 자신이 평소 해 왔던 생각과 다를 바 없었다. 반드시 해내리라고 결심했고 말 그대로 평생을 바칠 각오도 진작 끝나 있다. 하지만, 때로는 문득 지고 있는 짐의 무게가 어깨를 짓누르는 것이 너무나 실감 나게 느껴지는 순간이 있을 것이다.

바로 지금처럼.

'물론 내가 진심으로 하고 싶은 건 맞아.

내게 이런 운명이 주어져서 기쁘게 생각해. 다른 누구보다도 잘 해내고, 나를 믿어 준 사람들을 실망시키지 않을 자신도 있지. 하지만 말이다.

어쩌다, 정말 아주 어쩌다가는…… 네가 부럽단다. 우리 꼬마 황녀님.'

큰오라버니.

류안은…… 큰오라버니 말씀이 무슨 뜻이었는지 이제 이해할 수 있게 됐어요.

저도 그래요.

그리고 저는……

오라버니가 보고 싶어요. 항상.

"폐하?"

류안은 순간적으로 그 호칭이 자신을 뜻한다는 것을 두 걸음 늦게 알아차렸다.

멈춰 시시 돌아보자 소군이 예의 무표정한 얼굴로 차분하게 지적했다.

"심경은 감히 이해한다고 말씀드릴 수 있겠습니다만 알현실은 반대 방향입니다."

류안은 입을 열었다가, 소리 없이 닫았다. 지금 자신이 침궁을 향해 서 있다는 사실을 깨닫고 나자 소군이 쓸데없이 붙인 서두의 뜻도 함께 깨달았다. 슬그머니 몸을 틀어서 방향을 바꾼 그녀는 곁에 선 소군을 흘끔 노려보았지만 그는 역시 끄덕도 않았다.

"잘못 짚었어. 그런 거 아니다."

"그러십니까. 어쨌든 서두르시는 게 좋겠습니다, 폐하."

어쨌든, 어쨌든이라니! 단순한 실수라는 걸 전혀 안 믿는다는 얼굴로 얄미운 소리나 늘어놓고 재촉하는 각관은 정말이지 얄미웠다. 류안은 불평을 삼키고 다시 걷기 시작했다. 조금 전보다 더 힘이 실린 걸음은 단순히 시간을 절약하기 위해서도, 따박따박 잘도 말하는 각관에 대한 불만 때문도 아니었다.

지켜봐 주세요. 모두의 몫까지 잘 해낼게요.

그래서 다시 뵙는 날, 나보다 낫더라는 말씀을 듣겠습니다.

적어도 지금만큼은 그것이 터무니없이 허황된 목표처럼 느껴지지 않았다. 류안은 어깨를 펴고 한 걸음 한 걸음 당당하게 나아갔다.

처음과 끝에 있어 그리하였듯이.

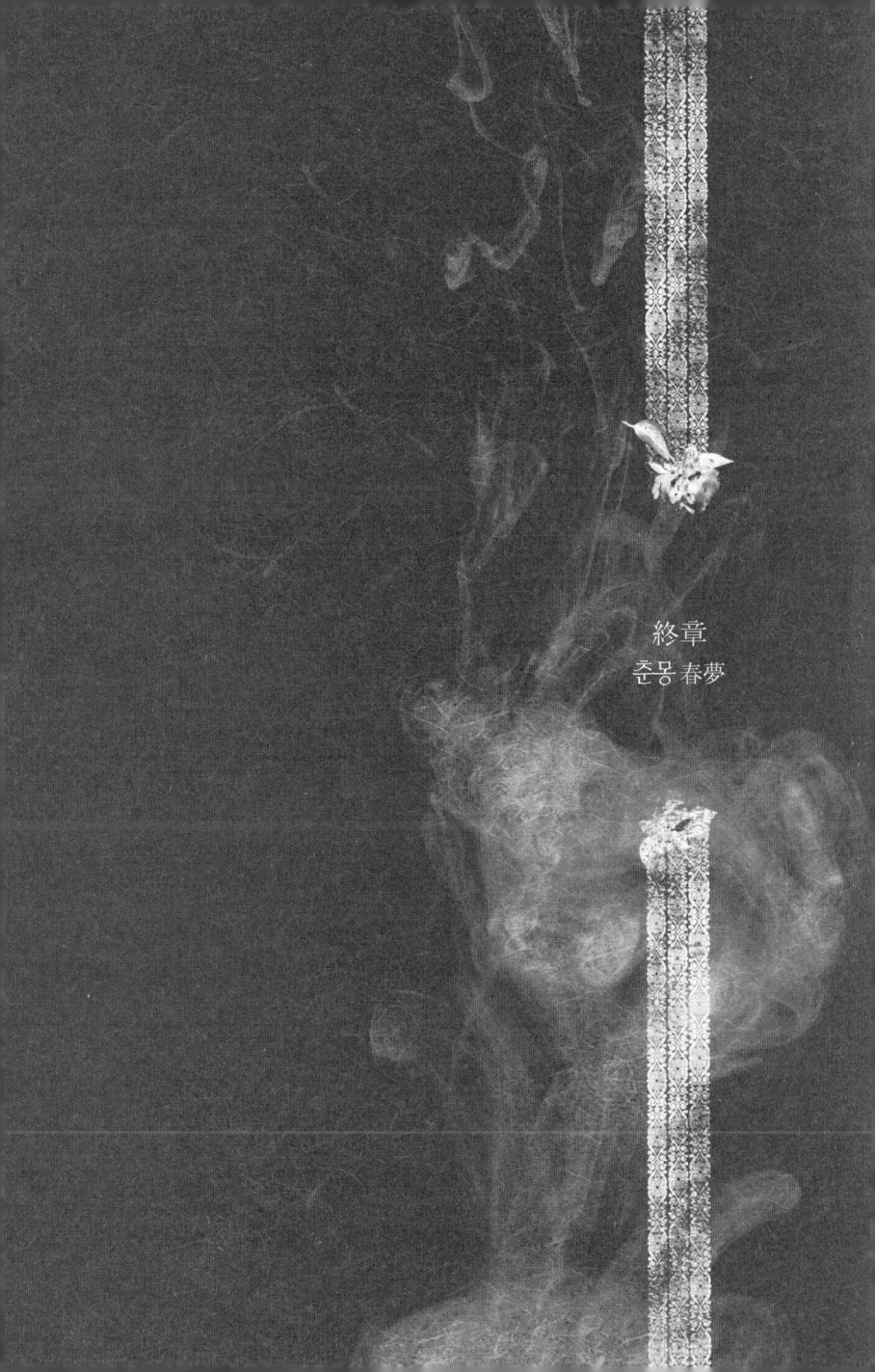

終章
춘몽 春夢

"너 또 나무 위에 올라가서 옷 찢었다면서?"

꾸중하려는 말투와는 달리 웃음기를 머금은 목소리는 큰오라버니의 것이다.

"우리 막내 시집은 다 갔네. 하루가 멀다 하고 장난질에 옷 찢어 먹는 계집애를 누가 데려간담?"

이 장난기 가득한 놀림은 셋째 오라버니. 류안은 입을 불쑥 내밀었다.

"머리 끈이 바람에 날아가서 그랬어요. 나뭇가지에 걸려서."

"그럴 때는 행림더러 해 달라고 하지."

"왜요? 제가 행림보다 나무를 더 잘 타는데."

"아이고, 요 처자 큰일 났네."

오라버니들이 와르르 웃음을 터뜨렸다. 류안이 말했다.

"그리고 저는요, 시집 안 가요."

"왜? 지난번 소예가 입은 혼례복이 예쁘다고 부러워하더니."

"그거 입으면 언니들처럼 여길 나가야 되잖아요. 그냥 평생 안 입을래요."

"평생 안 입으면, 뭐, 여기서 계속 살게?"

"네! 아바마마랑, 어마마마랑, 오라버니들이랑. 오래오래 같이 살 거예요."

큰오라버니가 손을 뻗었다. 머리를 쓰다듬어 주는 손길이 매우 따스했다.

"그래. 오래오래 같이 살자."

"헤에. 그렇게 말해도 되겠어요, 큰형님? 나중에 애 울고불고 할 때 저는 책임 안 집니다."

"책임이란 말도 안 한다, 이놈아. 뭐…… 누이들이 하나둘씩 다 가 버리는 걸 배웅하고 있자니 한 명 정도는 저가 좋다는데 붙들어 놔도 되지 않을까 싶어서 말이지."

"……그러네요."

류안은 뜻을 알 수 없는 웃음을 주고받는 오라비들을 번갈아 보다가 한쪽 새끼손가락을 당당하게 내밀었다.

"그럼 나 진짜 안 가도 되지? 약속!"

"약속."

큰오라버니가 손가락을 걸어 주는 옆에서 셋째 오라버니가 농담을 건넸다.

"나중에 마음 바뀌면 안 된다? 그때 가서 시집보내 달라고 징징거려도 절대 안 보내 줄 거야."

"안 그래! 나는 진짜 오라버니들하고 영영 같이 살 거야!"

류안은 발끈해서 대꾸하고는 큰오라버니를 돌아보았다. 그리고 그대로 얼어붙었다.

방금 전까지도 온화하게 웃고 있던 그가 하얗게 질린 채 한 손으로 입을 막고 있있다.

그 손가락 사이에서 검붉은 피가 새어 나와 뚝뚝 떨어지는 모습을 멍하니 바라보던 류안은 셋째 오라버니를 보았지만, 그는 어느새 바닥에 쓰러진 채 갈라진 등을 붉게 물들이고 있었다.

아니…… 셋째 오라버니만이 아니었다. 아바마마, 어마마마, 다른 오라버니들과 언니들까지, 모두, 피로 칠갑이 된 채 아무렇게나 널브러져 있었다.

털썩 쓰러지는 소리에 다시 앞을 본 류안은 눈을 크게 떴다. 큰오라버니가 쓰러진 그 뒤로 핏방울이 튄 얼굴에 웃음을 띤 장년의 사내가 나타났다. 내 가족의 혈로 붉게 물들인 검을 쥔 채로.

류안이 꼼짝도 못 하고 응시하는 동안 그는 검을 치켜들었다.

'죽어라!'

"류안 님!"

류안은 번쩍 눈을 떴다.

어슴푸레 밝아 오는 익숙한 천장이 시야에 뛰어들었다. 그리고 걱정과 놀람이 담긴 눈으로 자신을 내려다보고 있는 낯익은, 너무 나 낯익은 얼굴이, 그보다 더 가까이에서…….

공포를 닮은 서늘한 감각이 등골을 내달렸다.

숨이 턱 막혔다. 시선을 돌린 그녀는 당장이라도 뛰쳐나가고 싶은 충동을 누르면서, 애써 천천히 몸을 일으켰다. 얇은 자리옷 이 식은땀을 흘린 몸에 달라붙어 한층 불쾌한 기분에 한 손으로 머리칼을 쓸어 올리는 손길이 다소 난폭했다.

갑자기 잠에서 깨느라 거칠었던 호흡은 천천히 가라앉았지만 마음속은 만신창이가 된 그대로였다. 귓가에는 오라비들의 웃음 소리가 아직도 들려오는 듯했다.

그리고…….

"괜찮으십니까?"

걱정스런 목소리와 함께 내밀어진 커다란 손이 그녀의 팔을 가 볍게 붙들었다.

소름이, 돋았다.

류안은 반사적으로 그것을 거세게 쳐 냈다. 직후 자신의 행동 에 놀라 건헌을 쳐다보았지만 눈이 마주치자마자 그만 다시 고개 를 돌려 버렸다.

어두운 침묵이 주변을 에워쌌다.

건헌은 아무 말도 하지 않았다. 하지만 그가 모를 리 없을 것이 다. 그녀가 식은땀을 흘리고 괴로워하며 꾼 것이 과연 어떤 꿈이 었는지. 그녀가 그 자신의 손을, 왜, 뿌리쳤는지.

"……미안하다."

바싹 마른 목소리는 류안 자신이 듣기에도 이상했다. 마른침을
삼킨 그녀는 천천히 말을 이었다.

"미안하다. 그대는…… 상관없는데."

대답을 원했던 건 아니었으나 더욱 깊어지는 침묵은 버거울 정
도로 무거웠다. 참기 어려운 것은 그뿐만이 아니지 않느냐고, 방
금 전까지 그녀를 뒤흔들었던 악몽이 목소리를 얻어 귓가에 속삭
였다. 그녀는 귀를 닫았지만 건헌과 함께 누워 있었던 침상에서
빠져나와 겉옷을 걸치는 동작이 서두르는 것처럼 보이지 않기 위
해 애를 써야 했다.

도망치는 것처럼 보이지 않기 위해서.

"……바람을 좀 쐬고 오겠다."

"네. 다녀오십시오."

여느 때와 다름없이 차분하고 온화한 대꾸에도 류안은 속지 않
았다. 그는 전부 다 알고 있음이 분명했다. 단 한 번 눈이 마주쳤
을 뿐, 그녀가 그 자신을 보려 하지 않는다는 것을.

그 점을 헤아리고도 그녀는 방을 나가는 순간까지 그를 쳐다보
지 못했다.

그것은 일종의 저주였다.

뒤늦게 발현된 이유는 모르겠지만 류안은 그렇게 이해했다. 그
러지 않고서야 갑자기 이리될 수는 없었다. 가족들이 죽는 꿈은

그녀에게 낯설지 않았다. 하물며 건헌이 누구인지, 그가 누구의 아들이며 그의 아비가 그녀에게 어떤 짓을 했는지는 더욱 새삼스러운 얘기였다. 그런데 왜 이제 와서 그를 어떤 얼굴로 봐야 할지 알 수 없어진 걸까.

새벽에 그를 대놓고 거부한 다음 아침 식사 때라고 갑자기 아무렇지 않게 대할 수 있을 리가 없었다. 그리고 그것은 낮과 저녁으로 이어졌으며 밤까지 변함이 없어, 류안은 그를 찾지 않았다. 가끔은 그럴 때라도 그가 오기도 했지만 이번에는 달랐다.

아마 건헌은 그 나름대로 그녀를 이해하고 시간을 주기 위해서일지도 모른다. 안도하면서도 마음 한구석에서는 아주 조금, 이기적인 서운함을 느끼고 말았다. 류안은 그런 자신을 비웃으며 더욱 싸늘해진 것 같은 이불을 한껏 끌어 올렸다.

새삼스럽게 왜 이러느냐고 타박해 보기도 했지만, 마음은 생각처럼 되지 않았다. 건헌은 예주모윤과 다른 사람이다. 그저 그의 아들로 태어났을 뿐 그 역시도 피해자였다. 그럼에도 그가 이렇게나 그 부친을 많이 닮았나, 흠칫흠칫 중얼거리는 저로 인해 류안은 갈수록 당황스러워졌다. 심지어 이 같은 날이 계속 이어질 줄이야.

또 다른 당사자인 건헌은 달라지지 않았다. 감별의 일에 충실했고 그녀가 그어 둔 선을 존중하고 일절 넘어오는 일이 없었다. 그녀가 그 금을 스스로 지우기를 기다리는 듯했다.

하지만 그것도 며칠씩이나 상황이 달라지지 않자 참기 어려워진 게 분명했다.

류안은 천천히 젓가락을 놀리면서 맞은편의 건헌을 흘끔 살폈다.

그의 앞에 있는 음식의 양은 좀처럼 줄지 않고 있었다. 아침부터 어쩐지 분위기가 이상하다 싶더니 저녁때까지도 마찬가지였다. 어제까지만 해도 이상한 건 그녀 자신뿐이었는데 이제는 그까지 이상해진 것 같았다.

아니, 어쩌면⋯⋯ 그로서는 뒤늦게 정상적인 반응을 보이고 있는 건지도 모른다. 뭐니 뭐니 해도 지난 며칠 동안 대놓고 무시하지 않았다 뿐이지 경계를 하고 있었던 쪽은 자신이니까. 이제 와서 그의 반응을 신경 쓰고 있는 자신을 의식한 그녀는 내심 한숨을 쉬었다.

"음식이 입에 맞지 않으십니까?"

난데없는 말에 류안은 고개를 들었다.

한숨을 토해 낸 방향이 제 안이 아니라 바깥이었나 보다. 그녀는 아무것도 아니라고 말할 생각이었지만 그의 물음을 되짚자 그 태연함에 이유도 없이 조금 울컥한 기분이 되었다. 새삼 아무렇지 않은 척해 봤자 소용없는데.

"그건 그대 쪽인 거 같은데."

"예?"

"아까부터 제대로 먹지 못하고 있는 건 그대라고."

"⋯⋯아."

그는 자신의 접시를 내려다보더니 그제야 알았다는 듯 신음도 감탄도 아닌 짧은 대꾸를 흘렸다.

"억지로 먹지 않아도 된다."

"아닙니다."

"그렇게까지 충실하게 일할 필요는 없어. 그대가 원해서 감별직을 그대로 맡기고는 있지만 하지 않아도 상관없으니까."

"아닙니다."

"아니라면, 뭔가 다른 할 말이라도 있나?"

앵무새처럼 같은 말만 반복하는 게 듣기 싫어 그냥 한번 던져본 물음이었는데, 그는 의외로 부정하지 않고 흠칫 시선을 똑바로 들었다. 그녀는 자신이 긴장하고 있다는 것을 드러내지 않으면서 그의 말을 기다렸다. 이윽고 그가 결심한 듯 입을 열었다.

"잠시…… 궁 밖에 다녀오고 싶습니다."

의외의 말에 그녀는 눈을 깜박거렸다.

"이유는?"

그가 외출을 요구한 것은 처음이었다. 당연히 허해 줄 생각이었던 류안은 가볍게 던진 질문에 그가 난처한 빛을 띄우자 의아해졌다.

"……나중에 말씀드리고 싶습니다."

즉 지금은 말할 수 없다는 뜻이었다.

류안은 그러마고 넘어갈 생각을 지웠다. 심상치 않은 심각함이 느껴지는 것은 단순히 자신이 예민하게 구는 것일 수도 있지만,

듣고 싶어졌다. 그가 자신에게 당당하게 밝히지 못할 이유가 대관절 무엇이란 말인가.

"안 되겠는데."

건헌은 류안을 물끄러미 보다가 진심으로 한 대답이라는 것을 확인했는지 시선을 떨어뜨렸다.

"그런 식으로 대충 넘어가려고 하지 마라. 지금 말 못 할 일이 나중이라고 좋은 때가 따로 있을 리 없지. 왜 나가려고 하는 건가?"

"……."

"이유를 들어야겠다."

건헌은 묵묵부답이었다. 그런 낯선 행동이 그녀의 오기와 궁금증을 더욱 증폭시켜 그녀 역시 버텼고, 그런 그녀의 의지가 느껴졌는지 잠시 후에야 그가 입을 열었다. 그러나 그것은 그녀가 원하는 대답이 아니었다.

"죄송합니다."

탁, 류안은 젓가락을 세게 내려놓았다.

"분명히 말해 두지. 이유를 듣기 전에는 허하지 않겠다. 만약 마음대로 움직인다면, 말 그대로 출궁出宮으로 이해하겠어. 말릴 거라고 생각지 마라."

홧김에 덧붙인 뒷말이 건헌의 턱을 들어 올렸다. 그를 응시하고 있었던 터라 순간 그의 얼굴 위로 스쳐 간 복잡한 표정을 고스란히 읽게 된 류안은 즉시 후회했다. 그러나 그런 말을 듣고도 그는 묵묵히 앉아 있을 뿐 이유를 말할 기미조차 보이지 않았다.

그 알 수 없는 고집에 화가 치민 그녀는 결국 사과 대신 그대로 자리에서 일어나 그를 혼자 남겨 둔 채 밖으로 나가 버렸고, 곧장 집무실로 향했다.

스스로와 그를 향한 발산되지 못한 분노 속에서 그녀는 일에 집중했다. 그러나 밤이 깊어질수록 불편한 기분은 더욱 또렷해질 뿐이었다. 저녁 식사를 하다 말고 내팽개치고 나온 셈이니만큼 마음이 좋을 수가 없다. 엄숙하고 정갈한 글자 사이사이로 마지막으로 본 건헌의 표정이 아른거렸다.

……너무 몰아세웠나.

그가 처음으로 본인을 위한 사적인 청을 한 것이었는데. 류안은 뒤늦게 반성했다.

무엇인지는 몰라도 말하는 것보다 안 하는 게 낫다고 생각했으니 말하지 않았겠지. 하지만 지금 두 사람 사이의 기류가 부드럽다고는 할 수 없었다. 이 와중에 어렵게 말을 꺼낼 만큼 나가야 할 일이 무엇이며 끝까지 입을 닫은 이유가 대체 무얼까.

그냥 좀 말해 주면 어때서, 라는 불평과 대체 무슨 일인지에 대한 궁금증, 그리고 괜히 윽박지르다시피 모처럼의 청을 거절한 미안함 등이 얽혀 버려 그녀는 짜증이 났다. 나름대로 표정 관리를 하고는 있어도 그 정도는 충분히 읽을 수 있을 만큼 눈치 빠른 소군이 아무 말도 안 하고 있다는 것조차 신경에 거슬릴 지경이었다.

하지만 내내 이러고 있을 수는 없는 노릇. 게다가 내일 아침에 또 그와 얼굴을 마주할 것이 아니던가. 류안은 한숨을 내쉬고 밖에서 대기하는 시종을 대령케 했다.

"침궁에 가서 감별사를 만나 서책을 찾아오너라."

"예. 폐하."

"짐이 어제 보던 것이라고 말하면 그가 알 것이다."

"알겠습니다."

곁에 있던 소군은 갑자기 웬 서책이냐고 묻지 않았다. 그래서 더 신경 쓰였지만, 그녀도 모른 척하기로 했다. 어쨌거나 입을 떼지 않아 준다면 고마운 일이니까.

시종은 예상한 시간보다 조금 더 지나서야 돌아왔다.

빈손인 그에게 류안은 '감별사의 태도가 어떠했는지'란 준비된 질문 대신 다른 말을 해야 했다.

"무슨 일이냐?"

"송구스럽습니다, 폐하. 황송하오나 서책을 찾지 못하였습니다."

"감별사가 모르던가?"

"상궁이 말하기로 감별사는 자리를 비웠다 하였습니다."

두루마리 위로 흘러가던 붓 끝이 순간 비틀거렸다.

류안은 시종이 허리를 굽히고 있어 다행이라는 생각이 들었다. 지금 자신이 어떤 얼굴을 하고 있는지 보여 주고 싶지 않았다. 소군이라도 예외는 아니었지만 그렇다고 당장 그를 돌아볼 수는 없었다. 류안이 태연한 목소리를 꾸몄다.

"어디에 갔다고 하더냐."

"따로 말을 남기지 않았다 합니다."

"……수고했다. 물러가라."

시종이 나간 후 류안은 보고 있던 공문으로 시선을 내렸다. 하나씩 하나씩 검토하고 넘기던 그녀는 결국 붓을 내려놓고 말았다.

"불안하십니까?"

류안은 고개를 들었다.

단상 아래, 작은 서궤 앞에 앉아 있는 소군은 잡무를 보는 자세 그대로였다. 물음의 내용도 내용이거니와 서류만 들여다보는 행동도 행동이라 그녀는 잠깐 자신의 귀를 의심해야 했다.

"무엇이?"

"그가 폐하께 아무런 언질도 없이 출궁해서 영영 돌아오지 않을지도 모른다는 사실이 말입니다."

"……출궁인지 아닌지 아직 모르는 일인데 그대는 왜 짐이 불안할 거라고 생각하지?"

"그리 말씀하고 계시기 때문입니다."

아리송한 대답이었다. 소군은 친절하게도 설명을 해 주었다.

"당연히 출궁일 리가 없는데 그럴 가능성을 염두에 두실 정도로 요 며칠 동안 그를 멀리하셨지 않습니까."

그렇게 빤히 보였나? 내심 주춤하는 그녀에게 그가 덧붙였다.

"아마 다른 사람들은 모를 겁니다."

안심하라고 해 주는 말인지는 알겠는데 왜 이다지도 얄미울까. 류안은 비스듬한 눈길로 소군을 보았다.

"그리도 그를 믿고 있는 줄은 몰랐군."

"믿는 것이 아니라 단지 아는 것입니다만."

"……그래서, 또 무엇을 알고 있지?"

"많지는 않습니다. 폐하의 심기가 왜 불편하신지라거나 그가 지금 어디에 있는가 정도랄까요."

어디에 있는데!

류안은 당장 외치고 싶은 마음을 꾹꾹 누르고 차분히 얘기하기로 결정했다. 어쨌거나 소군은 그녀의 각관, 명을 내리지 않는 한 이 자리에서 마음대로 물러날 수 없었다.

"짐이 불편한 이유부터 듣겠다."

"한 가지밖에 없다기보다 달리 이유가 없습니다."

소군이 붓을 내려놓고 시원시원하게 말을 이었다.

"제법 큰 사건도 함께 무사히 치렀고, 시침랑이 따로 있는 것도 아니고 그에게 눈길 주는 여인네도 없으며 서로 한눈파는 요령조차 없지요. 그럼에도 불구하고 갑자기 냉랭해졌다 함은 의외로 대강 넘어갔던 그의 출신 문제가 새삼 부각되었다고밖에 볼 수 없지 않습니까."

류안은 가만히 흔들리는 등잔불을 바라보기만 했다. 한참 후에야 그녀는 중얼거리듯 그의 말을 되짚었다.

"대강 넘어갔다, 라."

"안다고 생각하셨지만 사실은 그게 아니었던 셈이니까요."

그녀는 헛웃음을 칠 수밖에 없었다.

"어찌 그리도 잘 아는가? 짐도 잘 모르는 이 속에 들어갔다 나온 것 같군."

"제삼자이기 때문에 오히려 당자보다 더 멀리 볼 수도 있는 법입니다."

"그런가……."

류안은 등받이에 몸을 기댔다.

"그대 말이 맞아."

허심탄회한 고백이 천천히 흘러나왔다.

"나는 그가 누구의 자식인지 처음부터 알고 있었지. 아주 정확하게. 그래서 그것이 새삼스럽게 장애가 될 줄은 몰랐다."

"장애라 하셨습니까."

"난 그를 있는 그대로 받아들이고 있다고 생각했어. 그런데 그게 아니었던 거야. 그의 아비가 내 혈육과 내 나라를 어찌했는지를 잊지 않고서는 불가능한 일이었던 걸까. 하지만…… 잊을 수는 없고 잊어서도 안 되는 걸 놓을 수는 없어. 그렇다면……."

다른 것을 놓아야 하는 건가.

류안은 차마 말을 다 잇지 못하고 말끝을 흐렸다. 둘 중 하나를 택해야만 한다면? 혈육의 목숨과 천명을 대신 받아 살아가고 있다고 믿는 황제라면 망설일 여지가 없다.

황제만이라면.

"……내가, 사내였다면 이런 생각 따윈 하지 않았을 터인데."

홀로 살아남은 황녀는 정체를 밝히자마자 당장에 추앙받았던 것은 아니었다. 나이도 나이였지만, 보수적인 늙은 관리들에게는 무엇보다도 성별이 커다란 걸림돌이었던 것이다. 한낱 여인이 어찌 그런 중책을 감당하겠느냐, 감정이 앞서서 냉정한 판단이 어려울 수도 있다, 반대론은 끊임없이 제기되었다. 그때마다 그들이 막연하게 걱정하는 일은 절대 없도록 할 거라 다짐했었는데. 한숨을 쉬다 문득 고개를 돌린 류안은 자신도 모르게 움찔했다.

돌아본 자리에 각관은 없었다.

대신, 웬 계집애가 빤한 것도 제대로 볼 줄 모르고 어처구니없는 말을 해 댈 때 그 사실을 말없이 지적하던 청년이 앉아 있었다.

매우 한심해하는 그 얼굴은 너무나 솔직한 데다 더욱이 오랜만이었기에 그녀는 무엄하다는 단어조차 떠올리지 못했다. 소리만 내지 않았다 뿐이지 얼굴 근육을 사용해서 혀를 찬 그가 문득 정색하고 들으란 듯 헛기침을 했다.

"죄송합니다, 폐하. 워낙 솔직한 성격인지라."

"……됐다."

모르는 것도 아니고. 작게 중얼거린 덧붙임을 용케 들은 그가 뻔뻔하게 그것을 자신의 기회로 삼았다.

"그러시다면 기왕 저지른 김에 한 말씀 올리겠습니다만, 폐하. 방금 하신 말씀은 듣지 않은 걸로 하겠습니다."

"왜."

"그처럼 멍청한 발언을 하신 분이 제 주군이라는 기억을 남겨 두면 삶에 회의가 느껴질 것 같으니까요."

"……하고 싶은 말은 그게 다인가?"

"그럴 리가요."

딱 잘라 대꾸한 그가 조곤조곤 말을 이었다.

"만날 인연이었다면 성별과 관계없이 만나지게 되어 있습니다. 폐하께서 사내로 태나시는 바람에 남색가로 이름 날리시는 것보 다는 지금이 더 나을 테니, 그 같은 가정은 더더욱 쓸모라곤 없는 헛짓이라고 할 수 있겠지요. 그리고 한낱 성별로 천명을 가늠하지 말아 주십시오. 왜 옛날이야기에서조차 여성성을 부정하는 여황 은 많은데 남성성을 부정하는 남황은 없는지, 저는 그것이 늘 기 이해 보였습니다."

소군은 '기이하다'는 단어를 '한심하다'는 뜻처럼 발음했다. 그가 드물게 속말을 꺼내 놓는 이유를 깨달은 류안은 가만히 경 청할 수밖에 없었다.

"주군을 모시게 되어 기쁜 이유의 일부와 관련이 있겠습니다 만, 이건 상관없는 얘기고. 진정 드리고픈 말씀이 무엇인지는 다 헤아리셨으리라 믿습니다."

류안은 한숨 같은 웃음을 흘렸다.

"물론. 방금은 실언이었으니 신경 쓰지 마라. 답답해서 해 본 소리다."

"……답답하시면 생각을 하셔야지 잠꼬대가 웬 말이십니까."

순순히 인정하는 류안에게 목소리를 약간 누그러뜨린 그가 조언했다.

"그의 입장에서 생각해 보십시오, 폐하."

"알고 있다. 그 역시 지난 며칠 동안 내가 거리를 둔 것에 화가 났겠지. 기분 전환이 필요하다는 것도 이해한다. 하지만……."

"저는 지금."

수군이 무례아 종이 한 장 치이의 절묘힘으로 그녀의 말 틈을 파고들었다.

"당신이 그의 원수라는 말을 하고 있는 겁니다."

류안은 숨을 멈추었다.

그녀는 한참 동안이나 움직이지 못했다. 완전히 정지한 채 내려다보고만 있는 그녀를, 소군도 시선을 피하지 않고 기다려 주고 있었다. 그 자신이 한 말이 그녀의 심장까지 도달하기를.

그러나 그녀에게는 그 배려에 대해 고마워할 여유가 없었다. 지금까지 한 번도, 단 한 번도 생각해 보지 못한 또 다른 진실이 그녀를 묵직하게 내리치고 있었다.

억겁처럼 느껴지는 시간이 지나고 류안이 신음을 토해 내듯 입을 떼었다.

"그렇지만. ……그렇지만, 나는."

"예."

그런 그녀를 도와주려는 듯 소군이 차분하게 말했다.

"그의 나라가 침략당한 것은 그 아비의 폭정에 기인했고 일족을 몰살시킨 것은 홍군의 검보다 백아민들의 돌팔매가 더 치명적이었습니다. 그도 그것을 전부 알고 있을 겁니다. 하지만, 머리로는 알아도 가슴으로는 받아들이기 어려운 것도 있지 않겠습니까. 그러기에 천륜天倫이란 것이겠지요."

"허나…… 그는 단 한 번도 나를 원망하지 않았다. 그런 기미조차 보이지 않았어."

"원망과는 좀 다를 겁니다."

아마도요, 라고 덧붙여 추측이란 점에 대한 여지는 남겨 뒀지만 소군의 말투는 확고했다.

"죄는 죄, 아비는 아비. 부친의 끝은 인과응보라고 납득해도 그 죽음을 슬퍼하지 말라는 건 무리입니다. 더욱이 그 같은 사내에게는 말이지요."

……그렇겠지.

류안은 천천히 고개를 끄덕였다. 그러나 아직 의문은 남는다. 그녀는 몸을 약간 앞으로 내밀었다.

"말 못 할 외출 이유가 그거였다면, 바람 좀 쐬고 돌아오겠다고 하면 되지 않나. 나가서 슬퍼하건 애도하건 그것까지 내가 참견할 바도 아닌데."

"그것은, 글쎄요. 거짓을 고할 재주도 없는 사내일뿐더러 애초에 단순한 나들이도 아니기 때문이 아닐까요."

"무슨 뜻이지?"

"폐하께서는 오늘이 무슨 날인지 아십니까?"

류안의 질문을 소군은 또 다른 질문으로 받았다. 그녀는 잠시 기억을 더듬어 보다가 솔직하게 대답했다.

"모르겠는데."

"오늘은 백아의 백중절(伯仲節, 망혼일)입니다."

류안은 자신도 모르게 자세를 고쳤다. 소군이 한가롭게까지 들리는 목소리로 계속 말했다.

"그는 지난해이 오늘, 홀로 향을 피우면서 일가一家의 넋을 기렸습니다. 그런 행위를 다름 아닌 폐하의 발치에서 한다는 것에 대해 죄책감을 가졌겠지만, 의심을 한 몸에 받는 감별사로서 움직일 엄두를 내지 못했고 어차피 아무도 오지 않는 별채니까 이 정도는 괜찮겠지 생각했겠지요. 그러나 지금 그는 폐하의 침궁에서 수십 명과 함께 지내고 있습니다. 향 따위를 조용히 피울 공간도 시간도 없어졌지만 동시에 예전과는 달리 신뢰를 얻고 있습니다. 그래서 그는 잠시 황궁을 떠나 자신만의 의식을 치를 생각을 한 겁니다. 그런데 폐하의 태도가 달라졌고, 이유를 매우 잘 아는 그로서는 차마 말을 꺼내 심기를 더 불편하게 만들고 싶지 않았겠지요. 그렇다고 백중을 그냥 넘어가기에는……."

"알아. ……그럴 수 없는 사내지. 그는."

말없이 동의하는 소군을 곁눈으로 보면서 류안은 길고 긴 한숨을 내쉬었다.

저녁 식사 자리에서 어렵게 말을 꺼내던 건헌의 모습이 눈앞에 아른거렸다. 제대로 먹지도 못할 만큼 신경 쓰다가, 이유를 묻자 난처해하며 입을 닫아 버리던 그. 영영 나가도 상관없다는 식의 말에 아파하고도 솔직하게 내색하지 못하던 그가 새삼 그녀의 가슴을 짓누르고 있었다.

"……거짓말이라도 할 것이지. 고지식하기는."

"그렇기에 총애하는 거 아니셨습니까?"

냉큼 대꾸해 그녀를 픽 웃게 만든 소군이 가볍게 덧붙였다.

"뭐, 성정도 성정이지만 그럴 문제가 아니라고 생각했겠지요."

서로가 서로의 원수라는 사실. 그 근본이 결코 단순하지 않으니까.

다시 한숨을 쉰 류안은 문득 소군을 신기하게 쳐다보았다.

"한데 그대는 어찌 그런 것까지 다 꿰고 있나?"

"알고 있기 때문입니다."

또다시 선문답 같은 소린가 싶었지만 이번에는 아니었다.

"감별사가 임명되고 별채에 거하면서부터 일거수일투족을 보고 받았습니다. 그저 주는 대로만 받고 하라는 대로만 하면서 죽은 듯이 지내던 자가 직접 구하는 것이 딱 하나 있더군요."

"……그게, 향이었다?"

소군은 고개를 숙여 답했다.

"왜 진작 내게 말하지 않았지?"

"지금의 그와 비슷한 이유입니다. 화를 내지야 않으시겠지만, 쓸데없이 안 좋은 기억을 되살릴 실마리를 드릴 필요는 없지 않습니까. 그리고 혼자 조용히 자식 된 도리를 하겠다는데 그것까지 방해하면 꿈자리가 사나울 것 같아서 말입니다."

"듣고 보니 그렇군. 그런데, 그럼 그를 계속 감시해 왔었다는 말인가?"

"물론입니다, 폐하."

그가 당당하게 대답했다.

"그 같은 일을 당연하게 수행하라고 각관의 녹을 받는 것 아니 겠습니까."

"……과연."

류안은 자신의 인복에 대해 다시금 감탄했다.

그리고 지금 자신이 해야 할 일은 하나뿐이란 것을 확실하게 인식하며 자리에서 일어났다.

"덕분에 잘 알았다, 각관 소군. 고맙다. 여기서 한마디만 더 해 주면 완벽할 것 같은데 그대 생각은?"

소군이 피식 웃었다.

"남은 서류는 소신이 마무리를 하겠습니다."

류안의 웃음소리가 넓게 퍼졌다. 그녀는 진지하게 고백했다.

"그대가 없는 세상도 조금 다른 의미로 상상하기 힘들군."

"그러실 겁니다."

일각의 지체 없는 산뜻한 대꾸였다. 류안은 더 크게 웃으며 감 사히 집무실을 나섰다.

옛 백아 황실의 격리 시설이었다가 감별사의 거처가 되고, 또 그마저 떠나 비어 있게 된 별채는 첩첩산중에 비유되는 황궁 안에서도 가장 깊고 외따로 떨어진 곳에 있었다.

한참 떨어진 길목에서 류안은 수행원들을 전부 남겨 두고 홀로 천천히 걸음을 옮겼다.

이윽고 그녀는 특유의 연기 냄새를 맡았다. 그리고 얼마 안 가 후각이 인지한 것을 시각으로 확인하게 되었다.

별채 앞 공터에서 한 사내가 나무 그루터기에 앉아 있었다.

바로 앞의 무언가를 내려다보는 듯 살짝 굽은 뒷모습이 류안을 멈춰 세웠다. 익숙하고도 낯선 이유는 미처 가늠하지 못했던 묵직함이 읽혀서일지도 모른다. 그녀는 그 무게가 자신에게로 옮겨 온 듯 가슴 한편이 답답해지는 것을 느꼈다.

그는 지금 어떤 얼굴을, 하고 있을까.

류안 자신에게는 온전한 증오의 대상이 있었다. 그녀의 세상을 무너뜨린 상대가 확실하게 존재했고 따라서 그녀의 분노는 세상 그 누구도 부정하지 못할 정당성을 갖고 있었다.

하지만 건헌에게는?

류안은 건헌과 재회했던 날의 광경을 떠올렸다. 빈 황궁에서 무릎을 꿇고 앉아 그녀 일행을 정복자가 아닌 해방자로 맞이하던 그의 모습을. 그녀의 눈짓에 대신 나선 부하가 아무렇지 않게 던진 경멸조의 말이 그에게는 부황의 사망 통고가 되었음이 분명해 보였다. 가만히 눈을 감고 감정을 억누르던 그 얼굴이 지금, 선연하게 되살아나 그녀의 심장을 조이고 있었다.

그의 부황, 백아의 마지막 황제 의천은 언젠가는 비명횡사할 인간이었으나 그 시기를 앞당긴 것은 홍군의 침략이었다. 또한 직접 죽이지 않았다고는 해도 그 활시위를 당긴 것은 선우류안이다. 부황의 손에 의해 나라와 혈육을 잃었던 장본인이자…… 건헌 자신의 정인情人.

그는 과연 누구 앞에서 눈물을 흘릴 수 있을까.

류안은 가슴속 깊은 곳에서부터 치받는 뜨거움을 애써 삼키고 앞으로 나아갔다.

조심스러운 동작이긴 해도 기척을 느끼지 않을 리가 없는데, 그는 깊은 생각에 빠진 모양인지 미동도 하지 않았다. 그러다가 바로 곁에까지 다가온 류안이 땅에 꽂혀 있는 향 하나와 그 아련한 연기를 확인할 때쯤에야 고개를 돌렸다.

무심하게 올려다본 건헌의 얼굴에 의심과 경악이 스쳤다.

순간 정지한 그가 벌떡 일어나는 것과 거의 동시에, 류안은 그 자리에 주저앉았다.

그녀는 두 팔을 서로 겹쳐 무릎 위에 얹으면서 조용히 타들어 가는 향을 바라보았다. 기다려도 다른 기척이 없어 돌아보자 그는 멍하니 서서 그녀를 내려다보고 있었다.

"앉지 않을 텐가?"

"……아, 저기…… 여기에 앉으십시오."

어떻게, 왜, 무엇 때문에. 하고 싶은 질문도 많을 텐데 자리부터 권하는 그가 너무나 그답다. 그녀는 작게 웃고는 다시 앞을 보았다.

"이대로가 좋다. 그냥 앉아."

굳이 덧붙인 것은 일부러 말하지 않으면 그가 영영 서 있을 것 같은 기분이 들어서였다. 아니나 다를까 그는 눈에 띄게 머뭇거리다가 그녀가 확고한 것을 알고 그 말에 따랐다.

"······죄송합니다."

"바뀌었군."

그가 사과를 하리란 예상은 했지만, 아무렇지 않게 받기가 어려웠다. 류안은 태연한 척 말했다.

"그 말을 들어야 할 사람은 그대지. 미안하다. 오늘도, 어제도, 그 전에도 쭉."

"아닙니다!"

반사적으로 튀어나오는 듯 높아진 목소리에 두 시선이 부딪쳤다. 멈칫한 쪽은 건헌이었다. 하지만 그는 눈을 피하지 않고 반복했다.

"그렇지 않습니다. 폐하께서 제게 사과하실 일은 하나도 없습니다."

"류안이라면, 어떨까."

놀라는 그에게 그녀는 다시 앞을 보면서 담담하게 토로했다.

"그대를 반려로 여긴 것은 진심이었다. 하지만 그 마음이 부끄럽게 생각될 만큼 그대에 대해 이해하려 들지 않았다는 걸 이제야 알았어. 내 잣대로만 그대를 보고 재고, 그걸로 다 안다고 자부했지. 그 이면에는……."

어쩔 수 없이 말이 흐려졌다. 류안은 숨을 크게 들이마시면서 용기를 냈다.

"……나는 피해자니까, 그럼에도 불구하고 그대를 받아들이는 관대함을 보였다는 식의 우월감이 있었던 것 같아. 나 혼자만 아파할 자격이 있다는 듯이. 그래서 그대의 입장을 생각해 보려고도 않고서, 충분히 알고 있다 믿고, 그대를…… 기만한 걸 사죄하고 싶어."

"……류안 님."

"그리고."

류안은 한 호흡을 사이에 두고 향을 응시하며 끝까지 말했다.

"한 일에 대해서 후회하지 않는다는 것도 미안하다. 그럴 수도 없고 그러지도 않을 거라는 거. 그게, 정말로, 미안해."

결코 울지 말자고 생각했다. 눈물을 흘릴 자격은 적어도 지금 이 자리의 자신에게는 없었다. 그래서 허심탄회한 고백을 끝낸 그녀는 그를 경계했다. 만약 그가 자신에게 손을 내밀거나, 그보다 더 작은 접촉을 하더라도 울어 버릴 것 같아서였다.

다행히 건헌은 움직이지 않았다. 하지만 다른 반응을 보이는 것도 아니라, 류안은 슬그머니 걱정이 들었다. 괜찮다는 말을 기대한 건 아니어도 아무 말도 없이 묵묵히 앉아만 있는 그가 신경 쓰이지 않을 수 없었다. 망설이다가 조심스럽게 흘끔 옆을 본 그녀는 멈칫했다.

밝은 달빛 아래, 젖어 있는 그의 눈가가 고스란히 드러나고 있었다.

그는 향을 바라보는 자세 그대로였다가 시선을 느꼈는지 한 손을 주먹 쥐어 입가에 대면서 헛기침을 하고는 고개를 반대로 돌렸다.

"……보지 말아 주십시오."

"미안."

멍하게 있던 류안은 그의 말에 퍼뜩 앞을 보았다. 그러자 놀랍게도 입 속에서 작게 터지는 웃음이 들려왔다. 다시 그를 보고 싶은 마음을 누르자 웃어 주어 다행이라는 안도감이 그 자리를 대신 차지했다. 건헌이 천천히 입을 열었다.

"사과는 받지 않겠습니다."

류안의 심장이 발치로 툭 떨어졌다. 미처 잡을 생각도 못 하는 그녀를 들여다보듯 그가 예의 차분한 목소리로 말을 이었다.

"류안 님이 사과하실 일은 전혀 없으니까요. 틀리지 않으셨습니다. 전부 다. 특히, 우월하시다는 부분은요."

설마 지금 놀리는 건가 싶어 쳐다본 류안은 마주친 그의 눈빛이 다정한 웃음을 머금고 있음에 살짝 당황했다.

"이런 저를 그대로 이해하려 하시고 그게 제대로 되지 않는 것 같다고 미안해하시는 류안 님은 충분히, 자격이 있습니다."

그녀는 얼른 고개를 돌렸다. 시선을 피한 거라는 사실을 아는

지 모르는지 그의 목소리는 상냥했다.

"그리고 감사합니다."

"……무엇에?"

"당신을 미워하지 않는 것에 대해 갖고 있던 일말의 죄책감을 방금 지워 주셨습니다."

류안은 눈을 깜박거렸다.

그 움직임에 따라가듯, 그가 한 말이 더욱 솔직한 방식으로 바뀌어 가고 있었나.

당신이 그런 사람이기 때문에.

후회하지 않는다 해도, 괜찮아.

이번에야말로 류안은 보이지 않게 입술을 깨물어 울음을 억지로 참아 냈다. 이 순간조차, 상대를 진정 이해해 주고 있는 사람은 바로 그였다. 그녀로서는 가늠할 수도 없는 거대한 날개로 저를 품어 주고 있었다.

피와 복수로 얽힌 철천지원수. 우리는 왜 이런 인연으로 만났어야 했던 걸까, 그런 생각을 한 적이 있었던 그녀는 그 해답을 지금 찾아낸 기분이 들었다. 우리이기 때문에.

그 악의에 먹히지 않고 다스릴 수 있는 그릇이 되는, 바로 이 사람이니까.

눈물을 보이지 않으려고 입을 닫은 류안의 침묵을 어떻게 해석했는지 건헌 역시 구태여 말을 걸지 않고 놔두었다. 덕분에 밤의 정적이 사이에 끼어들어 맴을 돌았다.

그들은 한참 동안 향을 바라본 채 앉아 있었다.

"그는…… 어떤 아버지였지?"

"의외로 평범한 분이었습니다. 엄하고, 자상하셨지요. 자식들이
뜻을 거스르지 않는 한."

"상당히 의미심장한 전제로군."

건헌이 나직하게 웃음을 흘렸다.

소소하지만 특별한 한담 같은 대화가 오고 갔다. 향불이 다 사
그라지고 연기와 냄새마저 흩어져 밤공기 속으로 녹아들 때까지
건헌은 움직이지 않았다.

그리고 류안은 그런 그의 곁을 끝까지 지켰다.

그 밤, 두 사람은 온전히 서로를 마주했다.

살갗을 스치고 옷가지를 떨어뜨려 내는 손길에는 초야 때보다
더한 긴장과 설렘이 배어난다. 미소는 눈물을 낳았고 눈물은 열락
으로 이어졌다.

용서한다는 말은 없다. 잊겠다는 말도 없었다. 그런 것은 아무
런 의미를 갖지 못했다. 그 삶조차 서로의 일부라는 사실 외에
는.

몇 번이고 몸을 겹치고 나른한 웃음과 입맞춤을 주고받으며 함
께 잠이 든 그들은 같은 꿈을 꾸었다.

그것은 아마도, 봄과 닮아 있었다.

원광元洸 23년 홍국의 유민, 백아국을 멸망케 하다. 그 중심에 있었던 것은 십오 년 전 백아국의 발톱을 유일하게 피해 냈던 당시 육 세의 막내 황녀라. 그녀, 지존의 자리에 올라 홍국의 개천을 재천명하니 이가 바로 신대제新大帝 류안瀏安이다.

일설에는 최측근 중 한 명이 백아국 황족 예주씨의 생존자였다고 하나 뒷받침할 사료가 턱없이 부족한 관계로 그저 야사로만 전해질 따름이다.

— 당대의 문장가 유승운의 고담집古談集 일부 발췌

完

外傳
언외 言外

난데없이 한 가문의 가비로 묶여 뭇 사내들을 애통하게 만든 기녀 란이 드디어 도성 최고의 가기란 제자리를 찾는다는 사실은 그녀의 입에서 처음 흘러나온 밤이 채 지나가기도 전에 도성 내에 쫙하게 퍼졌다.

그녀와 가장 많은 시간을 보냈던 화현의 안주인은 매우 애석해하며 이런저런 것들을 준비시키도록 했고, 덕분에 그녀가 떠나간 것은 엿새나 지난 후였다. 기루가 그다음 날부터 터져 나갈지 모를 문전을 넓히는 공사에 착수했다는 건 분명 우스갯소리지만 망치질 소리가 안 들리는 게 이상하다고 말하는 이들을 손가락질하는 사람은 없었다.

그녀가 떠난 날, 화현가는 평소보다 더욱 조용한 분위기였다.

든 자리를 모르는 사람이라도 난 자리는 안다는 말이 있다. 심지어 란은 들 때도 날 때도 자신의 존재감을 명확하게 주지시키는 사람이었기에 그 빈자리는 상당히 클 수밖에 없었다. 재운을 포함한 화현가의 사람들이 막연하게 예상했던 것보다 더.

물론 그렇더라도, 그녀가 기루로 돌아간 날 달이 높이 올라 있는 깊은 시각에 재운이 정원에 나와 앉아 있는 것은 그녀 탓이 아니었다.

잠이 잘 오지 않는 날이 있을 때는 종종 그래 왔듯 그 자신의 습관 중 하나였다. 그래서 재운은 등 뒤에서 예상치 못한 목소리가 들려오기 전까지, 그저 달빛에 반사되는 꽃의 아름다움과 밤에 어울리는 고요함을 즐기고 있었을 뿐이었다.

"아직 잠자리에 들지 않았군요."

흠칫 놀란 재운이 돌아본 곳에는 젊은 여인이 서 있었다.

평소 몇 겹으로 감싸던 몸에는 편안하게 흐르는 주름 잡힌 옷이 걸쳐져 있고, 땋아 올려 장신구로 치장하던 윤기 있는 머리카락은 붉은 끈 하나로 느슨하게 묶여 있다. 간소하기 짝이 없는 차림새였지만 그 어떤 때보다도, 그의 심장이 크게 울렸다.

그가 자리에서 일어나려던 것을 가벼운 손짓으로 제지한 그녀는 그가 있는 쪽으로 다가왔다. 그리고 조금 더 가까워졌을 때 멈춰 서서 그와 나란한 방향으로 섰다. 팔을 뻗어도 닿지 않지만 한 걸음이면 충분한 간격이었다. 아마 이 정도면 적당한 거리라고 생각한 모양인데 그에게는 그렇지 않았다. 하긴 그의 입장에서는 적당하다는 것이 없으니 결국 다 마찬가지겠지만.

"밤이 늦었는데 왜 주무시지 않고 나오셨습니까."

"마찬가지인걸요."

부드러운 대꾸에 그는 입을 다물었다. 풀벌레 소리가 희미하게 깔리는 가운데 그녀가 조심스럽게 운을 떼었다.

"이런 말, 불편할지도 모르겠지만."

"말씀하세요."

"그녀에게…… 내가 다시 얘기를 해 볼까요?"

계속 시선을 앞으로 두고 있던 재운이 고개를 돌렸다. 그녀는 그를 보지 않은 채 조곤조곤 말을 이었다.

"그렇다고 부담 가지지는 말아요. 나도 그녀를 참 좋아하고, 그 사람도 이곳을 마음에 들어 하는 게 보였거든요."

……아.

"더 있어 주길 바란다고 했을 땐 사과만 들었지만 어쩌면 그녀도 후회하고 있을지 몰라요. 다시 말을 해 보면 생각을 바꿀 수 있을 것도 같은데……."

고운 목소리가 서서히 멀어져 간다.

'그녀'가 란을 가리키는 것을 알아차린 재운은 웃어야 할지 울어야 할지 감이 잡히지 않았다. 어느 쪽이든, 숨이 막혀 왔다.

과전리하瓜田李下라.

외밭에서는 신을 고쳐 신지 말고 오얏나무 아래에서는 관을 고쳐 쓰지 말라던가. 란이 떠난 밤 정원에 혼자 나와 앉아 있다면 자신이 그녀를 보내 놓고 마음을 미처 다스리지 못해 방황하고 있다는 추측으로 이어질 거라는 예상을 진작 했어야 했다. 지금 이렇게 오해받는 것은 당연한 일이었다. 당연한, 일이지만⋯⋯.

그게 아닐 수도 있다는 생각은 일절 하지 않고 있다니.

그는 그의 귀에 고이지 못하고 그대로 흘러 나가는 말을 성심껏 내놓고 있는 입술을 응시했다. 연지를 지워도 여전히 붉은 그 입술은 앙증맞아 보일 만큼 작았다. 그가 다른 여인에게 연심을 가지고 있다고 믿어 의심치 않아 하는 저 입이, 밉다.

원망스럽다.

사랑스럽다⋯⋯.

"⋯⋯게 생각하나요?"

"그러실 필요 없습니다."

무슨 말을 하고 있었는지 전혀 들리지 않았지만 빤한 물음에는 빤한 답이다. 그는 그녀에게서 눈길을 거두고 말을 이었다.

"마음 써 주셔서 감사합니다만, 저와 그녀는 그런 사이가 아닙니다. 벗 이상도 이하도 아니지요. 그녀에게 연심을 품은 적은 단 한 순간도 없습니다."

단호한 말의 울림은 뒤이은 침묵을 더욱 무겁게 만들었다.

왜 이런 말을 해야 하는 건지, 서글퍼진 재운은 당장 자리를 박차고 들어가고 싶어졌지만 그러지 못할 자신을 잘 알고 있었다. 지금의 이 시간도, 너무나 소중하니까.

확고한 말투에서 강한 거부감을 느낀 듯 그녀가 조금 머뭇거리는 기색이 전해졌다. 그는 한숨을 삼키고 짐짓 웃어 보였다.

"너무하십니다. 그럴 만큼 마음에 두었다면 애초 놓아주지도 않았겠지요. 뭐 하러 달밤에 나와 청승을 떱니까? 저 이래 봬도 제법 사내답다는 평을 듣는 사람인데 아직도 모르시는군요. 서운한데요."

"어머, 아니에요. 물론 알지만, 가끔 쓸쓸해 보일 때가 있어서 혹시 란 때문일까 생각했거든요."

그녀가 손을 내저으며 황망히 대꾸하는 그 말은 도리어 그를 움찔하게 만들었다. 미묘한 움직임을 알아채지 못한 그녀가 미소 지었다.

"아니라면 다행이고요. 오지랖 넓게 참견한 셈이 됐는데 웃어 줘서 고마워요."

"아닙니다. 저야말로……."

웃어 주셔서 감사합니다.

그가 뒷말을 삼키자 별수 없이 말끝이 흐려졌다. 그녀는 나름대로 이해했는지 이상하게 여기지 않고 화제를 바꾸었다.

"그럼 왜 나와 있는 건가요? 고민이 있어서 잠이 오지 않는 줄 알았어요."

"그건, 그저…… 달이 참 밝다 싶어서."

"아, 정말이네요."

생각나는 대로 둘러댄 말에 그녀가 고개를 들어 밤하늘을 보았다.

그리고 그는 그런 그녀를 보았다.

반듯한 이마와 매끄럽게 내려와 오뚝하게 올라온 콧날. 가지런하게 다듬어진 눈썹. 한쪽만 쌍꺼풀이 진 눈. 약간 상기된 뺨. 도톰한 입술. 부드러운 곡선의 턱. 한껏 젖혀져 더욱 길어 보이는 목덜미. 달빛에 반사되어 푸르게 빛나는 검은 머리카락까지, 그는 눈을 깜박이는 찰나조차 포기하고 자신의 눈과 가슴에 새겨 넣었다. 하나하나 찬찬히. 언제나처럼.

진작 메워져 빈자리가 없을 거라는 생각은 늘 배신당하고 만다. 몇 번이고 그리고 또 그려도 무수한 잔상들은 결코 겹쳐지는 일 없이 매번 새롭게 그를 웃게 하고 아프게 했다.

이런 나를 알려고도 하지 않는 상대에 대한 슬픔과 부정否定 없이 순수하기만 한 상대에 대한 기쁨. 이 이율배반적인 마음이 결국은 자신을 좀먹어 들어가 파괴시키고 말리라.

그러나……

"후회하지 않습니다."

뜬금없이 던져진 말에 그녀가 고개를 바로 하고 돌아보았지만 그는 무슨 뜻인지 설명하는 대신 가벼운 동작으로 자리에서 일어났다.

"먼저 들어가 보겠습니다."

"그래요."

그녀는 고개를 끄덕였다.

재운은 묵례를 하고, 숨을 한 번 들이마시고, 웃음 지었다.

"안녕히 주무세요. 어머님."

別傳
인연 人緣

"아무리 일하기 싫으셔도 집중하십시오, 폐하."

"……음? 어떻게 알았지?"

"그야 보면 알지요."

류안은 즉답한 소군이 무엇을 보고 있느냐를 눈으로 좇았다. 서궤 위에 엎드리듯 기대어 한 손으로 턱을 받치고 서류를 읽다가 다른 손으로 어보御寶를 찍고 있는 게 다였지만, 그의 말이 맞으니 그 점은 따지지 않기로 했다.

"뭐 어떤가, 일은 잘하고 있다. 자세가 나쁠 뿐이지."

"……."

"마중 나간 이들도 아직 돌아오지 않았고."

류안은 어보를 꾹, 찍었다. 도장 주제에 상징성만큼이나 무거워서 조금만 힘을 주어도 쉽게 찍히는 게 장점이었다. 잘 마르라고 손부채질을 몇 번 해 주고 서류를 옆으로 넘긴 그녀는 다음 서류로 넘어갔다. 원래 황제가 할 일은 끝이 없는 법인데 오늘따라 정말 꼬리에 꼬리를 물고 이어지기만 하는 느낌이 들었다. 일이 하기 싫어서일까, 아직 소화가 되지 않아서일까. 많이 먹은 것 같지는 않은데. 그때 툭 던져진 소군의 말에 그녀는 귀가 확 뜨였다.

"내일부터는 소식하시고 대신 식사 횟수를 늘리시겠습니까?"

"아, 그거 좋은 생각⋯⋯."

그녀는 소군의 한심해하는 표정을 보면서 말끝을 흐렸다. 그는 쯧쯧, 얼굴 전체로 혀를 찼다.

"아무리 소신밖에 없는 자리라지만 체통을 좀 지켜 주십시오, 폐하."

"⋯⋯."

"그리 바쁘신 와중에 낮에는 세 번씩 꼬박꼬박 보시고 밤새도록 또 보시는 얼굴이 그리도 좋으십니까."

"좋지."

이번엔 소군이 허를 찔린 얼굴로 멈칫하다가 헛웃음을 지었다. 작심한 듯 잔소리를 하던 기세가 조금 누그러졌다. 마주 웃은 류안이 자세를 바로 했다.

"그대도 하루빨리 인연을 만나길 바란다."

"그리되어도 폐하께 올리는 진언이 줄어드는 일은 없을 겁니다."

"줄어들면 그건 그거대로 서운하지. 자, 이제부터 제대로 할 테니 대신 방금 말한 얘기는 진지하게 생각해 봐."

"역시 여태 제대로 안 하셨군요."

지적한 소군은 그래도 웃음기가 어린 얼굴이었다. "남아일언 중천금, 고려는 해 보겠습니다."라는 말을 어쩐 일로 너그럽게 덧붙일 때도 웃고 있어서 류안은 기분 좋게 일에 집중했다.

이윽고 예부에서 제국濟國 사신 일행이 궁에 당도했다는 전갈이 왔다. 그때까지의 목표치를 무사히 달성한 류안은 소군과 함께 국빈을 맞이하기 위해 정전으로 향했다.

"양국의 우의와 화합을 희망하시는 파디샤의 말씀을 받들어, 홍국의 황제 폐하께 인사 올립니다."

제국의 사신 대표는 검은 천을 두른 젊은 사내였다. 남방의 대국인 제나라는 '파디샤'라는 전설 속 시조의 이름을 대대로 호칭으로 쓰는 여군주 체제의 모계 사회로, 사내는 가족 앞에서가 아니면 머리와 얼굴을 드러내지 않았다. 도망자 시절에 제국에서 숨어 지낸 적이 있었던 류안은 제국에 대해 호의를 갖고 있었으며 그들의 규칙에 대해서도 잘 알고 있었지만, 이 사내가 본국에서는 외교관이 아니라 파디샤의 직속 책사란 사실에는 조금 놀랐다. 말하자면 오른팔인 셈인데 제국에서는 그만큼 이번 방문의 의미를 높이 사고 있다는 뜻이었다.

류안 역시 그 뜻에 동참하기로 하고, 교역과 과세에 대한 협상이 진행될 체류 기간 동안 조금의 불편함도 없을 것을 약조했다.

사신은 환대에 감사하며 일행을 이끌고 물러가고, 류안은 일 하나를 끝냈다는 후련함을 느끼며 다시 집무실로 돌아왔다. 이후의 협상과 접대는 이부와 예부禮部에서 맡을 테니 연회 때나 한 번 더 보고 배웅하게 될 것이었다.

그러나 얼마 뒤 내관의 귀엣말을 듣고 나갔다 돌아온 소군이 뜻밖의 꼬리를 달고 왔다. 바로 그 젊은 사신이었다. 그는 의아해하는 류안의 앞에서 고개를 숙였다.

"폐하를 내밀히 찾아뵙고 전하라는 말씀을 받들어 왔습니다. 폐하."

"듣겠소."

"우선 주위를 물려 주시기를 청합니다."

"각관이라면 개의치 않아도 좋으니, 말해 보시오."

"……파디샤께서 그분의 정혼자가 귀국의 보호 아래 있음을 확인하신 바, 정중히 모셔 오라는 칙명을 내리셨습니다."

난데없는 말이었다. 류안이 각관과 흘끗 눈을 맞추었지만 그 역시 처음 듣는다는 눈짓을 보냈다. 류안이 물었다.

"확인을 하셨다니 묻겠소만, 그게 누구요?"

"현재 폐하의 감별사로 계시는 분입니다."

류안의 얼굴에서 표정이 사라졌다.

사신이 차분하게 설명한 바에 따르면, 백아의 의천제와 선대 파디샤가 결정한 일로서 공문화하기 직전에 상대인 삼황자가 반역 미수로 옥에 갇혔다고 했다. 성혼에 대해서는 가타부타 언급도 없이 처형일이 정해졌다는 첩보가 날아왔고, 제국이 뭘 어쩌기도 전에 홍군이 백아를 멸하고 신홍국을 세웠으며, 그 어수선한 틈바구니에서 제국은 그의 소식을 놓치고 말았다.

"최근 그분의 생존 소식을 접하신 파디샤께서는 기꺼이 선대의 뜻을 받들겠다고 하셨습니다. 더욱 그분이 감별직을 맡고 계신다는 소식을 듣고 충격을 받으신 바, 마음을 굳히시어 소인을 보내신 것입니다."

"……."

"파디샤의 신민으로서도 그분의 부군이 되실 분께서 그 같은 위치에 계신다는 것은 용납할 수 없으며 공문으로 정식 항의를 할 수 있는 일이지만, 그분의 신분과 귀국의 입장을 고려하여 반드시 독대로써 은밀히 정리하라 하셨으니 부디 가납하여 주십시오."

류안은 몇 번이나 떼었다 다문 입술을 다시 힘주어 닫았다. 청천벽력 같은 소식이었다. 그가 정혼이 되어 있었다는 건 연치를 따졌을 때 조금도 이상한 일이 아닌데, 오히려 진작 성혼해서 아이를 낳았다 한들 이상하지 않은데 이렇게까지 충격을 받는 자신이 새삼스러운 동시에 이 일을 어떻게 거절할지에 대해 빠르게 고민했다. 사신은 예의 바르게 시선을 빗긴 채 그녀의 답을 기다리고 있었다.

잠시 후 류안은 천천히 말문을 열었다.

"일이 묘하게 되었군. 귀국의 뜻은 이해할지언정 받아들일 수가 없소."

"연유가 무엇입니까?"

"분명 그는 감별사이나 비공식적으로는 짐의 반려요."

크게 뜨인 사신의 눈이 불현듯 이쪽을 똑바로 향해 왔다. 그녀는 무례를 탓하는 대신 마주 보았다. 놀람이 가신 뒤에도 그는 시선을 떨어뜨리지 않고 침착하게 말을 받았다.

"소인이 모시고 간다면 공식적으로 국부國父가 되십니다."

류안의 두 손이 팔걸이를 움켜쥐었다. 그래 봤자 사람들 눈에는 방패막이로나 보인다는, 통렬한 지적이었다. 달리 대꾸할 말이 없었다.

"당장 결정하실 사안은 아니니 귀국 전에 다시 답을 들으러 오겠습니다."

류안의 동요를 점잖게 모른 척한 사신은 이만 물러가겠다는 의사를 표했다. 고갯짓으로 퇴실을 허한 그녀는 한참을 가만히 앉아 있기만 했다. 소군도 이번만큼은 그녀를 채근하지 않았다.

누군가가 이쪽으로 오고 있었다.

눈을 감고 호흡 간격을 유지한 채로 건헌은 소리 없이 방으로 들어온 기척을 좇았다. 류안이라고 생각하기에는 아무리 이쪽이 자는 중이라도 지나치게 은밀한 움직임이었다. 그렇다면 한밤중 감별사의 처소에 들어올 자가 달리 누가 있겠느냐마는, 황제와 동침하는 자를 노릴 이유는 얼마든지 있었기에 그는 조용히 기다렸다.

이윽고 침상의 바로 옆까지 다가와 이쪽으로 손을 뻗은 순간, 그는 그 손을 잡아채는 동시에 몸을 굴렸다. 그러나 깔고 앉은 것이 부드러운 여체이며 코끝을 스치는 향이 익숙하다는 것을 깨닫기까진 금방이었다.

"……폐하!"

깜짝 놀란 그가 손을 풀고 옆으로 물러나려 할 때, 류안이 그의 팔을 붙들어 막았다. 속삭임 같은 작은 목소리에서는 희미한 웃음이 배어 있었다.

"그대로 있어도 좋아."

"무슨……, 그럴 수 없습니다. 불을 켜야겠으니 놔주십시오."

이상하게도 그녀는 머뭇거리는 기색을 보이다가 그를 놓았다. 그는 얼른 그녀에게서 내려와 탁자의 등불을 켰다. 일어나 앉은 류안은 침의 차림이었고 방금 그가 짓눌렀던 목덜미를 가볍게 문지르다가 그와 눈이 마주치자 선수를 쳤다.

"사과는 받지 않겠다. 자초한 일이니까."

그 사과를 하려고 했던 건헌은 입을 다물어야 했다. 그녀가 손을 내리며 빙그레 웃었다.

"믿음직하군. 어딜 가든 쉽게 당하지는 않겠어."

"……금일 밤은 혼자 있겠다 하셨다는데 잘못 전달된 겁니까?"

"아니. 그저, 이렇게 와 보고 싶었다. ……그대가 내게 오듯이."

이렇게까지 몰래 숨어들지는 않습니다만.

건헌은 이번에도 하려던 말을 못 했다. 류안의 표정이 어딘가 모르게 심상찮았다. 어둡고 쓸쓸해 보이는 것이 그저 등불의 음영 탓이라고 하기엔 웃음마저 그랬다.

"오늘은 정말이지 긴 하루였어. 일은 하기 싫고, 밥은 이미 먹었고, 밤은 아직 멀었고."

그럼에도 예쁜 입술이 흘리는 말들은 또 이런 귀여운 소리라니, 그는 더욱 의아해졌고 그 때문에 뒷말을 놓칠 뻔했다.

"그 와중에 제나라로부터 파디샤의 정혼자를 내놓으라는 요청까지 받았지."

파디샤의 정혼자?

그자가 여기에 있다고? 아니, 애초에 파디샤는 이미 환갑을 넘지 않았었나. 건헌은 기억을 더듬다가 자신이 떠올린 사람은 병사했다는 선대라는 걸 깨달았다. 뒤를 이은 후계자가⋯⋯. 거기까지 생각하던 그는 무심코 류안을 보았다. 내내 지켜보고 있었는지 바로 마주친 시선은 흔들리고 있었지만 목소리는 침착함을 가장하고 있었다.

"기억을 하는 모양이군. 사실이었나?"

"그랬던⋯⋯ 것 같습니다. 저를 지목한 것이 확실하다면요."

류안이 미간을 찌푸렸다.

"형편없는 대답인데."

"정식으로 들은 바는 없으니까요."

어쩐지 저녁때도 유독 말이 없더라니.

그는 그녀가 여느 때와 다른 까닭을 알 것 같았다. 동시에 모를 것도 같았지만, 그래도 나쁜 기분은 아니라 우선은 설명부터 했다.

"아시겠지만 제 어머니는 섬 노예 출신이셔서 아버지의 후비들 중에서도 신분이 가장 낮았습니다. 상대적으로 저는 정략혼에서 다소 자유로운 입장이었고 아버지도 관심을 주지 않으셨습니다만, 거사 계획을 추진하던 와중에 언뜻 흘러나온 얘기가 있었습니다. 행동이 수상찍어진 셋째 놈을 민 데로 치워 버릴 거라고요. 예를 들면 제국 같은."

"……그리고?"

"그리고, 무시했습니다. 계획이 거의 막바지에 다다랐기 때문에 그런 소문을 일일이 신경 쓰고 확인할 여유가 없었거든요. 전날 밀고를 당해 모든 것이 끝난 뒤에는 더욱 그랬고요. 그게 혼사였다니…… 정말 믿어지지 않을 정도로 평화로운 방법이었군요."

물론 선대 파디샤와 한 거래의 일부일 것이고 또 지금으로선 결코 알 수 없을 사정이 있겠지만, 그렇더라도 놀라운 일이었다. 그들이 나타나지 않았다면 짐작조차 못하였으리라. 씁쓸하게 웃은 건헌이 재차 확인했다.

"분명하게 저를 지목한 겁니까?"

"그래."

얼굴 한 번 본 적 없고, 서신 한 장 주고받은 적 없는 상대를 왜 구태여 이제 와서 찾겠다고 나선 걸까. 심지어 국가에 도움이 되는 거래도 아니지 않은가. 건헌은 좀 이해가 되지 않았지만 어쨌든 상관없는 일이다. 중요한 건 그게 아니었다. 그는 그제야 류안을 완전히 이해할 수 있었고, 지금 이 순간에도 불안해하는 눈으로 자신을 보고 있는 그녀를 새삼 애틋하게 느꼈다. 가슴 한구석이 저릿할 정도로.

"바쁘신 분을 괜한 일로 번거롭게 해 드려서 죄송합니다, 폐하."

그는 한 손을 뻗어 그녀의 뺨을 부드럽게 쓸었다. 작은 어깨가 움찔, 떨렸지만 그녀는 눈을 피하지 않았다. 그는 이 곧은 시선이 좋았다.

아주 먼 옛날부터.

"허락해 주신다면 제가 그들을 만나서 직접 거절하도록 하겠습니다. 사신을 통해 전달된 일이긴 해도 당자가 나서서 거절하는데도 굳이 국가 간의 비화로 끌고 갈 만큼 제가……, 네?"

"……싫어?"

목소리가 너무 작았다. 그는 입을 다물고 다시 말해 주길 기다렸고, 망설이던 그녀는 숨을 들이마시더니 비장하게 내뱉었다.

"거절, 하고 싶으냐고."

"그게 무슨……."

중얼거리던 그는 그녀의 말을 이해한 찰나 덜컥, 심장이 내려앉는 소리를 들었다. 자신의 몸 안에서 나는 소리였다. 고운 얼굴이 살짝 찡그려진 것을 보고서야 자신이 그녀의 어깨를 붙들었다는 걸 알았지만 손에서 힘이 빠지기는커녕 그는 더 세게 붙들었다.

"제가, 그 일을, 거절하고 싶은지. 지금 그렇게 물으신 겁니까?"

"……."

"당신을 떠나서 다른 여인과 혼인하는 것을, 거절하고 싶으냐고? 정녕 그걸 몰라서 나한테 묻고 있는 건가, 당신은!"

분노로 높아진 목소리는 생채기를 고스란히 드러냈다. 비참했다. 조금 전까지만 해도 설레어 두근거리던 심장이 이젠 거짓말처럼 갈가리 찢기는 기분이었다.

차라리 놀리거나 떠보는 거라면 이렇게 참담하지는 않을 텐데, 그녀는 진심으로 묻고 있었다. 단지 저쪽에서 이 문제를 걸고 넘어져 추후의 협상에 차질이 빚어질까 봐 차마 당장 거절하지 못했을 뿐이고, 또 그것을 미안해하는 줄만 알았는데, 그게 아니었던 것이다. 순식간에 새카매진 속이 뒤틀렸다.

이제 와 그에게서 답을 찾겠다는 듯 표정을 지운 채로 이쪽을 보고 있던 그녀가 말없이 고개를 숙였다. 그는 그녀의 턱을 치켜들어 억지로 시선을 맞췄다.

"왜, 거절하지 않으셨습니까."

"……."

"대답하십시오. 뭐든, 아무리 말 안 되는 소리라도 상관없으니까, 내가 미치기 전에."

"······그쪽으로 가면 떳떳해질 수 있잖아."

건헌은 아연해졌다.

상상도 못 했던 대답을, 본 적 없는 얼굴로 하고 있는 류안은 어쩐지 솔직하게 말하게 되어 후련하다는 표정이었다. 그러나 그녀의 눈망울을 채우고 보드라운 뺨으로 굴러떨어지는 눈물은 그칠 듯 그치지 않고 계속 흘렀다. 그의 새로운 상처에서 흐르기 시작한 피처럼.

"아니, 그쪽뿐만이 아니지. 어딜 가든 떳떳하게 살 수 있어. 당신이 짓지도 않은 죄를 덮어씌우고 원수로 대하는 곳은 여기뿐이니까. 여기만 아니면 돼. ······내 곁에서만, 아니면."

"······류안 님."

"여기서는 그저 허울 좋은 방패막이일 뿐이고, 황제의 밤 시중을 드는 사내일 뿐이지. 감별사가 아닌 다른 신분을 주더라도 한계가 있고······ 당신을 아는 자들을 다 죽이지 않는 한 평생 그렇게 살아야 해. 그걸 아는 내가, 끝까지 거절할 수는 없었어."

"······."

"미안해. 화내지 마."

숨결보다 더 여린 목소리가 그를 뒤흔들었다.

그는 대답 대신 그녀의 입술을 덮쳤다. 붉은 입술을 짓누르고 작은 혀를 얽어맸다. 이대로 뿌리째 뽑아 삼키고 싶다. 타액 한 방울도 숨결 한 조각도 전부 자신의 것으로 만들고 싶었다. 깊고 깊은 곳에 담아 두었던 음습한 욕망이 꿈틀대는 것을 알 수 있었다. 다스리느냐 내버려 두느냐의 기로는 익숙했지만 전부 놓아 버리고 싶은 충동은 그 어느 때보다도 강했다. 격한 입맞춤에 힘겨워하면서도 애써 맞춰 주는 움직임이 그런 그를 더욱 부추겼다.

그러나 반드시 해야 할 말이 있었다.

"……하아!"

류안은 놓여나자마자 가쁜 숨을 토했다. 붉어진 눈시울과 발개진 뺨을 더듬은 눈길이 살짝 부어올라 무방비하게 벌어진 입술에서 다시 사나워졌지만, 그는 시선을 끌어 올려 그녀와 눈을 맞추었다.

"시작은 당신이 했을지 몰라도 받아들인 것은 접니다. 알아들어? 이 건헌이, 류안을 택한 거라고."

"……."

"분명 홍국에 속한 모든 것의 주인은 황제이지만, 나는 당신에게 속해 있어. 당신이 없는 세상에서 왕이 되느니 당신이 있는 곳에서 비렁뱅이로 사는 게 낫단 말입니다."

나는 이 당연한 소리를 왜 이제 와서 이처럼 절실한 마음으로 하고 있는 걸까.

그리고 듣는 당신은…… 왜 또 눈물을 흘리는가.

조용히 뺨이 젖어드는 광경을 보고 있노라니 가슴이 아릿해졌다. 그 통증이 격정을 서서히 가라앉히고, 이성이 돌아오자 그는 이 상황 자체가 어이없었다. 한숨을 내쉰 건헌은 손을 들어 그녀의 눈물을 닦아 냈다.

"계속 우시다간 내일 눈이 붓고 말 겁니다."

"상관없어."

"저는 상관이 있습니다만. 괜히 더 질책받고 싶지는 않은지라."

"……뭐?"

"눈물은 아껴 두셨다가 제가 폐하를 무리하게 할 때 흘리시란 뜻입니다."

류안이 눈을 깜박이더니 얼굴을 확 붉혔다. 눈물을 뚝 그치는 걸 보니 효과는 좋았다.

"지, 지금…… 그런 얘기를 할 때야?"

"어떤 얘기를 할 때라는 게 있습니까? 지금 폐하께 고백한 이 래로 내내 폐하 앞에서 숨을 쉴 때마다 내보였던 마음을 또 말로 설명하고 있는 마당에."

자신의 귀로 듣기에도 툴툴대는 것 같았지만 그는 그냥 내버려 두었다. 사실이니까. 입을 다문 류안이 그를 조금 생소한 듯 쳐다 보다가 작게 미소를 지었다.

"당신도 심술부릴 줄 아는구나."

"주인을 가릴 줄도 알지요."

"……."

"저는 제 비우妃偶의 조건이 우월하다고 해서 자존감을 잃는 그런 못난 사내가 아닙니다, 폐하."

"……알아."

류안이 두 팔을 뻗었다. 부드러운 두 팔이 목을 감고 끌어당기는 대로, 건헌은 몸을 기울였다. 따뜻했다. 세상을 다 잃는다 해도 놓고 싶지 않은 품을 갖고 있으면서 무엇이 그리 불안했을까.

"내가 제일 잘 알아. 그래서 그랬어."

"두 번은 듣지 않겠습니다."

"응."

류안은 순순히 고개를 끄덕였다. 그가 그녀의 뒷머리를 가만히 쓰다듬자 이내 미안해, 라는 속삭임이 스치는가 싶더니 한결 더 부드러운 촉감이 귓가를 간질였다. 그를 두른 팔이 살머시 느슨해지고 수줍은 입술이 뺨으로 움직였다. 움직임 없이 가만히 있던 그는 그녀의 입술이 닿기를 기다려, 인내의 끈을 놓았다.

거의 일방적이었던 조금 전과 달리 서로에게 응하는 입맞춤은 순식간에 전희에 가깝도록 농후해졌다. 그녀는 다시 두 팔로 그의 목을 끌어안고, 그는 그녀의 허리를 안아 자신의 위로 그녀를 이끌었다. 벌써 바짝 열이 오른 그의 분신이 옷 한 겹 사이로 그녀의 뜨거운 몸과 밀착했을 때 두 사람은 동시에 신음했다.

터무니없는 갈증이 일었다. 초조한 마음이 앞선 그는 옷고름 하나를 푸는 데도 몇 번이고 헛손질을 했다. 그의 입술에 귓불과 목덜미를 내주고 있던 그녀가 웃음을 터뜨렸다. 그는 그런 여유가 얄미워 아예 옷째로 이미 예민하게 일어선 그녀의 한쪽 가슴을 물었다. 그녀의 몸이 움찔 튀었다. 얇고 부드러운 옷감은 타액으로 금세 젖어 들어 단단해진 싹을 애무히는 데에 아무런 방해가 되지 않았다. 웃음소리는 금세 지워지고 비명 같은 탄성과 달뜬 신음이 허공을 채웠다. 귀를 타고 들어가 머릿속마저 뜨겁게 만드는 소리였다. 그 때문에 자신이 한 행동은 까맣게 잊고 재촉당하는 기분이 든 그는 결국 몸을 굴려 그녀를 침상에 눕혔다. 그리고 그녀가 젖어 있는 것을 확인하자마자 단번에 안으로 들어갔다.

두 갈래의 높고 낮은 신음이 천장을 할퀴었다.

눈앞이 화끈거렸다. 몸의 일부가 아니라 전신이 삼켜진 듯한 짜릿함이 그를 관통했다. 이대로 심장이 멎을 것만 같아, 그는 바로 움직이는 대신 그녀에게 입을 맞추다가 상체를 들었다.

그는 어느새 말라 버린 입술을 혀끝으로 핥으며 윗옷을 반쯤 찢듯이 벗어 던졌다. 자신의 아래에서 조금의 경계심도 없이 누운 채로 가슴을 들썩대는 그녀에게 시선이 홀린 찰나, 그녀의 눈이 반짝 빛나더니 그의 허리를 감은 두 다리가 돌연 힘주어 끌어당겼다. 겨우 손을 짚어 완전히 넘어지지 않았지만 결합이 깊어지는 바람에 다시 아찔해졌다. 목 안으로 작게 신음한 그녀가 얼굴을 찡그리며 웃었다.

"언제까지, 애태울 거야."

"……하."

기대를 하신다면 부응해 드려야지.

그의 웃음은 나타났던 것만큼이나 빠르게 지워졌다. 그녀도 마찬가지였다. 젖은 피부가 거세게 부딪치는 소리 사이로 침상이 삐걱대고 말이 되지 못한 소리가 가쁜 숨과 함께 토해졌다. 그러나 그에게 들리는 건 자신의 심장이 뛰는 소리와 다디단 교성이 전부였다.

어느 순간 그 사이로 자신의 이름이 끼어들고 눈이 마주친 그녀가 웃었을 때, 그는 정신적으로도 절정에 이르렀다. 그리고 다시 천천히, 계속 움직이기 시작했다.

밤은 너무나도 짧았다.

제국과의 협상은 순조롭게 진행되고 있었다.

오늘 사 보고를 받은 류안은 그 점이 이젠지 불만스러워 마냥 기꺼운 기분으로 들어 주지 못했다. 아니, 잘되면 좋은 일이지만, 그녀 안의 황제가 아닌 부분은 불퉁해져서 투덜댔다.

"걱정하실 일은 하나도 없으시면서 뭘 그러십니까."

이부사가 돌아간 뒤 소군이 황제인 쪽도, 아닌 쪽도 잘 아는 사람답게 예리한 핀잔을 던졌다. 류안은 어깨를 으쓱였다.

"저들이 돌아가기 전까진 끝이 난 게 아니잖나. 뭐, 그는 먼저 찾아가서 담판을 짓고 싶어 하긴 했지만."

"왜 내버려 두지 않으셨습니까?"

"생각 중이다. 이 일을 다르게 써먹을 수는 없는지."

소군의 시선이 옆얼굴로 느껴졌다. 류안은 더 설명하지 않고 펼쳐 둔 서류를 뒤적거렸다.

건헌에게 감별사가 아닌 다른 신분을 주는 문제는 내내 염두에 두고 있었다. 감별은 이미 그저 변명거리이고 함께 식사를 하는 것뿐이 된 지 오래인데, 대부분은 그리 생각하지 않았고 건헌을 아는 자들은 그마저도 경계를 하고 있는 판국이었다.

　무릎을 꿇고 맞이하던 건헌을 함께 발견한 그녀의 일행은 소수였지만, 첫 입성의 순간 새로운 황제를 배행할 자격을 가질 정도로 목소리가 큰 소수였다. 건헌이 감별사란 허울을 뒤집어쓰고 있는 동안엔 침묵하더라도 그의 입장이 바뀌면 더는 그러지 않으리라. 더욱이 예주모윤의 폭정을 도운 가해자들을 죄 찾아내 철저히 청산하고는 있으나 이제 겨우 시작일 뿐이었다.

　그녀가 가진 비루한 변명의 근거는 그랬다.

　"시간이 이쪽 편으로 돌아설 때까진 신중한 것이 낫다고 여겼는데…… 그건 그저 방치였을 수도 있었어."

　"심경은 감히 짐작이 갑니다만, 그렇더라도 폐하께서는 평생 일거수일투족을 폭군과 비교당하실 분이니 신중함은 미덕이 맞습니다."

　툭 던져진 중얼거림에 건조한 위로가 돌아왔다.

　"지난 일을 자책하실 시간이 있으면 그 생각이란 거나 더 해 보십시오."

　"그래, 이제 와 소용없는 짓이지. 그대 말이 맞다."

　"제 입장에서는 일을 해 주셔도 좋겠습니다만."

　웃지도 않고 뻔뻔하게 말한 소군이 "그렇잖아도 말씀드릴 것이 있었는데, 어쩌면 관련이 있을지도 모르겠군요."라고 뜻 모를 말을 덧붙이더니 가까이 다가왔다. 그리고 의아한 눈으로 쳐다보는 그녀에게 들고 있는 붓을 청했다. 그녀가 순순히 그에게 건네주

자, 그는 서궤 한 귀퉁이에 놓인 습지 한 장을 끌어다 무엇인가를 쓰기 시작했다. 머릿속에 정보를 담아 놓았다가 상대의 앞에서 즉시 작성해 보여 주는 것은 백경의 방식이었다. 즉, 소군은 이 내용의 출처가 백경이라는 것을 태도로 드러내고 있었다.

짧은 문장을 끝맺자마자 그는 그 위로 붓을 휘둘러 먹칠을 했다. 류안은 잠시 생각하다가 소군을 향해 고개를 끄덕였다. 소군은 가볍게 묵례하고 자신의 자리로 돌아갔다.

그리고 두 사람은 아무 일도 없었던 것처럼 각자의 업무를 재개했다.

"귀로에 오르기에 앞서 답을 받고자 합니다, 폐하."

협상이 막바지에 이른 어느 밤, 제국 사신은 류안이 마련한 밀실에 나타났다. 류안과 건헌이 한발 앞서 기다리는 자리였다. 각관이 아닌 자가 이 자리에 있다는 걸 의아해하는 기색이었다가 당사자인 것을 바로 눈치챈 듯했다. 류안의 뒤에 선 건헌을 보는 눈빛이 찰나 굉장히 무례해서 류안은 즐거워졌다. 사신은 고개를 숙였다.

"귀빈을 모실 준비는 차질 없이 되어 있습니다."

태도는 정중하나 이미 정해진 답을 내놓으란 식이었다. 류안이 입을 열었다.

"짐의 대답에는 변함이 없소."

"여전히 거절하신다는 말씀입니까."

사신이 확인했다. 이쪽에서 거절한 바 있었다는 걸 몰랐을 건헌이 빤히 쳐다보는 시선이 뒤통수로 느껴졌다. 류안이 모른 척 말했다.

"그대로 전하면 되질 않은가. 이쪽 사정이 사정인 만큼 감히 짐의 반려를 면전에서 요구한 무례는 잊어 드리지."

"공식적으로 존재하지도 않는 입장을 두고 같은 결론이라니 납득할 수 없습니다."

건헌이 숨을 삼키는 소리가 희미하게 들렸다.

이 몇 마디로 제반 사정을 파악한 듯 그의 기세가 단번에 사나워졌다. 앞으로 나서려는 그를, 류안이 손을 가볍게 뻗어 막았다. 건헌은 류안을 돌아보았고 그대로 멈추었지만 주먹을 움켜쥔 채 명료하게 밝힌 목소리는 드물게 날이 서 있었다.

"거절합니다."

사신의 시선이 건헌에게로 똑바로 향했다.

"당자의 자격으로 확언하는 바이니, 제삼자의 납득 여부는 필요치 않습니다."

"피와 살을 준 어버이의 약속이며 삶의 근본인 땅의 주인이 허용한 대사大事입니다. 당자의 자격 또한 무관합니다…… 전하."

존중 한 조각 없이 내뱉듯 던져진 호칭은 그럼에도 건헌의 말문을 막을 만큼의 무게감은 있었다. 예기치 못한 공격을 받고 어이를 상실한 건헌을 흘끔 쳐다본 류안이 대신 물었다.

"이미 죽은 자들이 멋대로 내린 결정인데도 산 자들이 얌전히 받들어야 한다는 것인가?"

"그렇습니다."

"과연."

류안은 혀를 찼다. 더 두고 봤다간 영영 끝나지 않을 지경이었
다. 그녀는 목소리를 높였다.

"들은 대로 퍽도 고루한 자로다. 내 사람도 만만치 않다고 한
말은 취소하지."

"……쳇, 이딴 걸로 이겨 봤자."

불만 가득한 목소리가 투덜대듯 대꾸했다.

건헌은 멈칫했지만 사신의 반응은 그 이상이었다. 그 자리에서
얼어붙은 그는 다음 순간 고개를 번쩍 쳐들었다. 방 안으로 벼락
이라도 친 양, 무심한 듯 무시하는 듯 침착한 태도는 어디론가 사
라지고 눈을 부릅뜨고 여기저기를 빠르게 살피는 그는 마치 우리
에 갇혀 온몸의 털을 곤두세운 야수처럼 보였다. 그러다 벽과 벽
의 틈 사이로 감춰졌던 문이 소리 없이 여닫히고 장포를 두른 젊
은 여인이 모습을 드러냈을 때 다시 굳어 버린 모습은, 영락없이
자신이 버리고 온 주인을 맞닥뜨린 맹수였다.

"……파,"

"너는!"

그리고 분기탱천한 주인은 한달음에 다가와 그의 멱살을 잡았
다.

"네가 왜 여기에 있는 거야! 어쩜 나한테 이럴 수 있느냐고!"

"……잠깐, 파디샤 님, 이게 대체……, 어떻게 이런 곳에……."

"네가 여기 있으니까 그렇지!"

"당신께서 보내셨잖습니까!"

"질투하라고 그런 거잖아, 이 바보야!"

경악했다가 당황했다가 억울해하다가, 종국에는 말문이 막혀 망연해진 그를, 그녀는 한 대 때리면 속이 시원하겠다는 눈으로 노려보며 식식거렸다.

"여태 책사를 사신으로 보낸 전례가 단 한 번도 없었는데 내가 부득불 너를 지명한 이유를 의심해 보지도 않았어? 하긴, 정말 뒤도 안 돌아보고 가더라? 다른 놈한테 나 떠넘기는 게 그렇게 기꺼웠니? 이런 형편없는 정혼자 같으니!"

그는 한숨을 쉬었다. 그녀를 떨쳐 낼 생각은 조금도 없는 듯 가만히 잡혀 준 채였다. 이내 흘러나온 목소리는 더는 주군을 향한 것이 아니었다.

"그건 여섯 살 때 우리끼리 나눈 말이잖아."

"그래서, 뭐? 그땐 그냥 철없는 장난이었고 지금은 변심했다, 그런 뜻이야?"

"……."

"대답해. 명령하기 전에."

"……아니."

결국 무겁게 본심을 털어놓은 그는 고개를 저었다.

"네가 파디샤라는 뜻이야."

"……그래. 내가 파디샤지. 그런 나를 이렇게 홀대하는 남자는 너밖에 없을 거야."

씁쓸하게 웃은 그녀가 천천히 손을 놓았다.

이래선 안 된다는 투로 장승처럼 서 있기만 했던 주제에, 그는 그녀의 손이 떨어지자 심장이 떨어진 아픔이 스친 눈을 깜박여 감추었다. 그녀는 팔짱을 꼈다. 어깨를 펴고 턱을 치켜드는 품새는 선전 포고를 하는 장수와 흡사했다.

"돌아가면 각오하는 게 좋을걸. 가자마자 신방에 처넣어질 테니까."

"뭐?"

"장로회에서 승낙받았어. 너 떠난 뒤로 일일이 찾아다녀서 설득했는데 생각보다 쉽더라. 장로님들도 사정 복잡한 외국인보단 네가 낫다고 인정하시더라고."

'사정 복잡한 외국인'에게 슬쩍 양해의 시선을 던진 그녀는 다시 그를 보았다.

"이만큼 꽃길 만들어 놨으면, 못 이긴 척 넘어오는 것도 남자의 미덕이야. 그만 포기해."

묵묵히 듣고 있던 그는 돌연 웃음을 터뜨렸다.

허탈한 듯, 어이없는 듯 작게 시작된 웃음소리는 금세 방을 꽉 채울 만큼 커졌다. 파디샤는 놀라지 않고 담담한 태도로 보고만 있었다. 잠시 후에야 웃음을 그친 그가 긴 한숨 끝에 혼잣말처럼 중얼거렸다.

"그럼 나는 그동안 뭘 했던 거지?"

"바보짓."

명쾌한 대답을 내놓은 파디샤가 웃었다.

"네 그런 점도 좋아하는 건 나밖에 없을걸."

"그렇겠지. 하지만 그 이유 때문에 널 사랑하는 건 아냐."

"……."

"미안했다."

줄곧 뻔뻔하고 당당하기만 하던 파디샤의 얼굴이 거짓말처럼 일그러졌다. 그녀가 울음을 터뜨리기 전에, 기회를 엿보고 있던 류안이 헛기침 소리로 주의를 환기시켰다.

"그럭저럭 해결이 되었으니 우리는 이만 퇴장해야겠군."

퍼뜩 이쪽으로 고개를 돌린 파디샤가 침착함을 되찾았다. 류안이 자리에서 일어났다.

"이 방은 마음껏 쓰시길."

"감사합니다. 대신이라곤 할 수 없으나 약조는 잊지 않겠습니다."

"물론 믿고 있소. 그럼 이만."

파디샤가 품위 있게 고갯짓을 했다. 방금 전과는 또 다른, 군주의 태도였다. 제자리로 돌아간 그녀의 정혼자도 깊이 고개를 숙였다. 미소 지은 류안은 건헌과 함께 밖으로 나와 처소로 향했다. 눈에 보이지는 않았지만 미리 일러둔 대로 두 배로 늘어나 있던 자신의 그림자들이 다시 나뉘었다는 걸 알 수 있었다.

처소로 돌아와 건헌과 둘만 남자마자 류안은 그가 묻기 전에 먼저 말했다.

"백경을 통해 연락이 왔었어. 나와 만나고 싶다고. 어쩔 생각인지 궁금해 수락했더니 내 얼굴을 보자마자 분란을 일으켜 미안하다고 사과하더군. 솔직한 사람이라 마음에 들었어."

"어쩐지 폐하와 닮은 분이었습니다."

"그런가? 연치는 나보다 훨씬 적을걸."

류안은 어깨를 으쓱이고 말을 이었다.

"들은 대로, 두 사람은 여섯 살 때 꽃반지를 나눠 낀 사이였어. 갓난아기였을 때부터 같이 자랐다지. 헌데 파디샤의 정궁은 개인뿐 아니라 출신으로도 파디샤와 동등한 자격을 갖추어야 한다는 거야. 즉 그들의 신민인 내국인들은 태생적으로 후궁이 될 수밖에 없는 것이지. 워낙 오래 묵은 관습이라 꽤 오랫동안 싸워 왔던 모양이야. 결국 너 하나만 견디면 모두가, 그녀조차 편해진다는 주변의 논리에 그가 손을 들었고, 당연히 파디샤는 배신감을 느꼈지. ……어째, 나만 닮은 사람이 있는 건 아닌 것 같지 않나?"

"부정할 수는 없겠군요. 그래서 싸우고 홧김에 여기로 보냈다는 겁니까?"

"맞아. 정말로 그대를 데리고 올까 봐 최대한 빨리 일을 처리하고 달려왔다더군."

류안은 진심으로 그 점을 걱정하고 있던 그녀를 머릿속으로 떠올렸다. 한다면 하는, 제법 유능한 사내인 모양이었다. 비록 이번엔 상대가 나빴지만.

"여섯 살은 어리지 않아. 설령 감정의 이름은 모르더라도 잘못 느끼는 일은 없지."

"……."

"그걸 나보다 더 잘 아는 사람은 없으니, 제대로 찾아온 셈이 랄까."

류안은 한 손을 내밀어 건헌의 손을 잡았다. 언제든 안심이 되는 강한 힘으로 맞잡아 준 그가 얼굴 가까이로 들어 올려 손등에 입술을 눌렀다. 그녀는 익숙한 충동을 느꼈다.

"더 궁금한 것이 있나?"

없다는 대답 대신인 듯, 그는 그녀의 손을 뒤집어 이번엔 손바닥 위로 입을 맞추었다. 가장 여린 곳을 혀끝으로 가볍게 핥는 감촉에 그녀의 어깨가 희미하게 움츠러들었을 때, 그가 문득 고개를 들었다.

"한 가지 있습니다. 잊지 않겠다는 약조라는 게 무엇입니까?"

아, 그거.

"그대를 보내기로 했다."

건헌의 움직임이 멈추었다.

표정이 사라진 채 눈을 부릅뜨고 충격을 드러내는 그를 보자니 또 다른 고백처럼 느껴져 마음이 꽉 찼다. 비어 있는 줄도 몰랐던 자리는 이처럼, 단 한 사람을 통해서만 깨닫게 되고 또 빈틈없이 가득 채워졌다. 어쩐지 코끝이 찡해졌지만 류안은 환하게 웃었다.

그리고 그의 얼굴을 감싸 입술을 겹쳤다.

"사실은 말이지……."

제국의 사신 일행은 홍국에서의 마지막 밤, 자신들을 위해 마련된 송별의 자리에서 황제의 감별사를 보내 줄 것을 정중히 요청했다. 선대와 인연이 있는 자로서 그간 유훈을 받들어 은밀히 찾았던 바, 뜻밖에도 이 황궁에서 조우하게 되었다는 설명이 덧대어졌다.

대다수는 놀랐고, 일부는 좋은 기회라며 환호한 마음을 감추고 황제의 눈치를 살폈다. 물론 엄연한 궁인을 데려가겠다고 나선 이상 대신할 자를 선별해 두었으니 부디 참작해 주시기를 바란다는 말을 들으며 잠시간 침묵하던 황제는 썩 내키지 않는 기색으로 수락의 말을 꺼냈다. 자리의 모두는 정치적인 결정에 안심하고 화기애애한 분위기 속에서 편히 취할 수 있었다.

이튿날 감별사는 사신 일행과 함께 궁을 떠났다.

그로부터 반달 후, 제국으로부터 약간의 재물과 함께 파디샤의 친서를 가져온 사내가 황제의 안전에서 무릎을 꿇었다.

모국의 법도에 따라 눈을 제외한 얼굴을 푸른 천으로 가린 그는 아직 사람들의 기억 속에 남아 있던 전 감별사와 비슷한 체격을 갖고 있었으며, 목소리마저 비슷했다. 그 점을 황제가 노골적으로 언급하자 파디샤께서 특히 신경을 쓰셨다는 대답이 돌아왔다. 그렇다면 얼굴 또한 닮았을지는 황제만이 확인할 일이었다.

즉 전 감별사가 황제의 시침랑이기도 했던 점을 고려했다는 뜻을, 황제는 기껍게 받아들였다.

그는 마침 침궁의 청직廳直이 병환을 이유로 낙향함에 따라 감별과의 겸직을 명받았고, 곧 황제의 유일한 애겸愛傔이 되었다. 제국으로 간 전 감별사가 병사했다는 소식이 전해졌던 때에도 그는 황제의 곁에 있었다.

그는 말수가 적고 유능하며 분수를 지킬 줄 알았기에 황제의 측근들을 비롯한 조정 대신들에게 평이 좋았다. 따라서 그를 향한 총애가 갈수록 높아져 사실상의 정궁 대접을 받기 시작한 뒤에도, 그를 경계하거나 황제에게 다른 자를 천거하는 이는 드물었다. 그때쯤에는 공공연한 자리와 권력에 거리를 두려는 그가 언행일치를 실천하는 인물이라는 사실을 이미 모두가 알았던 것이다.

황제는 그런 그를 존중하였으며 공식 문서에서 황제는 평생 독신으로 남았다.

그러나 그것은 그들에게 아무런 영향도 주지 않았다. 훗날 모황의 뒤를 이어 즉위한 젊은 황제가 형제들과 함께 종종 웃으며 회상하기를, 서로가 있어 이미 세상을 다 가진 분들이었노라고 말했다.

그런 사람들이었다.

후기

안녕하세요. 김유미입니다. 처음 뵙는 분도, 오랜만에 뵙는 분도 반갑습니다.

세상에 사연 없는 글이 없겠지만 제게 이 글은 더욱 특별합니다. 09년에 좋아하는 작가님들과 '음식'을 테마로 한 단편집을 기획했을 때 썼던 동명의 단편이 시초였어요. 그러다(기획은 역사 속으로 사라진) 11년, 불쑥 생각이 나서 주변 인물들의 단편을 추가로 연결해 연작 시리즈가 되었습니다. 저 자신이 글쓰기를 정말 너무너무 좋아한다는 걸 새삼 절감하게 해 준 애착 가는 이야기라서 14년 무렵부터 장편화를 생각해 보기 시작했고요.

내용상 비록 중편에 그치긴 했지만 이렇게 지면으로 인사드릴 수 있는 지금, 무척 기쁘고 감회가 새롭습니다. 저는 원래 모든 글은 다 나올 때가 있다는 운명론을 믿고 있습니다만 이번이야말로 그 증거를 경험한 기분이 들어요. 그때여서 쓸 수 있었던 부분과 지금이라서 덧붙일 수 있는 부분이 합쳐져서 비로소 완성된 것 같거든요. 물론 그렇더라도 그때 그냥 혼자 아쉬워하고 넘어갔더라면 오늘은 오지 않았겠지요. 포기하지 않길 잘했다고, 저 자신을 쓰다듬어 주고 싶네요.

돌이켜 보니 참 신기할 정도로 일관적인 취향입니다. 형태만 조금 달라졌을 뿐, 설정이라거나 인물들은 전부 다 처음 그대로라서 덕분에 어쩐지 오랜 친구들을 다시 만난 것처럼 즐겁게 작업할 수 있었어요. 특히, 예전에는 '동등한 남녀관계'를 좋아했던 제가 지금은 더 나아가서 '자존감이 강한 사람'을 좋아하고 있는데 그런 점에서도 빗나가지 않아서 더 즐거웠어요.

그리고 이번엔 앞서 말씀드렸듯 연작이 바탕이어서 여러 단편들을 쭉 풀어서 다시 솎아 내고 정리하고 덧붙이는 과정을 거쳤는데, 그 흔적이 남아 전작들에 비해 조연들의 목소리가 상당히 들어가 있습니다(당사 기준). 꼭 필요한 부분만 살렸는데도 그러네요. 혹 낯설게 보이는 분들은 새로운 시도로 받아들여 주시면 기쁘겠습니다.

언제나 응원해 주는 가족들, 친구들, 단편 '감별'을 포함해 제 글의 고향이 되어 주는 마이너 원더랜드의 다른 농노님들과 거주

민 여러분, 그리고 이 이야기를 아껴 주셨던 류드밀라 님. 지면으로나마 무릎 꿇고 사랑과 감사를 전합니다. 또한 이 책이 만들어지기까지 많이 애써 주신 뿔미디어 박경희 팀장님과 스칼렛 로맨스 여러분들, 정말 감사드립니다.

　제법 죽고 죽이고, 음모도 짜고, 원수가 나오기도 합니다만, 그럼에도 불구하고 역시, 늘 그랬듯, 읽고 난 뒤의 감정이 힘들거나 다치지 않는 글이길 바라게 되네요. 일상에 지친 마음이 잠시나마 쉴 수 있는 책이 된다면 더할 나위가 없겠습니다.
　읽어 주셔서 감사합니다. 늘 건강하시고 행복한 나날 되세요.

2018년 여름, 김유미 드림